I0580218

CACCIA ALL'ALBA

MACEY GARDELLA N.3

COLLEEN GLEASON

Traduzione di
IRENE MONTANELLI

AVID PRESS

Traduzione di Irene Montanelli

Titolo originale [inglese]: Roaring Dawn

1840 – Alle pendici dei Muntii Făgăras

S e Victoria lo venisse a sapere, chiederebbe la tua testa di cazzo su un piatto d'argento.»

Sebastian lanciò uno sguardo all'uomo che lo accompagnava, illuminato dalla luna, e cercò di reprimere l'emozione, anzi *le emozioni* che gli suscitava ogni volta. Sebbene fossero passati quasi vent'anni da quando le cose erano finite in *quel* modo, la vista di Max Pesaro ancora gli instillava la voglia di usare la sua faccia arrogante come uno straccio per lavare il pavimento, di appenderlo per i pollici sopra una polla di lava e restare a guardarlo soffrire.

Eppure, allo stesso tempo, dopo tutto quello che avevano fatto insieme, dopo i sacrifici patiti per la donna che entrambi amavano, dopo quello che avevano passato in un nascondiglio su quella stessa montagna, dove un tempo aveva vissuto Lilith l'Oscura, c'era un profondo rispetto tra loro, e si fidavano ciecamente l'uno dell'altro.

Si poteva di certo affermare che la relazione creatasi fra Sebastian Vioget e Max Pesaro fosse piuttosto contorta.

«A dirla tutta» ribatté Sebastian sollevando la lanterna per illuminare il loro cammino, «se Victoria venisse a sapere che hai accettato di venire con me e soprattutto, senza di lei, chiederebbe la *tua* testa di cazzo.» Rivolse un sorriso triste all'uomo che aveva tutto quello che, un tempo, Sebastian aveva creduto di volere. «Ma solo dopo aver reso la tua vita insopportabile per parecchi giorni.»

«Parli come se non rendesse già la mia vita insopportabile» ridacchiò Max. «In un modo tutto suo.»

Poi l'espressione arrogante e boriosa si addolcì. «Avevo davvero bisogno di allontanarmi da Londra… le ragazze, Cristo! Quando non c'è uno stramaledetto ballo, un ricevimento, uno spettacolo teatrale o musicale, c'è qualcos'altro. Per non parlare di quei cazzo di vestiti e delle scarpe. E i guanti, i fiocchi… i cappellini! Non basterebbero le cappelliere di tutta Londra per appenderci tutti quelli che comprano! Piume ovunque, fiori finti sul pianerottolo… ho trovato persino della trina nel mio studio!»

A Sebastian scappò da ridere, a dispetto del luogo pericolosissimo a cui si stavano avvicinando nel cuore della notte, seppure illuminato a giorno dalla luna piena e dal cielo pieno di stelle.

Era certo che più d'un paio di occhi li stessero spiando da dietro qualche scabro sperone di roccia o cespuglio: si erano sbarazzati di Lilith tempo addietro, ma questo non valeva per i suoi vari parenti e scagnozzi. Lui e Pesaro insieme potevano affrontare qualsiasi cosa, anche senza Victoria, sebbene lei avrebbe di certo sostenuto il contrario, ed era per quello che aveva chiesto proprio a quel bastardo arrogante di accompagnarlo.

«Ah le tribolazioni dei padri delle debuttanti» sospirò, fingendosi comprensivo, «e considerando la tua assoluta ignoranza in fatto di moda, posso solo immaginare quanto sia doloroso esserne sommerso.»

Max rispose con uno sguardo contrariato che gli dette parecchia soddisfazione. «È solo che non avrei mai pensato si potessero spendere tanti soldi per dei cazzo di *fiocchi*.»

«Quest'anno debutta Isabella, no? Dovrai rivestire lei, le gemelle e anche la tua adorabile sposa... posso solo immaginare quanto dovrai sborsare. Non che sia un problema per te, che sei più ricco del Vaticano.» Non gli faceva pena per niente: almeno lui non era condannato a vivere in eterno.

O quantomeno per tanto, tanto tempo, come nel caso di Sebastian. Lui sarebbe vissuto per sempre, o almeno finché non fosse riuscito a mantenere la sua *lunga promessa*. Qualunque essa fosse e quando mai sarebbe successo.

«Non è tanto una questione di soldi, ma del *tempo* che sprecano, delle *chiacchiere* senza fine, degli strilletti, dei *sospiri*... e anche la mera *quantità* di vestiti e cianfrusaglie» borbottò Max, scrutando la boscaglia che cresceva lungo il margine scosceso del sentiero che stavano percorrendo al chiaro di luna. Sempre in guardia, sempre vigile. Si irrigidì appena, ma Sebastian se ne accorse e cercò conferma nel suo sguardo.

Come avevano sospettato, non erano soli: c'erano di sicuro dei vampiri e forse, dei membri del Tutela.

«E comunque ti sbagli, Vioget. Bella debutterà solo fra tre anni, a quanto pare l'età magica è diciotto anni. Per la società andrà anche bene ma io, per allora, avrò i capelli bianchi.»

«Quindi è una bella gattina da pelare, eh?» chiese soddisfatto Sebastian: immaginare il suo vecchio rivale alle prese con quella mandria di donne per casa che lo comandava a bacchetta, era uno dei suoi svaghi preferiti. Sebastian avrebbe adorato una situazione del genere, ma non Pesaro. Quello stava bene coi vampiri, con le donne non aveva il minimo garbo. «Peggio della madre, ci crederesti? Anche Stacia e Juliette erano terribili da ragazzine, ma Bella, buon Dio, vorrei sapere cosa ho fatto di male per meritarmi quella rossina bisbetica!»

Sebastian alzò un sopracciglio. Forse Pesaro non se ne rendeva conto, ma lui sapeva fin troppo bene cosa aveva fatto: era un uomo insopportabile, autocratico e freddo. E, a quanto pareva, la figlia più giovane era il suo esatto contrario.

Identica a sua madre.

Ridacchiò fra sé: non vedeva l'ora di incontrarla, Isabella Sebastiana, così l'avevano chiamata, una scelta fatta, ne era certo, a dispetto delle vibrate proteste di Pesaro.

«E poi ci sono i pretendenti» proseguì Max, «sempre tra i piedi, sempre. Ti stanno in coda di fronte alla porta nei giorni di visita, e in agguato da qualche parte negli altri. Fiori, bouquet e bigliettini dappertutto. Quei cicisbei te li ritrovi ora in salotto, ora in biblioteca... uno è entrato persino nel *kalari* mentre io e Victoria stavamo facendo... ehm... pratica.» La bocca gli si incurvò e quella smorfia involontaria bastò a Sebastian per confermare i propri sospetti circa la pratica in questione, e anche a lui venne da sorridere.

Che giorni, quelli.

«Più confortevole di una carrozza» osservò il vampiro con leggerezza, lieto di riuscire a dire una cosa del genere, sentendo solo una lievissima stretta al suo cuore non-morto.

«Ovvio.» Pesaro gli lanciò l'ennesimo sguardo di sbieco, non teso a scusarsi, figuriamoci, bensì a segnalare la presenza di un'altra spia appostata sul crinale scosceso. Con un cenno del sopracciglio, quasi invisibile nella luce incerta, gli confermò di aver percepito dei non-morti, una cosa che a Sebastian risultava difficile.

«Niente matrimoni in vista, però. Altrimenti, spero, sarei stato invitato.» Il cuore di Sebastian perse un colpo alla vista dell'albero grande e imponente dalla chioma nera e scheletrica, grande come una casa. I rami parevano vene scure contro il cielo stellato.

La polla era lì, appena oltre l'Albero di Masidies. La sola e ultima volta che era stato lì, quasi vent'anni prima, era con Victoria e un altro Cacciatore di nome Brim.

«Non ancora, ma temo che presto passeremo i conti del sarto di Juliette a un certo signor Denton. Ma solo se promette di non toccarla neppure con un dito.» La voce di Pesaro trasudava fredda determinazione.

«E dopo che tu avrai provveduto al corredo, naturalmente» ridacchiò Sebastian, provando una certa simpatia per il malcapitato Denton. Poi si riprese: ormai era il momento.

«Ovvio.» La voce rimase neutra, ma gli occhi scuri di Max scrutavano i dintorni e il suo corpo era pronto a scattare come il sole è pronto a brillare.

Condussero i cavalli sotto i rami spettrali dell'Albero di Masidies. Pesaro dovette chinarsi per scansare quelli più bassi e Sebastian vide che ne approfittava per sfilare un'arma dallo stivale.

Con gesto fluido, estrasse a sua volta un paletto dal cappotto, ma lo tenne nascosto sotto la stoffa. Aveva anche una pistola a portata di mano, sull'altro fianco.

La polla di Samung non era cambiata negli ultimi due decenni: poco più grande di una qualsiasi pozzanghera su una strada di Londra, era circondata da rocce affioranti, erba avvizzita e cespugli scheletrici: sotto il cielo notturno, somigliava a uno specchio perfetto.

Scesero da cavallo, all'erta, nonostante il padre affettuoso continuasse a discorrere delle sue adorabili ma dispendiose figliole. Chiunque conoscesse bene Pesaro si sarebbe accorto di quanto fosse più cordiale e ciarliero del solito, ma tutto quel parlare serviva a sviare l'attenzione da quello che stavano facendo.

«E poi c'è questo demonio irlandese di nome Stoker, pensa che devo alzare la testa per guardarlo.»

«Non sarà interessato a Isabella...» rispose Sebastian, poggiando la lanterna su uno spuntone di roccia, in alto.

Raggiunse il bordo della polla, alla ricerca del punto giusto. Dove si trovava quando aveva sentito quell'oggetto a prisma appuntito sotto l'acqua? Erano passati quasi vent'anni, ma quegli eventi erano ben impressi nella sua mente.

«Ma vaffanculo, Vioget! Bella ha *quindici anni*! È a Stacia che mira quello Stoker. Lo vedo da come la guarda... ma ancora non ha avuto le palle di andare oltre il farle gli occhi dolci. Quella ha giocato al gatto e al topo con tre dongiovanni quest'anno» proseguì Pesaro. «Mi dispiacerà quasi per quel branco di idioti quando li getterà via come scarpe vecchie.» C'era una punta di soddisfazione nella sua voce.

«Mi pare sia questo il punto» disse Sebastian inginocchiandosi vicino alla polla immota. Dalla strana sostanza che la riempiva, si innalzava un profumo strano e sottile.

Pesaro lo raggiunse e la sua ombra si allungò minacciosa mentre, goffamente, faceva cadere due sassi nella polla, non lontano dai piedi di Sebastian, che osservò due increspature concentriche riassorbirsi rapide come erano apparse, e una terza, più vicina delle altre alla riva, che lui stesso aveva causato urtando una pietra mentre si inginocchiava.

Max infilò un ramo in quel liquido maledetto: il bastoncino vibrò, sfrigolò e si disintegrò. «Buon Dio, Vioget, sei proprio sicuro di volerci ficcare la mano?»

Scrutò il suo vecchio amico e rivale il cui volto era completamente in ombra. «Dobbiamo avere la pietra. Ora che Nicholas Iscariot si è liberato dall'incantesimo di Lilith, qualunque esso fosse, comincerà a cercarla, lo sai.»

«Meglio tu che io» ribatté Max con noncuranza, ma Sebastian avvertì la preoccupazione nella sua voce. Adesso sentiva anche il vago e inquietante senso di freddo alla nuca, più difficile da discernere da quando era diventato un vampiro, ma lo riconosceva.

Li stavano osservando, in attesa del momento giusto e toccava a Sebastian giocarsela bene.

«Vado» disse, inginocchiato sul bordo della polla, anche se, doveva ammetterlo, nel momento in cui stava per affondare la mano su cui portava gli anelli, nel liquido argenteo e immoto, sentì una leggera preoccupazione.

Le cinque fascette di rame, gli Anelli di Jubai, si erano fuse alle sue dita quando, diciannove anni prima, aveva messo la mano in quella stessa polla: solo indossandoli si poteva infilare qualcosa in quel liquido, che fosse la mano stessa, un bastone o una spada.

Quando osservò la superficie specchiata, non poté fare a meno di chiedersi se la protezione funzionasse ancora o se una seconda immersione avrebbe invertito l'effetto e staccato il rame dalle dita.

Se la protezione fosse svanita e quell'orribile sostanza, simile al mercurio, avesse divorato la carne come faceva coi legnetti, si sarebbe ritrovato con qualche dito in meno ancor prima di accorgersene.

Senza guardare Pesaro, affondò la mano in quel liquido argenteo che non era acqua, ma nemmeno qualcos'altro. Un sospiro di sollievo riecheggiò nella sua mente, quando non sentì l'acuto e straziante dolore a cui si era preparato.

Ora che ogni paura era svanita, Sebastian si poté focalizzare sul proprio compito di perlustrare a tentoni il fondo della polla. Quando percepì la superfice netta e dura del piccolo oggetto piramidale che aveva sentito durante l'ultima visita, si sentì davvero sollevato: era ancora lì.

«Trovato qualcosa?» chiese Pesaro, come se gli avesse letto nella mente. Il tono era scocciato, ma Sebastian non ci cascò.

«Non... ancora» balbettò, fingendo di perlustrare il fondale, mentre sentiva crescere la sensazione di gelo alla nuca. Restando accucciato, ritrasse di nascosto la mano. Quando si mosse, si formarono delle goccioline di liquido, che rimbalzarono come minuscole lune opalescenti e poi scomparvero in piccoli sbuffi di polvere. Si spostò rapidamente attorno alla polla per andare a perlustrare un altro pezzo di fondale.

«Ah!» esclamò, rimanendo fermo, a parte la mano sommersa. «Credo...»

Con un'esclamazione di gioia, estrasse il braccio dalla sostanza viscosa.

«L'hai trovata?» disse Max con un entusiasmo che non gli apparteneva.

«Sì!» Sebastian si alzò di scatto, mostrando l'oggetto della sua ricerca con un gesto teatrale, assicurandosi che chiunque li stesse spiando vedesse bene quella bella pietra color smeraldo che brillava alla luce della lanterna: era squadrata, grande come due pollici di donna affiancati.

«Fantastico! Ora possiamo anche-» Pesaro si interruppe, voltandosi, mentre il primo assalitore compariva, apparentemente dal nulla ma probabilmente da dietro a un pietrone, e gli si scagliava contro.

Mentre quello atterrava vicino a Pesaro, minacciandolo coi lunghi artigli, altri cinque spuntarono da dietro cespugli e massi.

Sebastian si lanciò a sua volta all'azione e, per prima cosa si tolse il cappotto, per non rischiare che lo usassero per afferrarlo e spingerlo nella polla, quindi piantò un paletto nel cuore del nonmorto più vicino. Quello si bloccò per un attimo, spalancando gli occhi per la sorpresa e poi esplose in una nuvola di polvere argentata, che si posò a terra come una manciata di coriandoli illuminati dalla luna.

Sebastian si voltò per fronteggiare un altro vampiro ma nel farlo, la pietra verde gli sfuggì di mano e delineando un ampio arco luminoso, cadde a terra. Vioget imprecò e si lanciò per recuperarla ma perse l'equilibrio e cadde in ginocchio.

Si allungò disperatamente verso la pietra, ma il vampiro gliela prese con un grido di trionfo.

«Max!» urlò Sebastian rialzandosi in piedi con insolita lentezza, mentre il vampiro scappava. «Fermalo!»

Pesaro si voltò e scagliò il proprio paletto, che vorticò in aria e colpì il fuggitivo, non al cuore, bensì vicino alla scapola, dove non gli avrebbe fatto alcun male.

Max imprecò e recuperò un altro paletto dallo stivale, mentre si voltava per fronteggiare altri due non-morti; nel frattempo Sebastian dava una spallata al quinto facendolo volare fin dentro la polla.

Non fu un bello spettacolo e neppure l'odore risultò essere dei migliori.

Il tempo di girare su se stesso e Sebastian vide che tutto era tranquillo. La polvere di non-morto cadeva placida a terra ed era tutto ciò che rimaneva dei vampiri, a parte quello che era fuggito con lo smeraldo.

Pesaro stringeva ancora in mano il paletto e aveva un'espressione particolarmente cupa, nonostante tutto fosse andato come da programma. «Ma che cazzo» bofonchiò.

Sebastian si toccò la tasca per assicurarsi che la pietra nera a forma di piramide fosse ancora lì, dove l'aveva fatta scivolare quando l'aveva recuperata dalla polla. «L'hai mancato.»

Pesaro lo fulminò con lo sguardo. «Io l'avrei *mancato*? Non essere ridicolo-»

Poi si riprese e una smorfia ironica gli incurvò le labbra, quando capì che il compagno stava solo proseguendo la pantomima. «Era il mio paletto preferito, ecco.»

Sebastian risalì a cavallo e fece per recuperare la lanterna, ma ci aveva già pensato Pesaro. «Va tutto bene?» chiese, dato che l'altro non aveva ancora afferrato le redini per rimontare.

Max sembrava intento a perlustrare il terreno, aiutandosi con la luce della lanterna. «Speravo se lo fosse sfilato e l'avesse gettato a terra» brontolò, spostando un sasso col piede per guardarci sotto, e poi percorse il sentiero preso dal vampiro per scappare. «Che cazzo se ne fa un vampiro di un paletto ficcato in una spalla?»

«Andiamo, Pesaro, te ne puoi procurare un altro di paletto con la punta d'argento» sospirò Sebastian scuotendo il capo. A volte quello faceva cose davvero strane.

«Lo so» rispose l'altro, continuando a cercare e facendosi sempre più scuro in volto. «Ma quello me lo aveva regalato Victoria e se non lo riporto a casa, lo noterà. Non le sfugge niente, a quella. E se non se ne accorge lei, se ne accorgerà Bella. Cristo.» La voce era insolitamente tesa.

«Quindi il tuo più grande problema non è quello di aver perso il paletto che ti ha regalato, ma che dovrai spiegarle *come* lo hai perso.» Sebastian scoppiò in una risata soddisfatta, sentendosi libero per la prima volta da anni.

Pesaro lo guardò e c'era una sorta di apprensione nei suoi

occhi. «Quando scoprirà che non l'abbiamo portata con noi ce la farà pagare molto cara. A tutti e due.»

Sebastian non riusciva a smettere di ridere. Era così raro beccare Pesaro in fallo. «Ah, *mon ami,* sei tu che l'hai sposata. I cocci sono tutti tuoi.»

«Va' al diavolo, Vioget.»

1

UN NUOVO, OSCURO MONDO

Chicago, maggio 1926

Il tunnel era nero come la pece e pareva non finire mai.
Macey Denton non riusciva a vedere niente, neppure il paletto che stringeva in mano, avanzava a tentoni e la nuca era un pezzo di ghiaccio. Le pietre sotto le sue dita erano umide e scabre e l'aria puzzava di putrefazione, escrementi e male allo stato puro.

Procedeva piano, decisa e silenziosa, il battito del cuore le rimbombava in tutto il corpo. I robusti stivali schiacciavano il pietrisco e urtavano i sassi più grandi. Qualche animaletto si mosse nel buio mentre uno strano gocciolio faceva da sottofondo.

Una malvagità silenziosa permeava l'aria e pareva espandersi.

«Ti aspettavo» la voce rauca di Nicholas Iscariot le riempì le orecchie, mentre Macey lottava per mantenere il controllo del proprio battito cardiaco, per non permettere che fosse lui a inglobarlo col suo potere. Sapeva cosa significava lasciare che prendesse il controllo del suo cuore.

«Ero certo che saresti venuta, Macey» disse. La voce veniva dal buio ma pareva farsi più vicina. «Non riesci a starmi lontana.» C'era una certa soddisfazione in quelle parole che riecheggiavano nell'oscurità.

All'improvviso comparve un piccolo cerchio di luce che circondava una figura alta e scheletrica e illuminava una porzione di terreno grande quanto un piatto da portata di Al Capone. Iscariot indossava un completo gessato, corredato di un fazzoletto da taschino rosso sangue abbinato alla cravatta, su cui pendeva qualcosa che emanava una malevola luce verdastra.

I capelli scuri erano tirati indietro e brillavano come fossero bagnati. Solo metà del viso era illuminata e i tratti fini, di una bellezza severa ed elegante, erano disegnati da un chiaroscuro di luci e ombre. Gli occhi rossi brillavano ed erano circondati dall'anello blu attorno alla pupilla, che contraddistingueva i figli di Giuda Iscariota. Macey badò a non guardare direttamente quegli occhi pieni di potere.

Iscariot inclinò appena la testa, mostrando l'altra guancia segnata da una grossa bruciatura a forma di croce e Macey non poté fare a meno di sorridere soddisfatta, dato che quello sfregio era opera sua.

«Certo che sono venuta» rispose. «Non posso resistere alla vista del tuo bel faccino.» Si preparò, in attesa che lui le si scagliasse contro come una furia.

L'avrebbe fatta finita una volta per tutte quella sera stessa. La presa sul paletto era salda e lei si sentiva pronta.

Aveva il controllo del proprio battito cardiaco.

Il vampiro, si limitò a snudare le zanne ma, stranamente, rimase immobile. Gli occhi però si fecero più accesi, come fosse in attesa o si stesse concentrando. Nell'aria qualcosa si mosse e a Macey parve che lo spazio tra loro cambiasse e diventasse più... denso, attraversato da luccichii malevoli. Quindi sentì il respiro farsi affannoso e il cuore rallentare appena. Iscariot si sforzava di catturarle il battito cardiaco e farlo suo, di entrarle fin nel sangue e controllare le profondità del suo cuore.

Parve accorgersi di quella resistenza e sorrise lascivo,

mettendo in mostra le zanne orribili e facendo saettare fuori la lingua rossa e lucente.

Mentre l'aria tra loro pulsava di potere, si tendeva e sfarfallava malefica, lui si leccò le labbra come ad assaporare qualcosa di delizioso. Gli occhi parevano volerla bruciare, accesi com'erano di odio e lussuria.

«Siamo proprio una bella coppia io e te, Macey Gardella» disse fissandola, mentre l'energia si attenuava. La Cacciatrice continuò tuttavia a evitare lo sguardo del potente vampiro e a impedire al proprio cuore di accordarsi col suo. «Tu mi hai marchiato, ma io non sono stato da meno.» Un gesto secco della mano pallida e Macey sentì un dolore lancinante al petto, che andava dalla base della gola alla fine dello sterno.

All'improvviso la cicatrice, guarita mesi prima, riprese a sanguinare, segnandole il davanti della camicetta. Quindi sentì un'altra fitta di bruciante dolore attorno al capezzolo sinistro.

Gli occhi di Iscariot brillarono febbricitanti, ma continuava a non muovere un passo verso di lei. Fece invece un altro rapido gesto della mano e una nuova luce si accese: chissà come, in quel tunnel dimenticato da Dio, il vampiro fece apparire una specie di riflettore semplicemente schioccando le dita.

Macey si bloccò quando vide chi c'era sotto quel riflettore. *Grady*.

Il suo ex amante non la guardava neppure. Era accasciato, sorretto dalle mani adunche di due non-morti. E c'era molto, molto sangue.

No.

Dovette metterci tutta se stessa per non correre verso di lui.

No, Wayren, mi hai promesso che sarebbe stato al sicuro. Me lo hai promesso.

Macey era come paralizzata, non riusciva a fare niente di niente, mentre Iscariot la guardava con un sorrisetto saccente e si avvicinava a Grady.

Avrebbe voluto urlare, ma non poteva mostrarsi terrorizzata, non poteva farglielo capire, esporsi… non poteva fare niente per salvarlo.

«Gli anelli, Macey. Dammeli.»

No, non posso… oddio, ti prego non costringermi a scegliere…

«Dammi gli anelli e lui vivrà.»

Come se si fosse sentito chiamato in causa, Grady sollevò la testa e la guardò. Coi suoi occhi blu come un lago, pieni di dolore e paura, imploranti… ma nessun segno che l'avesse riconosciuta.

Niente.

Non la riconosceva.

Stava per morire e neanche sapeva perché.

«E sia.» Con un sorriso di trionfo, si voltò verso Grady facendo vorticare l'ampio e pesante mantello nero che indossava, avvolgente come l'oscurità stessa che li circondava.

Macey avrebbe voluto urlare di terrore mentre il mantello la avviluppava, pesante come la morte e stretto come catene. Si agitava, furente, lottando per liberarsi e correre da Grady mentre Iscariot affondava zanne e artigli nel suo corpo. C'era sangue, sangue ovunque…

Sangue e oscurità che la bloccavano, la opprimevano…

MACEY SI SVEGLIÒ DI SOPRASSALTO, ritrovandosi seduta tra le lenzuola sgualcite. Aveva il viso sudato e il respiro affannoso, come se avesse corso per miglia. E tremava.

Dio, Dio no.

Ma era stato solo un sogno. *Solo un sogno.*

Si guardò intorno, nonostante la stanza fosse rischiarata solo dalla poca luce che filtrava da sotto la porta, sforzandosi di riconoscere gli oggetti a lei familiari: il riverbero dello specchio del tavolo da toeletta su cui teneva la borsetta, i fermagli e i gioielli, lo strano, altissimo appendiabiti da cui pendeva l'ultima creazione rosa confetto della zia Cookie, la sedia ingombrante dove, appena un'ora prima, aveva gettato il vestito e le calze.

Ancora ansante ma meno disorientata, allontanò le coperte e si alzò dal letto. Poggiare i piedi sul pavimento solido l'aiutò a riportarla alla realtà.

Solo un sogno.

Aveva il cuore a mille e le gambe molli, ma era stato solo un sogno.

Anche se sarebbe potuto diventare presto realtà. Madida di sudore gelido, procedette a tentoni nel buio per andare a lavarsi la faccia. Quando ebbe bevuto un bel bicchierone d'acqua e si fu asciugata le mani, il tremore era passato e il respiro tornato regolare.

Ma non aveva intenzione di rimettersi a dormire.

Lanciò uno sguardo al letto, un cumulo informe nella semioscurità in cui si distinguevano le colline formate dal ciclone che aveva sconvolto lenzuola e coperte, e ringraziò il cielo che Chas non fosse lì per vedere quella scena.

Ma, in fondo, anche lui aveva i propri demoni.

Bella coppia che erano, lei e Chas Woodmore.

Col battito ancora un po' accelerato, Macey si lasciò avvolgere e coccolare dalla morbida vestaglia di ciniglia color avorio, scivolò fuori dalla stanza e percorse il corridoio silenzioso, illuminato da una sola lampada. La stanza di Temple era in fondo, mentre Macey era stata incoraggiata a occupare quella che era appartenuta a Sebastian e che era la più spaziosa e confortevole.

Ora che Al Capone non poteva più ricattarla, Macey si era trasferita in uno degli appartamentini collegati al *Silver Chalice*. Dal pub si accedeva infatti a un ampio spazio sotterraneo composto da diverse stanze e corridoi, oltre che da una cucina e un salone, che si estendeva fino al negozietto di cappellini di Cookie, lo *Smart Millinery*, che si trovava più avanti e sul lato dell'isolato opposto rispetto a quello del *Silver Chalice*.

Quando Macey aprì la porta intarsiata con croci d'argento, che divideva quelle stanze private dal locale pubblico, si aspettava di trovare la sala silenziosa e deserta. L'alba era spuntata da un bel po' e Temple seguiva gli stessi orari di Sebastian, il quale era solito chiudere al sorgere del sole, dato che, come molti vampiri, era avvezzo a dormire per buona parte del giorno. Riapriva poi al tramonto.

Ma purtroppo il pub non era affatto vuoto: seduto di fronte al lungo bancone sbrecciato, cullando tra le mani un bicchiere di qualcosa che il governo degli Stati Uniti considerava illegale, c'era Chas.

Macey esitò. L'ultima cosa che voleva era dover parlare con qualcuno, specie con un tipo schietto e intuitivo come Chas.

Ma era troppo tardi: per quanto fosse stata circospetta, l'uomo aveva udito la porta aprirsi e si era voltato. Come al solito, Macey lesse sul suo volto la profonda stanchezza e l'irritazione che lo contraddistinguevano, e che venivano meno solo in quei rari momenti di allegria e passione che lei conosceva molto bene.

«Stai bene?» le chiese con la voce arrochita. «Ti sei svegliata presto, se come presumo, sei stata fuori per strada tutta la notte. Che è successo?»

Avrebbe voluto girare i tacchi e tornarsene al sicuro nella propria stanza, prima che lui potesse leggere lo sgomento e la paura che di certo aveva ancora negli occhi o prima di fare qualcosa di stupido.

Ma per quanto avesse voglia di fuggire, era anche attratta da quell'uomo così inquietante, magnetico e potente. E se c'era una cosa che Chas sapeva fare bene, era aiutarla a dimenticare, a schiarirsi la mente o a liberarsela, a seconda dei punti di vista.

E Macey aveva un disperato bisogno di schiarirsi le idee. Quindi prese posto su uno sgabello all'angolo del bancone e strinse la cintura della vestaglia.

«Non riuscivo a dormire» disse solo.

Lui la guardò da dietro una ciocca di capelli nerissimi, senza nemmeno alzare la testa, ma solo gli occhi scuri, arrossati e stanchi, in cui brillava qualcosa che le fece accelerare il cuore e prosciugare la bocca. «Per quello, conosco un rimedio» disse accennando un sorrisetto.

«Neanche tu, mi pare» ribatté lei, sostenendo il suo sguardo ma sentendosi rimescolare e scaldare dentro. Poi però una fitta di tristezza rovinò tutto, costringendola a distogliere gli occhi. «Quando sei tornato?»

Era sparito per alcuni giorni, senza preavviso, lasciandole però un bigliettino, giusto per non farle temere che fosse andato al Creatore.

«Da un po'. Ti sono mancato?»

No. Sì. Un pochino. Forse. Più del dovuto, brutto bastardo, arrogante e noioso.

In fondo, non erano rimasti che loro a combattere Nicholas Iscariot e a cercare un modo per liberarsi di quel potente signore dei vampiri. E, a meno che non venisse fuori che uno di loro due era l'intrepido, Macey non era così sicura che ci sarebbero riusciti, come prometteva la profezia di Lady Rosamunde:

Quando sarà liberata, una radice malevola raccoglierà più potere di quanto mai si sia udito. Permeerà tutto in lungo e in largo e solo un uomo, l'intrepido, e il suo pari potranno contrastarlo.

Senza Chas, dunque, sarebbe rimasta sola. Quindi era meglio se il bastardo restava nei paraggi.

E senza l'intrepido e il suo pari, che Capone aveva creduto fosse lei, quali erano realmente le loro probabilità di sconfiggere la *radice malevola* che senz'altro era Nicholas Iscariot? Non molte, probabilmente.

Ma *no*, Chas non le era mancato. Almeno non nel modo insinuato da *lui*.

Macey decise quindi di non rispondere, lasciando quella domanda sospesa, pulsante, nel silenzio fra loro.

Riappoggiò il bicchiere vuoto sul tavolo. «Ehi, mica ti ho chiesto se mi ami o no.»

«Anche perché a quello avrei saputo cosa rispondere» borbottò, lanciandogli un'occhiata di sbieco.

Un sorriso fugace gli incurvò le labbra, ma sparì mentre, con mano ferma, afferrava la bottiglia e si riempiva di nuovo il bicchiere. «Ne vuoi?»

«Sono le sette di mattina.»

Fece spallucce. «Hai l'aria di aver avuto una nottataccia.»

«Possibile.»

«La domanda è: ce l'hai avuta *là fuori* o *qua dentro*?»

Era decisamente troppo intuitivo, il che lo rendeva ancora più seccante. Ma poteva sempre rigirare la frittata e punzecchiarlo a sua volta. «E tu dove sei stato per tre giorni?»

«Dovevo fare delle cose.»

Un silenzio teso e pesante calò fra loro, gravido di tante, troppe, parole non dette.

«Questa conversazione non sarà molto interessante» sbottò Macey all'improvviso, se nessuno di noi si vuol sbottonare.» Poggiò una mano sul bancone usandola come leva per superarlo con un balzo, atterrò nel posto che un tempo era stato di Sebastian e si chinò per recuperare un bicchiere basso e pesante.

«Qui è mattina, ma da qualche parte nel mondo, dove non ci sono vampiri del cazzo, sono le sette di sera, disse, poggiando rumorosamente il bicchiere sul bancone. «Servimi.»

«Il miglior metodo che conosco per dimenticare ciò che è meglio dimenticare» dichiarò lui, inclinando la bottiglia da cui colò un sottile rivolo dorato. «Beh… il secondo miglior metodo.» Le lanciò di nuovo quello sguardo e stavolta il calore le si liberò nel ventre, poi scese più giù. E vi rimase.

Macey lo guardò, considerando l'offerta, e si portò il bicchiere alle labbra. Cavolo, se aveva ragione. E visto come si sentiva in quel momento, e come ormai si sentiva da settimane, forse aveva proprio bisogno di rotolarsi ben bene tra le proverbiali lenzuola.

Perché se quegli incubi fossero continuati…

«Bleah!» si allontanò il bicchiere dalle labbra e ci guardò dentro. «Cos'è questo schifo?» Troppo forte, amaro e insapore.

Le labbra di Chas si incurvarono di nuovo. «Appena un gradino sopra il torcibudella, per come la vedo io, ma non so più dov'è che Temple tiene la roba buona.»

Macey svuotò il proprio bicchiere nel lavello e lo riappoggiò rumorosamente sul bancone. «Io so dove tiene quella veramente buona, quella che Sebastian teneva nascosta da... insomma, quella che teneva nascosta. Voltati un attimo, per favore.»

Chas alzò gli occhi al cielo ma, sorprendentemente, ubbidì, girandosi sullo sgabello in modo da darle le spalle.

Quando fu certa che non potesse vederla, spostò una mensola con dei bicchieri, scoprendo lo sportello di una cassaforte. Un colpetto alla maniglia e l'aprì, trovando all'interno tre bottiglie del liquore più strano che avesse mai assaggiato, anche se certo lei non era un'esperta. Non avevano etichetta ma una di esse era stata aperta e richiusa con uno strano tappo sormontato da una piramide di onice.

La tirò fuori mentre Chas si girava di nuovo. «E così è lì che la tiene.»

La notte in cui Sebastian era morto, Macey, insieme a Temple, Chas e persino Wayren avevano fatto un brindisi in sua memoria con quella stessa bottiglia.

Macey inarcò un sopracciglio mentre serviva il liquido rosadorato. «Meglio se dimentichi quello che credi di sapere, Chas.»

Lui svuotò d'un fiato il bicchiere e glielo riallungò, quando-

«Ma che cazz...? Chas la afferrò per un braccio con tanta irruenza, che rischiò di far cadere la preziosa bottiglia. «Che cazzo ti sei fatta?»

Lei era troppo stupita per rispondere ma poi vide che lui fissava l'apertura della vestaglia, sotto la quale una linea rossa lordava il davanti della sua camicia da notte. Al centro del petto, lungo lo sterno.

Sangue fresco.

Da Iscariot.

Macey si sentiva la testa leggera ed ebbe le vertigini. «Ma era un sogno» sussurrò liberandosi dalla stretta di Chas, scostando la vestaglia e strusciando forsennatamente sulla camicia come Lady Macbeth. *Via, maledetta macchia! Via, dico...* «Era solo un sogno.»

C'era un'altra chiazza di sangue sul seno sinistro. Il cuore prese a batterle all'impazzata, cupo e pesante.

«Cosa dici? Un sogno? Lo so che quella è opera di Iscariot. L'hai forse visto? *Quando?*»

«Era un sogno» ripeté ancora una volta, terrorizzata e instupidita. Il cotone era bagnato, il sangue era *reale* e le macchie si stavano allargando.

«Le tue vecchie cicatrici stanno *sanguinando*.» Non c'era più la minima traccia di ebbrezza nella voce di Chas.

«Nel sogno, lui mi ha fatto sanguinare così. Io... io non mi ero accorta...» Aveva le mani gelate. *Come?* Il cuore le rimbombava nel petto mentre guardava quella cosa... impossibile.

«L'hai visto soltanto in sogno?» ripeté Chas. «Iscariot ha fatto questo comparendoti in sogno? Porca puttana.» C'era puro terrore nei suoi occhi.

Macey si stava sbottonando la camicia da notte, per assicurarsene. Doveva esserne certa... vederlo coi suoi occhi.

«Mio Dio» esalò allontanando i lembi di stoffa.

Guardò giù e vide la striscia di sangue che in qualche modo *impossibile* le stillava dalla carne.

«È... vero» balbettò e rendersene conto la raggelò. «Vero» ripeté cercando gli occhi di Chas e leggendovi lo stesso terrore. «Vuole gli anelli» soggiunse, dando voce ai pensieri di entrambi.

«Sì e finché non li avrà, o finché noi non lo distruggeremo...» Chas scosse il capo e serrò le labbra.

Non c'era bisogno di dire altro. Iscariot avrebbe precipitato loro e tutta Chicago in un inferno per avere quegli anelli.

E non c'erano che loro due sul suo cammino.

2

NELLA SOLITUDINE DEL SANTUARIO

*E*ppure, gli anelli di Jubai non potevano essere più al sicuro.

Nicholas Iscariot non avrebbe mai potuto recuperarli da solo perché, dietro consiglio di Wayren, le cinque fascette di rame erano state nascoste nella sagrestia di St. Patrick, una chiesetta anonima che Sebastian era solito frequentare regolarmente.

E fu lì che Macey entrò, due sere dopo aver avuto quell'incubo, tagliando fuori il frastuono di Chicago, e lasciandosi alle spalle echi lontani di spari, clacson e stridio di pneumatici per addentrarsi nel silenzio.

Accompagnò le pesanti porte in legno di noce in modo che, chiudendosi, non producessero neppure il più lieve rumore. All'interno dominavano la quiete, la penombra, rischiarata solo dalla luce incerta delle candele e il delicato profumo di incenso. I gigli pasquali non c'erano più e al loro posto erano comparsi degli ampi drappi rossi.

Quella sera la chiesa era deserta, fatta eccezione per una figura solitaria nelle file più vicine all'altare.

Macey sentì una fitta al cuore perché quella non poteva essere la vecchietta che aveva imparato a conoscere, quella che le aveva dato il rosario che per due volte le aveva salvato la vita. No, quella donna saggia se n'era andata, privando Macey di un'altra guida e mentore.

Ora non le rimaneva che Chas ma, per quanto gli volesse bene, sapeva che, come lei, quell'uomo aveva patito tanto. Anche lui era alla ricerca di qualcosa, anche lui era altrettanto solo e triste.

E altrettanto arrabbiato.

Inoltre, lui non apparteneva né a quel luogo, Chicago, né a quel tempo, il 1926, ma vi era arrivato anni addietro grazie a Wayren. La sua stessa presenza lì, dunque, sembrava spaventosamente transitoria.

Macey non era cattolica ma comunque si genuflesse, come se sentisse che era la cosa giusta da fare, poi si sistemò su una panca della terzultima fila.

Si guardò distrattamente intorno, rendendosi conto di essere in attesa di qualcosa mentre, al contempo, combatteva il senso di sconcerto e paura che la accompagnava da quando, due sere prima, Iscariot le era apparso in sogno. Ogni volta che ripensava a quell'incubo divenuto realtà, sentiva le mani gelarsi e lo stomaco contorcersi.

Come poteva Iscariot avere tanto potere su di lei da farla sanguinare solo comparendole in sogno?

Mesi addietro, nel corso del loro primo incontro, l'aveva morsa e con cieca violenza, le aveva succhiato il sangue mentre i suoi scagnozzi la tenevano ferma per i polsi e le caviglie, sul sedile posteriore di una macchina. In quella stessa occasione, l'aveva ferita con un coltello, tagliandole i vestiti e la biancheria, per poi inciderle la carne, lungo lo sterno e attorno a un capezzolo. Ma, anche grazie a Chas che li aveva irrorati di acqua santa salata, sia i tagli, sia i morsi erano guariti.

Quando poi, alcune settimane prima si era ritrovata davanti Iscariot nell'obitorio cittadino, Macey l'aveva ustionato con la sua croce d'argento ma, in qualche modo, lui era riuscito a riaprire e far sanguinare quelle cicatrici ormai rimarginate... Una cosa spaventosa ma, almeno, lo aveva fatto *di persona*, mentre lui e Macey si trovavano nella stessa stanza.

Stavolta invece lo aveva fatto *in sogno*.

Come? E cosa significava?

Macey non era poi così sicura di volerlo sapere. Era una Cacciatrice, discendente della più potente stirpe di sterminatori di vampiri mai esistita. Era abile, forte, intelligente, era stata *scelta* per quella vita, era la sua vocazione ed era nata per farlo.

Ma il viscido, perfido Nicholas Iscariot la terrorizzava a morte, soprattutto perché nessuno sembrava capire fin dove potessero arrivare i suoi poteri. Sembrava saper fare cose che andavano ben oltre le *normali* capacità dei vampiri.

E soprattutto, e quella era la parte più spaventosa, li avrebbe usati tutti, i suoi poteri, pur di impossessarsi degli anelli.

Quanti innocenti, persone che Macey conosceva e amava, ma anche perfetti sconosciuti, quanti sarebbero stati uccisi e torturati prima che la faccenda venisse risolta?

Un altro aspetto che la preoccupava molto era che, ultimamente, oltre che nei suoi sogni, Iscariot non era stato avvistato da nessuna parte. Se non fosse stata certa del contrario, Macey avrebbe supposto che avesse lasciato Chicago.

Non si era verificato nessun attacco degno di nota da parte dei vampiri. Certo, non mancavano episodi sporadici di aggressioni con canini appuntiti e spargimento di sangue, così come spesso capitavano le rapine negli angoli bui delle strade. Ma si trattava di episodi praticamente di routine che non davano nessuna indicazione su cosa sarebbe accaduto in seguito e tantomeno su cosa concentrarsi.

Macey aveva l'impressione di starsene lì ad aspettare che Iscariot facesse la mossa successiva, così come attendeva che accadesse qualcosa nella chiesetta.

E nessuna delle due cose le andava a genio.

Quella situazione doveva cambiare.

Doveva essere lei a cambiarla.

A fare qualcosa.

A fare in modo di avere il controllo della battaglia.

Fu il rumore sommesso dell'inginocchiatoio che veniva rimesso a posto a distoglierla dai propri pensieri. L'altro fedele si era alzato in piedi e aveva percorso il corridoio fra le panche, chiaramente diretto alla porta.

Fu solo quando svoltò nella navata e arrivò all'altezza della panca occupata da Macey che lo riconobbe nella penombra.

«Chas! Che ci fai qui?» chiese, andandogli incontro.

«Secondo te?» ribatté in tono canzonatorio, lasciandole intendere che, probabilmente, era lì per pregare. Era un uomo pieno di contraddizioni.

«Pensavo che, magari, eri qui per dare un'occhiata agli anelli. O per provarli, chissà…» Un po' scherzava, un po' no: da quando Sebastian era morto, nessuno aveva più infilato gli anelli, temendo che si sarebbero fusi attorno alle dita, come era accaduto al Cacciatore-vampiro che li aveva portati per oltre un secolo.

«Giusto. Se ben ricordi, mi ero offerto di farlo e di andare alla polla sui Munţii Făgăraş…»

«Ma Wayren te lo ha impedito» intervenne lei, osservando l'espressione dell'amico. «E magari hai avuto la tentazione di provarci comunque.» Non che lo stesso pensiero non avesse sfiorato anche lei.

Chas inclinò il capo. «Non oserei mai discutere con Wayren, voglio dire…» soggiunse di fronte allo sguardo sardonico della ragazza, «Wayren è…» esitò e Macey fu colpita dalla profonda sincerità che traspariva sia dal tono sia dallo sguardo del Cacciatore. «È la cosa più vicina alla perfezione che abbiamo.»

Macey non poteva che essere d'accordo, ma tante restavano le domande che avrebbe voluto porre a quella donna misteriosa.

«Dobbiamo trovare il modo di arrivare al covo di Iscariot» disse poi, dando voce al più terribile e determinato dei suoi pensieri. Si avviò lungo la navata, diretta al portone. «È l'unico modo per prenderlo alla sprovvista e distruggerlo.»

Chas sollevò le sopracciglia, seguendola. «Coraggiosa e sfrontata, mi piace. Ma non crederai mica di poterti semplicemente presentare lì e ficcare un paletto in quel suo cuore da bastardo.»

Macey alzò gli occhi al cielo. «Prima di tutto dobbiamo scoprire dove si nasconde, il bastardo, altrimenti non potrò presentarmi e impalarlo.»

«Magari questo ti aiuta» soggiunse allungandole un giornale piegato che profumava di inchiostro.

Era l'edizione serale del *Chicago Tribune* e la prima pagina era occupata, quasi per intero, da una gigantografia di Nicholas Iscariot.

3

IL GUANTO DELLA SFIDA

In genere Macey evitava accuratamente di leggere il *Tribune* perché il cuore le doleva ogni volta che vedeva la firma di J. Grady sotto un articolo, una cosa che succedeva sempre più spesso, ora che la sua carriera era decollata.

L'ultimo articolo a firma sua che aveva letto era un pezzo da prima pagina sul funerale di Harry Houdini, l'escapologo e mago, deceduto in un ospedale di Detroit dopo uno show. Era stato un buon amico nonché mentore di Grady. Nonostante il taglio giornalistico, il brano era intriso di tutto il dolore e il senso di perdita che si prova quando muore una persona cara.

Almeno non provava la stessa disperazione per aver perso Macey, visto che, grazie all'intervento di Wayren e al piccolo disco d'oro che Macey stessa l'aveva pregata di usare, il giornalista non aveva memoria di lei.

Ora stava guardando il giornale che Chas le aveva messo tra le mani, avvicinandosi a un candelabro per leggere meglio. La prima pagina era dominata da un'enorme foto di un sorridente Nicholas Iscariot, tra il Colonnello McCormick, capo redattore del *Tribune*, e il sindaco Dever, cui stringeva la mano. Gli occhi di Macey scesero automaticamente a cercare la firma ed ebbe un tuffo al cuore nel trovarvi quella di J. Grady.

Il suo *falco* sempre a caccia di notizie, dunque, era stato lì. Aveva visto Iscariot, ci aveva parlato, l'aveva intervistato. Il vampiro conosceva il giornalista ma non viceversa. Grady, infatti, nonostante solo poche settimane prima fosse stato catturato dai non-morti e torturato da Iscariot, non poteva riconoscerlo.

Grazie a lei.

L'ansia l'attanagliò osservando i tratti fieri e nobili di Iscariot che guardava dritto in camera, fissando l'osservatore, con un sorriso modesto. Eppure lei ci vedeva ben altro, sapeva leggere la cattiveria e la soddisfazione che covavano nella curva delle labbra e negli occhi furbi. Pareva fissare direttamente Macey, sfidandola.

Aspettando che lei capisse cosa aveva in mente.

Barone italiano onora Chicago della sua presenza, recitava il titolo. Poi l'occhiello spiegava: *Il barone Nicholas Politano, appena arrivato da Roma, farà il suo debutto in società al ballo del Cardinal.*

Macey lasciò ricadere le braccia e il giornale con esse, e sollevò gli occhi verso Chas, che ricambiò con quello sguardo fin troppo intuitivo per i suoi gusti.

Strinse i denti mentre faceva ordine tra i propri pensieri, concentrandosi sulla rabbia, il dovere e la determinazione e subito si sentì più forte. «Beh, almeno se debutta in società sarà facile trovarlo… ma… le debuttanti non dovrebbero essere fanciulle, piuttosto che baroni?» ridacchiò.

«Che ti devo dire, ai miei tempi era così» ribatté Chas, senza smettere di guardarla attentamente.

Macey gli rese il giornale e sfoderò il paletto che teneva nella giarrettiera, al di sotto del vestito. «Andiamo. Sono in vena di combattere.»

«Oh! Questa è la cosa migliore che ti sento dire da un bel po' di tempo a questa parte» esclamò, con gli occhi che brillavano. «Andiamo a incenerire qualche vampiro!»

«STRINGILO SUL SERIO, PERÒ» sbuffò Grady. «Potresti liberarti anche tu da un nodo così. Deve essere molto stretto.»

Il detective Jameson Linwood, ancora incredulo e felicissimo di essersi ripreso dall'attacco mortale subìto alcune settimane prima, lo guardò storto, ma infine tirò le corde che stringevano i polsi del nipote, tanto che le dita abili del giovane stavano già perdendo colore. «Ma se ti hanno già graffiato la pelle a sangue, cretino che non sei altro.»

«È così che dev'essere, Houdini non si lamentava mai. E fa' come ti dico: stringi.» Così dicendo sollevò impaziente i polsi legati verso Linwood che gli stava davanti. «Suvvia! Sei o non sei uno sbirro? Fa' finta che io sia un pericolosissimo criminale e che tu vuoi impedirmi di sgusciare via come un'anguilla nella notte.»

«Non sei quel diavolo di Houdini e se non stai attento finirai per farti ammazzare, ragazzo mio» borbottò ma, ancora una volta, ubbidì, stringendo le corde con tutte le sue forze e alzando gli occhi al cielo quando, all'ennesima stretta, al nipote sfuggì un gemito di dolore.

Almeno lui sarebbe stato lì vicino pronto a liberarlo, se ce ne fosse stato bisogno.

«Tsk, se sono sopravvissuto tra il sudiciume e i tagliagole dei bassifondi di Dublino, posso di certo sopravvivere a un paio di corde ben strette, senza contare che Harry mi ha insegnato un sacco di cose. Una volta imparate le tecniche e con gli strumenti giusti, è solo questione di pratica. Molta… pratica e… un buon controllo… del corpo.» La voce di Grady era affannata perché certo aveva le braccia doloranti e le mani intorpidite.

«Se lo dici tu. Spero solo che non ti metta a fare questi giochetti per strada. Ora ti va bene idiota di un mangiapatate?»

«Può andare.»

«E adesso cosa dovrei fare?» chiese Linwood lanciando uno sguardo di commiserazione verso quella specie di bara al centro del salotto: era arrivata poco dopo che Houdini era morto, un piccolo lascito del grande escapologo al suo allievo prediletto.

Quella e *sette casse* di libri direttamente dalla collezione privata del maestro.

«Aiutami a entrarci, poi legami le caviglie come hai fatto coi polsi e... chiudi.»

«La prossima volta mi chiederai di gettarla nel fiume» bofonchiò Linwood, facendo quanto richiesto. «Con te dentro.»

«E poi incatenala con quel lucchetto lì.»

«Ma che cazzo dici? Non riuscirai mai a uscire.» Esaminò la cassa. «Almeno ci sono dei buchi per respirare.»

«Poi me ne occuperò, sarà il passo successivo» grugnì Grady mentre lo zio gli assicurava le corde attorno alle caviglie. «Tappare i buchi per poterlo fare sott'acqua. Dopo che avrò... fatto... questo.»

Alternando imprecazioni a preghiere sussurrate per chiedere a Dio di far rinsavire quel ragazzo, Linwood eseguì. Almeno avrebbe potuto rilassarsi un po' e farsi un goccio di whiskey mentre quel mentecatto di suo nipote si dimenava dentro la bara per un po'.

Gesù, Giuseppe e Maria! Si chiedeva cosa passasse negli ultimi tempi per la testa del suo ragazzo, che poi un ragazzo non lo era più, ammise con se stesso Linwood: ormai era sulla soglia dei trent'anni e aveva affrontato una vita ancora più difficile di quella che aveva avuto lui da quando faceva il poliziotto nella Chicago infestata dai gangster. Non c'erano dubbi che Grady fosse fortunato a essere vivo e non certo per merito di quella disgraziata di sua madre, la sorella di Linwood.

«Ricordati di prendere il tempo.» La voce ovattata proveniente da dentro la cassa, fu seguita da un tonfo. «Usa il cronometro.»

«Certo.» Linwood guardò la sua opera: il lucchetto che pendeva vicino al bordo della cassa e le catene che l'avvolgevano come un regalo di Natale, gli ricordarono di quando sua moglie Camilla gli faceva premere i nastri col dito per fare i fiocchi, proprio lì, in quella stanza. Dio quanto gli mancava.

«L'hai fatto partire?»

«Sì, sì» rispose Linwood: una bugia innocente perché in realtà aveva solo dato un'occhiata all'orologio sul caminetto, quando aveva chiuso la cassa. Non vedeva la ragione di usare il cronometro: posto che Grady riuscisse a fare l'impossibile, che diamine cambiava se ci avesse messo venti minuti e cinque secondi o venti minuti e quindici secondi?

Si diresse verso la cucina dove sapeva che il nipote, da bravo ragazzo irlandese e cattolico, teneva una bella bottiglia di whiskey, nascosta sotto un'asse mobile del pavimento. Si versò due dita di liquido ambrato, poi ne aggiunse un altro po' perché l'aiutasse a lavare via il ricordo di Camilla, e si mise a guardare fuori dalla finestra.

In quella casa, di fronte a un piccolo parco giochi, aveva vissuto con la moglie, finché lei non era rimasta vittima di un proiettile vagante, durante una sparatoria fra gangster, e lui si era reso conto di dover cambiare prospettiva.

Era maggio e, sebbene fossero quasi le otto, il sole illuminava ancora le altalene e le strutture metalliche su cui diversi bambini si stavano arrampicando, e l'uomo sentì il doloroso rimpianto di non aver avuto figli da Camilla. Grady era la cosa più simile a un figlio che avessero mai avuto, ma non lo avevano mai conosciuto fino al suo arrivo a Chicago, dopo la guerra. Ed era stato un vero e proprio dono della Provvidenza: Linwood ringraziava ogni giorno il Signore per aver portato nella sua vita quel ragazzo, anche se quando lo aveva incontrato era ormai un giovane uomo. Praticamente un miracolo, perché quella pazza furiosa di sua sorella era fuggita con un uomo facendo perdere le sue tracce, e Linwood non aveva mai saputo di avere un nipote finché Grady stesso non era venuto a cercarlo lì in America. Chissà cosa avrebbe fatto senza di lui.

Poggiò il bicchiere sul davanzale per prendere il fazzoletto e soffiarsi il naso. Certo Grady avrebbe potuto dare una spolverata di tanto in tanto.

Quando abbassò lo sguardo per recuperare il whiskey, notò una cosa stranissima: delle croci intagliate nel davanzale di legno.

Tre. Riempite con qualcosa che sembrava metallo lucente. Argento, forse?

Linwood le guardò stupito, sicuro che non ci fossero quando viveva in quella casa. Che strano.

Spostò la propria attenzione verso il bancone della cucina su cui Grady aveva lasciato il proprio orologio da taschino e un anello che si era tolto poco prima. Anche quest'ultimo era d'argento e, se la memoria non lo ingannava, era relativamente poco che suo nipote lo indossava regolarmente. Un anello d'argento. Delle croci d'argento sul davanzale. Ma che combinava quel ragazzo?

Dalla stanza accanto giungevano colpi e strani rumori e Linwood sorrise sotto i baffi, immaginando quel cervello di patata dare inutili calci al coperchio della cassa. Un'occhiata all'orologio della cucina gli disse che la lotta durava da quattro minuti scarsi. *Gliene concedo altri cinque o sei e poi vado a vedere.*

«Niente per me?»

Linwood riuscì a stento a non farsi cadere il bicchiere di mano, evitando così di sprecare del buon whiskey, e si voltò di scatto. Non poteva credere ai suoi occhi quando vide il nipote in piedi che si massaggiava i polsi e lo guardava pieno di boria.

«Madonnina santa!» fu tutto quello che riuscì a dire. La boria di Grady era esplosa in una risatina compiaciuta mentre gli mostrava un rotolo di corde. A dirla tutta, a Linwood si scaldò il cuore nel vederlo tanto sereno, dopo che nelle ultime settimane era stato così cupo, come se fosse accaduto qualcosa che aveva trasformato il vecchio Grady spensierato e sicuro di sé, in un individuo riservato, irritabile e nervoso.

Di solito era il tipo che riusciva a far calare le mutande persino a una suora e a farla scusare per averci messo tanto a togliersele, ma ultimamente qualcosa era cambiato.

Da quando Linwood era tornato dall'ospedale, in effetti. In parte, forse, quel cambiamento era dovuto all'incidente in cui lo zio aveva quasi perso la vita e probabilmente anche all'improvvisa scomparsa di Harry Houdini, ma c'era dell'altro.

Aveva provato a parlargli, anche stuzzicandolo un po', di quella bella signorina con cui si vedeva, se ben rammentava si chiamava Macey e aveva dei bellissimi occhi scuri, ma Grady aveva reagito come se non avesse idea di cosa stesse parlando. Anzi, lo aveva guardato come se avesse perso qualche rotella. Forse si era davvero confuso: in fondo l'attacco subìto era stato un gran brutto colpo. Molti dettagli dell'aggressione erano nebulosi nella sua mente, inoltre lo avevano imbottito di medicine all'ospedale, e aveva ricordi piuttosto vaghi anche di quello che era successo prima e durante il ricovero.

In effetti, anche se era tornato in servizio, non aveva ancora recuperato del tutto, certe cicatrici guarivano lentamente. Neppure Grady era molto incline a parlare dell'accaduto, neanche quando lo zio aveva ritirato fuori la loro vecchia teoria sul fatto che i vampiri fossero coinvolti.

Entrambi avevano ipotizzato da tempo che i vampiri esistessero davvero, avendone riconosciuto gli indizi in vari episodi di violenza avvenuti a Chicago nel corso degli anni. E in ogni caso, dopo essere stato quasi ammazzato da uomini con gli occhi rossi e i canini appuntiti, per quel che lo riguardava, non aveva più alcun dubbio sull'esistenza dei non-morti.

Grady, invece, era diventato reticente in proposito. Non che negasse, ma quelle discussioni non sembravano più coinvolgerlo come una volta.

Eppure aveva delle croci d'argento sui davanzali. E Linwood era sicuro di non essere stato lui a farle.

«Quanto c'ho messo?» chiese Grady, riportandolo alla realtà, mentre recuperava l'anello dalla cucina e se lo rimetteva al dito.

«Ecco...» Linwood guardò l'orologio e raffazzonò dei calcoli.

«Non hai usato il cronometro» mugugnò il nipote, prendendolo in mano. «Perché?»

Linwood fece spallucce. «Credevo che alla fine avrei dovuto aprirla io, quella dannata scatola e che quindi non avrebbe avuto importanza.»

Grady scosse il capo. «Miscredente che non sei altro. Ora non saprò mai se la prossima volta farò un tempo migliore.»

«Ma perché vuoi rifarlo?»

Qualcuno bussò alla porta ed entrambi si voltarono stupiti. Erano le otto di sera e Grady, essendo un reporter investigativo di spicco aveva in casa il telefono, per essere contattato, in caso di urgenze, in modo più veloce che tramite corriere. Quindi il visitatore non doveva essere del *Trib*.

«Aspetti visite?» chiese Linwood al nipote che stava andando ad aprire la porta.

«No.»

Grady tornò in cucina di lì a poco, con in mano un pezzo di carta ripiegato. Lo aveva aperto e lo fissava con aria stupita e diffidente, ma anche con entusiasmo.

«Questa sì che è una sorpresa. Devo andare.»

Gli passò il messaggio.

Ti aspetto al Clancy's Gold Coast alle nove. Vieni da solo.

«E chi cavolo è? Uno dei tuoi informatori? E questo scarabocchio qui in basso cosa dovrebbe essere? Una firma?»

«In effetti è proprio quello. Come scrive Conan Doyle, *il gioco è cominciato*. Aveva già il cappello in mano. «Non aspettarmi, zio.»

4

UOMINI E COBRA

na mostra fotografica?» ripeté Macey poggiando il paletto sul bancone del *Silver Chalice*. Era quasi l'alba e la sala era vuota e silenziosa. «Vorresti andare a una *mostra foto-grafica?*»

C'erano vampiri cui dare la caccia, un signore immortale da scovare e uccidere e una città da proteggere... e Temple voleva andare a vedere delle *fotografie?*

La donna stava riponendo ordinatamente i bicchieri puliti sullo scaffale e lanciò un'occhiataccia al paletto. Il pub aveva appena chiuso i battenti e Macey tornava adesso da una notte a caccia di vampiri.

«Ehi, l'ho appena pulito, il bancone» la redarguì Temple, dando una spinta al legnetto che rotolò a terra. Tirò fuori uno straccio e ripulì la superficie di gommalacca con la stessa energia che ci metteva nell'insegnare a Macey a combattere nel *kalari*. Il bancone ne uscì lucido come uno specchio, mentre Macey, dagli allenamenti, usciva spesso pesta e dolorante. Temple era brava e riusciva bene in tutto quello che faceva. Compreso convincere la gente.

«Non credere, sorella. Ha l'aria di una cosa interessante.»

Temple era alta e snella, con muscoli flessuosi. Aveva una trentina d'anni e, con la sua pelle liscia color caffelatte e i capelli mossi punta d'inchiostro che le arrivavano alle orecchie, somigliava alla cantante Josephine Baker. In effetti, la prima volta che si erano viste, lei cantava in un locale di cabaret chiamato *Gyro*.

Era arrivata da New Orleans da più di un anno, poco prima che Macey ricevesse la sua chiamata a diventare una Cacciatrice, ufficialmente per aiutare la zia Cookie nel negozio di cappellini ma, in realtà per diventare il *comitator* di Macey e addestrarla nel combattimento corpo a corpo. Inoltre, conosceva a menadito la storia dei Cacciatori e le profezie che la Cacciatrice Rosamunde Gardella aveva scritto nel dodicesimo secolo. Recentemente poi, Temple aveva anche preso in carico il pub che era stato di Sebastian Vioget. Tuttavia, non era un Cacciatore come Macey, Chas e Sebastian.

«C'è un articolo sul *Tribune*. Si tratta di una serie di fotografie esotiche provenienti da tutto il mondo, e molte sono di una fotografa avventuriera, una donna che ha fatto scatti in luoghi pericolosi e inaccessibili, tipo il tetto della chiesa di Notre Dame a Parigi: pare si sia inerpicata tra le guglie per farlo!»

«Quando è la mostra?»

«Stasera. Sarà il sindaco Dever in persona a inaugurarla, quindi sarà una cosa molto esclusiva. I biglietti non si trovano facilmente ma sono riuscita ad accaparrarmene tre. Non chiedermi come, ho i miei agganci. Lo so che è sabato, ma per una sera posso anche tenere chiuso. E tu dovresti dormire e riposarti un po', e passare una serata lontano dai non-morti, e io pure, santiddio. Verrà anche zia Cookie e si occuperà di agghindarci per la serata. Vieni al suo negozio verso le cinque, penserà a tutto lei.» Sembrava sovraeccitata al pensiero. «E poi non si sa mai... magari becchi pure qualche vampiro e prendi due piccioni con un paletto.»

Nei suoi occhi danzava una strana allegria e a Macey venne da chiedersi se non avesse esagerato col gin. Pur essendo sempre schietta e diretta, sembrava meno concreta e pragmatica del solito.

«Ok, vengo» rispose Macey. Se il sindaco Dever era presente, magari riusciva a scambiarci due parole e a saperne di più sul *barone Politano.* «Posso trovare vampiri lì come altrove.» Magari proprio il sedicente barone italiano. Controllò a stento un brivido.

«Stanotte com'è andata?» Anche Temple sapeva che ultimamente a Chicago c'erano pochissimi vampiri in giro, ma questa carenza non poteva essere altro che la calma prima della tempesta.

«Pochi. Ne ho uccisi cinque. E Chas anche.»

«Eravate insieme?» Temple la guardò meditabonda e per un attimo, sembrò sul punto di aggiungere qualcosa.

Macey prevenne la domanda dell'amica additando i bicchieri non ancora riposti. «Che ne dici di darmi qualcosina che mi aiuti a dormire? Mi piaceva quello che bevemmo la notte che... quel liquore rosato che Sebastian tiene in cassaforte.»

Quel liquido era denso come sciroppo e scendeva caldo e dolcissimo giù per la gola. Aveva anche una punta speziata.

Temple non rispose, si limitò a tirar fuori la bottiglia. «Mai vista questa roba, quando c'era ancora lui» borbottò, togliendo lo strano tappo piramidale. «Sebastian ci nascondeva la roba migliore, sorella. Poi vorrei sapere perché lo teneva in una cassaforte piombata. Vorrei anche sapere dove potermi rifornire di questa delizia.» Riempì il bicchiere e lo fece scorrere sul bancone, poi sollevò la bottiglia e la guardò bene. «Uhm, sembra che qualcuno si sia servito da solo.» Le lanciò uno sguardo truce che le riportò all'argomento precedente. Purtroppo.

«Insomma tu e Chas eravate insieme stanotte» disse Temple, «ma lui non è ancora rientrato. Sai dov'è?»

Macey fece spallucce, sentendosi gravare addosso il peso della curiosità dell'amica. «Non sono la sua balia» borbottò. Ma non poté fare a meno di arrossire.

Temple continuò a fissarla. «Stai giocando col fuoco, sorellina, lo sai vero? Chas Woodmore non è un uomo come gli altri.

Puoi dirlo forte. Ma Macey preferì non rispondere: non aveva intenzione di fornirle altro materiale per quella ramanzina. Quello che lei e Chas avevano fatto poche ore prima in quel vicoletto, dopo aver fatto fuori sei vampiri in cinque minuti netti, non era affar suo.

Non era necessario che Temple sapesse come si erano voltati l'una verso l'altro, ansanti ed euforici dopo quello scontro selvaggio finito fin troppo in fretta: il respiro affannato, gli occhi accesi di esaltazione ma ancora bramosi. Come gli occhi scuri da zingaro di Chas, caldi e ferini, avessero incontrato i suoi. Come lei lo avesse preso per il bavero, come gli si fosse gettata contro, con tanta forza da farlo barcollare fino al muro di mattoni alle sue spalle.

E come in quel vicolo buio, tra casse rotte e scatoloni bagnati, con l'afrore della spazzatura marcia misto alla puzza di cenere di vampiro che ancora ricopriva loro le spalle e i capelli, si fossero *divorati*. Le bocche calde e umide, le lingue intrecciate, le mani ovunque. Il muro scabro dietro di lui, mentre lei gli slacciava i pantaloni e infilava una mano bramosa a cercare il suo calore, afferrandolo, mentre gemeva vogliosa contro la pelle umida e calda del collo di Chas. Poi, all'improvviso, Macey si era sentita sollevare. Chas l'aveva tirata su e l'aveva messa con le spalle contro il muro, tenendola con una mano sulla gola mentre con l'altra le sollevava la gonna.

Aveva sentito la fresca aria notturna carezzarle le cosce nude, mentre Chas la induceva a mettergli le gambe attorno alla vita. Affondandogli le dita fra i capelli folti e mossi, Macey gli aveva baciato, leccato e mordicchiato il collo, mentre gli apriva la camicia.

Presa da un desiderio insostenibile.

Un desiderio di profondo di... *qualcosa*.

Le perline del vestito grattavano e s'impigliavano nel muro ruvido e bagnato, mentre Chas le infilava le dita sotto le mutandine per sentire quanto fosse calda e pronta Gemette di piacere quando lo scoprì, quindi con una mossa e un affondo repentino, la penetrò.

Macey gli aveva stretto le gambe attorno alla vita, assecondando quel ritmo rapido, violento e selvaggio, la nuca che strusciava contro i mattoni, finché non aveva raggiunto l'orgasmo. Non aveva nemmeno provato a trattenere il grido liberatorio, che era stata travolta da una seconda ondata di piacere, quando il gemito profondo e accorato di lui le si era spento tra i capelli.

Si era appoggiata al muro, mantenendo l'equilibrio mentre lui si era chinato in avanti, una mano contro la parete e una a sostenerla per i fianchi. Ansando e gemendo, alla fine l'aveva rimessa a terra. Macey aveva barcollato un attimo mentre la gonna scivolava giù tornando a coprirle le cosce: una figura era passata davanti all'imbocco del vicolo riportandola prepotentemente alla realtà.

Ma che mi è preso?

Aveva scrutato il compagno mentre si sistemava il vestito e tirava su le calze, con le gambe ancora molli per via del vortice di passione e lussuria. Lo aveva visto ricomporsi meticolosamente, notando che evitava di guardarla.

Dannazione.

«Beh, questo proprio non me l'aspettavo» era riuscita a dire, chiedendosi quante delle perline della parte posteriore del vestito fossero sopravvissute.

«Io certo non mi lamento, bellezza» aveva risposto lui con voce bassa e arrochita. «Ed è molto meglio di come lo faccio... di solito.»

«Intendi a letto?» l'aveva preso in giro, giusto per alleviare la tensione.

«Con le zanne» si era affrettato a rispondere.

Macey aveva serrato le labbra: non c'era niente da dire, sapeva bene quanto gli fosse costato ammettere una cosa del genere.

Non conosceva i dettagli della storia, ma sapeva che Chas era stato innamorato di una vampiressa di nome Narcise, che aveva scelto però un altro uomo. Aveva passato gli ultimi dieci anni tentando di togliersela dalla testa e cercando di combattere la sua perversione di farsi succhiare il sangue mentre faceva l'amore.

Una condizione difficile la sua, diviso tra il suo ruolo di Cacciatore e la passione per i morsi dei vampiri, per quella meravigliosa sensazione di perdita di sangue e di controllo mentre si viene presi dallo spasimo della passione. Chas ne aveva *bisogno*.

Macey aveva sentito dei brividi e le ultime vestigia di calore e piacere erano scomparse al ricordo di quando era stata morsa da Nicholas Iscariot. Per quanto avesse temuto e odiato quel mostro, aveva percepito, oltre la cattiveria e l'oscurità che l'avevano avvolta, il sottile piacere dato dai poteri ipnotici dei vampiri.

Non riusciva neppure a immaginare quanto potesse essere difficile per Chas.

«Dev'essere proprio un bel ricordo.»

La voce di Temple la riportò al *Silver Chalice* e al bicchiere pieno di liquore rosa posato sul bancone davanti a lei. Sollevò lo sguardo per incontrare quello fin troppo eloquente e furbetto dell'amica, tanto che decise di prendere il bicchiere e portarselo alle labbra per nascondercisi dietro. Stranamente, la bevanda le parve meno calda e corroborante del solito. «Siamo rimasti intrappolati in un vicolo cieco con sei vampiri» spiegò. «Sono stati momenti piuttosto intensi.»

«Ecco perché hai dei granelli di calcina tra i capelli e… ehm il dietro del vestito in quelle condizioni.»

«Te l'ho detto è stato… molto intenso.»

«Finirai per farti del male» sentenziò Temple dando una botta fin troppo forte sul tappo a piramide per richiudere la bottiglia. «Ahia.» Si guardò il palmo e poi fissò Macey. «O se ne farà lui.»

«Mi sono già fatta del male» rispose Macey atona, lasciandosi scivolare giù dallo sgabello. Anche se in quel momento sentiva ben poco, solo stanchezza, angoscia e freddo. Un freddo vuoto che neppure gli *intensi* momenti nel vicolo avevano fugato. E la cosa che più la spaventava, era che mai niente ci sarebbe riuscito.

Cambiò di nuovo argomento. «Hai letto i giornali ieri sera?»

Temple si riscosse. «Sì. Con quel fottuto Iscariot sbattuto in prima pagina. Hai sentito Wayren?»

«No» rispose e poi proseguì, frustrata: «Non l'ho più vista né sentita da quella notte... quando abbiamo bevuto questo per la prima volta.» Sollevò il bicchiere e poi lo riappoggiò sul bancone senza bere.

«Ho ridato un'occhiata alle profezie, andando un po' a ritroso e in avanti. Sai, una cosuccia leggera da leggere prima di addormentarsi.» Nella voce atona risuonavano ironia e un vago senso di solitudine.

«E...?» Macey bramava una risposta precisa e definitiva, tipo: *l'intrepido è Chas* oppure *ci sbagliavamo di grosso, la radice malevola non è affatto Iscariot.*

Non che avesse mai pensato, neppure per un secondo, che potesse esistere qualcuno di più malvagio *alla radice* del figlio vampiro di Giuda Iscariota.

«E niente, non ho raggiunto nessun'altra conclusione. Ma credo sia un errore affidarsi troppo a quello che dicono quelle maledette profezie, sorella.»

Macey annuì, cupa. «Concordo. In fondo ne siamo venuti a conoscenza solo grazie a Capone che, peraltro, aveva preso un granchio.»

«Se ci penso mi fa ancora ridere che lui credesse di essere l'altra metà dell'intrepido.»

Macey sorrise, ma era un sorriso tetro. «Ma non che pensasse che io fossi l'intrepido.» Sospirò. «Potrebbe anche aver avuto ragione su di me.»

«Ne abbiamo già discusso. A parte che l'intrepido è di certo un uomo, tu non corrispondi alla descrizione. Tu non vieni *dalle recondite viscere della pazzia e dell'afflizione.* I tuoi genitori ti amavano e si sono presi cura di te-»

«Finché Max Denton non mi ha abbandonata.» Era difficile per lei dare al padre un appellativo che non fosse il suo nome di battesimo. «Mia madre fu assalita e fatta a pezzi e lui mi mandò via...»

Temple la guardò, comprensiva. «Perché tu cos'hai fatto a Grady?»

Macey serrò i denti e la guardò malissimo. «Almeno ho cancellato i suoi ricordi. Io, invece, mi ricordo ancora di mio padre.» Fissò l'amica, di nuovo intenta ad asciugare bicchieri. «In ogni caso voglio lasciar perdere quella maledetta profezia e dedicarmi a scoprire dove si trova il covo di Iscariot e come arrivarci. Non intendo aspettare che faccia lui la prossima mossa. È la *mia* partita questa, non la sua.»

Temple annuì e sollevò il proprio bicchiere per un rapido brindisi: «Brava! È ora che noi donne prendiamo in mano la situazione e mostriamo agli uomini di cosa siamo capaci.»

Macey sorrise e fece tintinnare il bicchiere contro il suo. «L'hai detto, sorella.»

QUANDO MACEY e Temple uscirono dal negozio della zia Cookie, vestite di tutto punto, il cielo aveva l'aria di prepararsi per una tempesta coi fiocchi.

«Speriamo che il tempo regga finché non saremo al coperto» sospirò Temple lanciando un'occhiataccia ai nuvoloni neri.

Un tuono rimbombò in lontananza e Macey scosse il capo. «Ne dubito. Ma almeno molti vampiri eviteranno di uscire e soprattutto, molte potenziali vittime» soggiunse, mentre viaggiavano sull'automobile che era stata di Sebastian.

La mostra fotografica che aveva mandato in brodo di giuggiole Temple e, a quanto pareva, gran parte della Chicago bene, era allestita nella Preston Bradley Hall, parte della meravigliosa biblioteca cittadina.

L'edificio comprendeva due cupole, una serie di grandiose scalinate ed eleganti gallerie a volta. Macey, che viveva a Chicago da un paio d'anni, non era mai entrata in quella meravigliosa struttura e quando, insieme a Temple, scese dall'auto di fronte all'entrata su Washington Street, rimase a bocca aperta.

«Uno dei motivi per cui volevo venire qui stasera è proprio questo» spiegò Temple sollevando lo sguardo mentre attraversavano il portone sormontato da un arco e rifinito in bronzo, «avere una scusa per vedere questo posto.»

L'ingresso Washington era altro tre piani e aveva il soffitto a volta. Le mura erano di marmo bianco decorato con mosaici e intricati disegni geometrici. Le tessere usate per i mosaici erano di vetro, madreperla e pietra e avevano tutti i colori dell'arcobaleno che venivano smorzati dal candore del marmo, dando alla sala una sensazione di leggerezza, spaziosità e apertura, nonostante la grande folla presente.

«Peccato che la zia Cookie non sia potuta venire alla fine» disse Macey mentre consegnavano i biglietti all'addetto, fermo alla base dell'imponente scalinata di marmo bianchissimo, decorata con inserti verdi e altri mosaici che accompagnavano l'ampia salita. «Proprio un peccato che dopo aver investito tanto tempo e tanti sforzi per confezionare i nostri vestiti, la sua anca abbia iniziato a fare i capricci.»

Macey aveva un vestito rosso, lungo fino a metà coscia ornato da un vortice di perline scarlatte, arancioni e dorate che sembravano accendersi a ogni movimento. Sembrava una lingua di fuoco nel camino, glielo aveva detto anche la zia Cookie mentre le aggiustava una fascia cremisi attorno alla fronte: era larga quasi otto centimetri e aveva su un lato una rosa, grande quanto una mano, coi petali glitterati di rosso che splendevano a loro volta a ogni movimento della testa corvina. Un'ampia e diafana giacca da sera color miele, con una spruzzata di perline dorate le copriva le spalle, che il vestito lasciava scoperte, a parte due sottili spalline. Aveva anche dei guanti rosso sangue che le arrivavano oltre il gomito, anch'essi ornati di perline, rosse e nere.

Con un abbigliamento del genere, non c'era bisogno di gioielli e Macey aveva aggiunto solo due grossi orecchini a bottone neri.

«Quando l'anca della zia fa i capricci, non c'è nient'altro da fare che spalmarci sopra un po' di quella vecchia e puzzolente poltiglia *cajun* e aspettare» rispose Temple mentre imboccavano la scalinata. Sulle loro teste s'innalzava la Tiffany Dome, il pezzo forte della sala, un'enorme cupola di vetro da cui . «Forse anche un qualche incantesimo vudù potrebbe aiutare, ma quella parte la lascio a lei» concluse, con un sorriso luminoso e bianchissimo. «Però le ho promesso di dare il suo biglietto da visita a chiunque ci chieda dei nostri accessori.»

Temple indossava un abitino a sottoveste che andava dal miele, al dorato, al color ambra e sembrava letteralmente brillare in contrasto con la sua pelle caffelatte. In testa portava una fascia sottile ornata da grandi peonie e un elegante arco di piume abbinato. Andavano a completare la mise un paio di importanti scarpe nere con la fibbia spruzzata di brillantini dorati.

La Preston Bradley Hall era piena di persone ed enormi tavoli tondi che seguivano le linee sinuose delle pareti, cui si aggiungevano numerosi cavalletti e separé approntati appositamente per esporre le fotografie.

L'organizzazione dell'evento era assai elegante, con camerieri in guanti bianchi che si facevano largo tra ospiti e orpelli portando vassoi carichi di roba. In un angolo, un quartetto d'archi suonava una musichetta più classica che jazz.

Temple afferrò un calice pieno di un liquido giallo chiaro con le bollicine e Macey lo guardò stupita.

«Di sicuro non è quello che penso» sussurrò, mentre l'amica si portava il bicchiere alle labbra. «Non credo che il sindaco Dever permetterebbe che venga servito dell'alcol così apertamente, che dici?»

Dever era noto alle cronache anche come *Decenza Dever*, perché, per quanto fosse un antiproibizionista, contrario al Volstead Act, in virtù del suo ruolo istituzionale, faceva di tutto per applicarlo con rigore, così come tutti quelli del dipartimento Alcol, Tabacco e Armi da Fuoco.

Purtroppo, non si poteva dire lo stesso per più della metà del Dipartimento di polizia di Chicago, la qual cosa causava conflitti che trasformavano la città in un crogiolo di violenza, crimini e pericolo. Per non parlare della corruzione dilagante e del diffuso costume di "guardare dall'altra parte".

«È solo succo di mele gassato» spiegò Temple sollevando le sopracciglia sottili e arcuate. «Ma non mi sorprenderebbe se nei paraggi fosse possibile trovare anche del vero spumante… Anche Dever… beh, insomma, scommetto che se dici le parole giuste alla persona gius- oh, buonasera carissimo!» La sua voce si fece flautata e Macey si voltò sorpresa.

Un bell'uomo robusto, con un elegante completo gessato, camicia bianchissima e ghette, aveva preso la mano di Temple e con un inchino, se l'era portata alle labbra per baciarne il dorso, quindi aveva sollevato il viso ma sempre tenendole le dita sottili tra le sue più scure.

«Signorina Temple» la salutò, guardandola da dietro un paio di occhialetti rotondi coi grandi occhi castani, caldi e lucidi, «stasera è più incantevole di qualsiasi cosa abbia mai visto in vita mia.» La voce era scura come la sua pelle, profonda come melassa e con un vago accento del sud. I capelli ricci erano tagliati cortissimi e tenuti da un sottile strato di brillantina profumata. Di pino, forse. «È una gioia per degli occhi affaticati.»

«Anche lei sta molto bene, Joseph» rispose Temple con voce bassa e roca. «Alla fine è riuscito a sgattaiolare via dai suoi pazienti.»

«Visto che nessuno doveva essere ricucito e non c'erano appendici da asportare, ho creduto di poter andar via in orario. E poi avevo un'ottima ragione per venire qui.» Le sorrise con calore. «Sono lieto che abbia potuto sfruttare i biglietti.»

Macey li osservava a bocca aperta, mentre quei due si guardavano come stessero per saltarsi addosso e, all'improvviso, tutti i pezzi cominciarono ad andare al proprio posto. Ecco perché Temple aveva tanto insistito per andare a quella mostra! Stette lì per un po', percependo chiaramente la palpabile tensione che vibrava tra loro, prima che l'amica si rammentasse della sua presenza.

«Scusami, cara» disse Temple prendendole la mano e passandole la sua attorno alla vita per trarla a sé. «Lui è un vecchio amico di famiglia che si è appena trasferito a Chicago. Peggio per New Orleans e buon per noi! Ti presento il dottor Joseph Sevin, il nuovo primario di chirurgia al Provident Hospital. Joseph, questa è la mia carissima amica, la signorina Macey Denton.»

A Macey venne da sorridere notando come, parlando con quel vecchio amico, l'accento meridionale di Temple fosse più marcato. Ovviamente "amico di famiglia" era un pallido eufemismo per qualcosa di molto più interessante. Macey gli sorrise e il dottore fu altrettanto fascinoso e galante nel chinarsi a farle il baciamano, ma molto più svelto a lasciare andare le sue dita, di quanto non avesse fatto con Temple.

«Immagino dobbiate aggiornarvi su tutte le novità da New Orleans» disse, lanciando uno sguardo eloquente all'amica. «Vado a fare un giro, la mostra sembra davvero interessante.»

«A dopo» la salutò Temple facendole l'occhiolino di nascosto.

Mentre si allontanava, Macey sentì la risata rauca e allegra della ragazza e anche a lei venne da sorridere: il dottor Sevin era di certo la ragione per cui, ultimamente, Temple era così di buonumore. Era bello che avesse qualcosa per cui essere felice, nonostante la perdita di Sebastian e le oscure minacce all'orizzonte.

Il sorriso, però, sfumò non appena ripensò alla dura realtà della propria vita. Maledizione. Tutto quello che aveva era un signore dei vampiri che le dava la caccia e che, a quanto pareva, era capace di farla sanguinare a comando. Le venne da pensare che, probabilmente, non sarebbe vissuta abbastanza a lungo da arrivare al suo ventiduesimo compleanno.

Oh, aveva anche un padre che, volendo credere alle parole di uno come Nicholas Iscariot, *forse* era ancora vivo, ma che non si era dato la briga di provare a contattarla per tredici lunghi anni. Proprio una vita rose e fiori, la sua.

Arricciando le labbra, decise, mentre si soffermava di fronte a una delle fotografie esposte, che non era quello il modo di affrontare una serata così, non dopo che Cookie si era impegnata tanto per sistemarle il vestito e l'acconciatura. Era lì per divertirsi e fungere da pubblicità ambulante per le bellissime creazioni della cara vecchietta. E magari per trapassare col paletto qualche cuore di non-morto, in caso se ne fosse presentata l'occasione.

Aveva potuto scegliere, in fondo, e l'aveva fatto, aveva dedicato la propria vita ai Cacciatori e a combattere quei mostri immortali. Aveva scelto di restare sola e non sposarsi, di rinunciare alla possibilità di una vita felice e *normale*, per vivere in un mondo che la metteva spesso davanti a situazioni difficili e che implicava una conoscenza fin troppo profonda del male insidioso che affliggeva la terra.

E quindi sarebbe stato assai meglio se si fosse concentrata sul salvare il mondo lasciando perdere il resto. Doveva trovare il sindaco Dever e parlarci, per cercare di scoprire qualcosa di più su Nicholas Iscariot e magari avere qualche indizio su dove si nascondesse e cosa avesse in mente.

Stava per allontanarsi dalla fotografia quando sentì drizzarsi i peli sulla nuca e d'improvviso ne fu certa.

La voce glielo confermò.

Sentì un vuoto allo stomaco e il cuore prese a battere troppo forte e troppo veloce. Macey si bloccò e continuò a fissare la foto senza guardarla davvero, percependo il lieve spostamento d'aria quando lui si mosse verso il lato sinistro della sala. Si sentì attraversare da un formicolio e poi da una sensazione di calore intenso, poi di tepore, poi di gelo e poi di nuovo tutto daccapo.

Dovette metterci tutta se stessa per non dare una sbirciatina con la coda dell'occhio, mentre le passava vicino parlando con quella che, a sentirla, sembrava una donna. E non c'era da stupirsi: un uomo come Grady con quei folti capelli color cioccolato, il fascino tutto irlandese e quegli occhi blu così espressivi, risultava assolutamente irresistibile al genere femminile.

Mentalmente sollevò il mento e raddrizzò le spalle, quindi gli voltò con decisione la schiena e attese che passasse. Si concentrò sulla fotografia vedendola davvero per la prima volta.

Dava una visuale completa di una strada con automobili che

passavano, pedoni sui marciapiedi, lampioni, panchine... solo che erano diversi piani più giù. Quando realizzò il modo in cui quella foto era stata scattata, Macey ebbe un altro tuffo al cuore, stavolta per il fotografo: a giudicare dall'inquadratura, a perpendicolo sulla strada, chiunque l'avesse fatta doveva essere appeso proprio sopra il centro della carreggiata. Non da un edificio o da un balcone ma da qualcosa che avesse permesso a S. Ellison, pensò, dopo aver controllato il nome dell'artista, di stare sospeso penzoloni esattamente sopra il centro della strada.

Gli edifici scendevano giù dritti ai lati dell'immagine, ma nessuno dei due era abbastanza vicino da essere il punto da cui la foto era stata scattata.

«E questa... è Parigi, no?» Il leggero accento irlandese di quella voce così familiare, le si appoggiò sulle spalle come una coperta calda.

Macey chiuse gli occhi e serrò i denti, cercando di ricacciare indietro quell'ondata di dolore e rimpianto.

Naturalmente Grady e la sua accompagnatrice si fermarono proprio di fronte a *quella* fotografia. Tra tutte le immagini esposte in quella stramaledetta mostra, dovevano indugiare proprio su quella che stava guardando lei. Siccome la sua vita non era già abbastanza pepata, il fato doveva aggiungere qualcosa alla pentola. E dare una mescolata. *Su, raddoppiatevi, fatica e doglia.* Tanto per distrarsi, tentò di ricordare come proseguiva, ma quella stronza traditrice della sua mente si era invece sintonizzata su una conversazione che a Macey non andava affatto di ascoltare.

«Sì, sì, proprio Parigi. Non lontano da Notre Dame, dove ho realizzato il trittico da dietro il gargoyle.»

Macey si spostò di lato ma non riuscì a costringersi ad andarsene. Rimase lì a torturarsi anzi, no, a *mettersi alla prova.* Era un test.

Diamine, se non riusciva a superare quell'impasse, come diavolo avrebbe fatto a fronteggiare Iscariot nel suo stesso covo?

I piedi di Grady comparvero nel campo visivo accanto ai suoi, ma non osò sollevare lo sguardo oltre le scarpe lucide e nere senza ghette e il ginocchio coperto da ampi pantaloni di gabardine all'ultimo grido. Erano blu mezzanotte, come i suoi occhi quando era assonnato e rilassato. Si sentì la gola bruciare.

Era così vicino che il braccio si muoveva a cinque centimetri dal suo. Abbastanza vicino da sentire il suo odore, quella miscela unica di balsamo dopobarba al muschio, brillantina e... Grady, semplicemente.

Si umettò le labbra, rendendosi conto che il cuore le martellava nel petto come quando affrontava minacce del calibro di Nicholas Iscariot e le venne da chiedersi chi dei due fosse più pericoloso, se Iscariot o Grady perché, nella follia di quel momento, davvero non avrebbe saputo dirlo.

«Mi scusi, signorina» mormorò lui quando, chinandosi in avanti per meglio osservare la fotografia, urtò Macey con un gomito.»

«Prego» rispose lei. L'uomo raddrizzò la schiena e, per la prima volta, la guardò, spalancando gli occhi, probabilmente per l'ammirazione, perché quella sera era veramente carina e lui era tipo da gradire particolarmente, fra le varie grazie femminili, un bel paio di gambe. Nel suo sguardo brillò anche qualcos'altro, una sorta di durezza o irritazione, ma non la riconobbe.

No, non c'era niente in quegli occhi blu che lasciasse trasparire il fatto che si fossero conosciuti, un tempo... e anche in modo molto, molto intimo.

Fu allora che le si spezzò il cuore, quando tutto apparve davvero definitivo, cosa che non era accaduta neppure la notte in cui aveva chiesto a Wayren di usare il suo magico disco dorato per cancellare dalla memoria di Grady ogni ricordo che la riguardasse.

E ora aveva la prova che era successo davvero. I giochi erano fatti.

«Chissà come ci è riuscita» disse Grady, parlando a Macey in tono impersonale ma riferendosi chiaramente all'altra donna che era lì con loro e che, Macey realizzò all'improvviso, doveva essere proprio S. Ellison. «Dev'essere stato piuttosto difficile mettersi in una posizione tanto delicata!»

Ora l'uomo guardava la fotografa e, quando Macey fece altrettanto, rimase stupita perché quella, nonostante avesse chiaramente oltre una decina di anni più di lei, era la donna più affascinante che avesse mai visto. Ed erano così vicini, così intimi. Grady la teneva addirittura a braccetto.

Sui quarant'anni, forse qualcosa di meno, era alta, aveva capelli naturalmente nerissimi e l'aria sofisticata tipica delle donne di mondo. Con la pelle olivastra e i tratti esotici, somigliava all'immagine che Macey aveva sempre avuto di Cleopatra. Aveva persino gli occhi a mandorla truccati di nero e ornati da un piccolo ricciolo sull'angolo esterno, che ricordava dei dipinti recentemente ritrovati in Egitto.

Indossava tuttavia un vestito a sirena all'ultima moda, ornato di perline e paillettes nere e abbinato a un paio di guanti bianchi assicurati al polso da bracciali d'onice. Sulla testa portava un fascinator candido a forma di diamante, ornato da eteree piume nere e fermato sul lato sinistro della testa, con il lembo inferiore a sfiorare il sopracciglio arcuato.

S. Ellison rise guardando Macey e rispose: «Quello scatto è stato una bella sfida, sì. Anche se la cosa più difficile è stato impedire alla gente per strada di guardarmi a bocca aperta mentre studiavo l'inquadratura. Non volevo che i passanti si fermassero o se ne stessero col naso all'insù, volevo uno scorcio di vita quotidiana.» Allungò una mano verso di lei, mentre proseguiva con quella sua pronuncia un po' strana, come se l'inglese non fosse la sua lingua madre, ma avesse studiato in Inghilterra. «Come avrà ormai capito, io sono Sabrina Ellison, uno dei fotografi. Grazie per aver sfidato il tempaccio ed essere venuta a vedere la mostra.

Macey le strinse la mano, profondamente conscia dello sguardo di Grady che passava da lei alla fotografa, la cui stretta, era salda e sicura come la sua.

«Sono appena arrivata e per ora ho visto solo questa fotografia, ma non vedo l'ora di gustarmi le altre. Grazie per avermi spiegato qualcosa in più su come l'ha realizzata. Adesso, se vuole scusarmi, la lascio alla sua conversazione e passo alla prossima opera.»

Macey fu ben lieta di potersi dileguare. *Dai, poteva andare peggio.* Aveva ancora il battito accelerato e un po' di nausea, ma presto sarebbe passata. Lasciò Grady alla sua bellissima e matura fotografa e andò alla ricerca del sindaco.

Almeno con lei non rischiava di essere massacrato dai vampiri. O peggio.

Formulando quel pensiero, si rese anche conto, con un misto di sollievo e disappunto, di non percepire la presenza di alcun non-morto, quella sera.

Afferrò un calice di succo di mela gassato dal vassoio di un cameriere di passaggio, desiderando ardentemente di bere qualcosa di più forte, quando intravide un'altra vecchia conoscenza.

Al Capone parve riconoscerla in quello stesso istante poiché, quando i loro occhi si incrociarono, Macey notò nei suoi un lampo di sorpresa. Il gangster fu rapido a distogliere lo sguardo e a voltarsi a parlare con una persona vicina, senza neppure rivolgerle un cenno di saluto.

Macey non era una grande fan di Capone, per una serie di motivi tra cui la sua etica professionale o meglio il fatto che non ne avesse affatto, senza contare che l'aveva tenuta praticamente prigioniera per sei mesi, costringendola a lavorare come sua personale guardia del corpo anti-vampiro. Il fatto che pretendesse quella protezione da lei, pur essendo lui stesso un Cacciatore, l'aveva mandata su tutte le furie, ma non aveva potuto fare altro che ubbidirgli, perché il gangster le aveva fatto capire piuttosto chiaramente che, se non lo avesse aiutato, avrebbe usato tutto il suo potere per intromettersi nelle vite dei suoi amici e colleghi. Dove *intromettersi* non era che un pallido eufemismo per cose molto più gravi che avrebbero, con ogni probabilità, contemplato l'uso di mitragliette e simili.

A un certo punto, dopo un momento particolarmente difficile, Macey aveva capito quanto era stata stupida a permettere a quell'uomo di avere una tale influenza sulla sua vita e l'aveva mandato a quel paese. Da allora, in verità, aveva vissuto nel vago terrore che Capone non l'avesse presa troppo di buon grado e stesse architettando una vendetta che avrebbe portato a termine nel momento meno opportuno.

Quella sera, tuttavia, non l'avvicinò con la consueta arroganza, anzi, pareva quasi non volere avere niente a che fare con lei. E dato che diverse fotografie di loro due insieme erano finite sulla prima pagina del *Tribune*, Macey trovò quell'atteggiamento seccante e oltremodo strano. Si fece dunque largo tra la folla che indugiava di fronte alle varie opere esposte e lo raggiunse. «Buonasera, Snorky» lo salutò, con un gran sorriso ma lo sguardo sprezzante. «Ti vedo bene stasera. Cosa prevedeva il menù del Lexington, oggi? Una bella carbonara?»

Capone si guardò la cravatta per assicurarsi che non ci fossero macchie, quindi sollevò il viso per guardarla. «Buonasera, bambina» rispose. Gli occhi neri e porcini parevano cercare qualcosa alle sue spalle. «Ho sentito dire che il tuo amico Vioget è andato verso… pascoli più verdi.»

«Già. Ti sei perso tutto il divertimento.»

«Ultimamente preferisco così» disse, allontanandosi da lei. «È stato un piacere rivederti, bambina, ma sai ho degli affari che mi attendono laggiù…»

«Ho lasciato delle cose al Lexington» gli disse, chiedendosi perché avesse tanta fretta di andarsene: di solito non si lasciava sfuggire la minima occasione di ostentare con tutti la propria ricchezza, gli abiti ricercati o le armi che vi nascondeva sotto, per non parlare del fatto che controllava, in ultima analisi, metà della città. «Spero siano ancora lì.»

«Sì, sì, bambina, mandale a prendere quando vuoi. I vestiti e il resto sono ancora tutti lì. Buona serata» concluse, sparendo tra la folla.

Macey lo seguì con lo sguardo, piuttosto turbata per quel congedo frettoloso anche se, in fondo, non le importava molto di cosa gli avesse preso: la buona notizia era che, a quanto pareva, poteva smettere di preoccuparsi di lui.

Mentre si muoveva per la sala a malapena osservava le foto, tuttavia non poté fare a meno di notare quella di una tigre fra l'erba della savana; il primo piano di un cobra con le "ali" aperte e i denti vampireschi snudati, a cui si poteva guardare praticamente in bocca, e una bellissima immagine dell'Abbazia di Westminster al chiaro di luna che sembrava ripresa dalla coffa di una nave sul Tamigi. C'erano poi foto di villaggi africani, del Mar Mediterraneo in tempesta che si abbatteva su un relitto, e di un gruppo di bambini nudi e paffuti che giocavano in una pozza di fango.

Ma fu una in particolare ad attrarre la sua attenzione al punto di indurla a fermarsi per guardarla meglio.

A differenza degli altri soggetti esotici e pericolosi, quello era piuttosto normale. Tra l'altro, era collocata in un angolo recondito della mostra, come se fosse stata un'aggiunta dell'ultimo momento, messa lì non certo per attirare l'attenzione.

Al centro dell'inquadratura c'era un uomo seduto a una scrivania che, con una mano teneva il foglio davanti a sé, e con l'altra vi scriveva qualcosa. C'era tensione in quell'uomo dai folti capelli neri e dalle mani forti ma eleganti con le unghie curate: erano gli unici particolari visibili, mentre la fronte, il naso e la bocca s'intravedevano appena nell'ombra. Indossava una camicia con le maniche arrotolate fino a metà delle braccia muscolose e il colletto allentato. Non aveva l'aria di un impiegato o di uomo d'affari. Sembrava potente, a dispetto della situazione quasi banale e del viso voltato in segno di sottomissione.

O forse era determinazione?

Macey non sapeva cosa ci fosse in quella foto che l'attraeva tanto, ma di sicuro qualcosa c'era. Quell'uomo le pareva stranamente familiare e l'intera scena, per quanto semplice, era gravida di emozioni: da quella composizione, grazie anche alla luce e al modo in cui l'uomo teneva carta e penna, trasudavano forza e determinazione ma anche rimpianto. Forse era alle prese una lettera difficile da scrivere.

Non sapeva bene da dove le fosse venuto quel pensiero ma quando vide il titolo della fotografia, stampato sul cartellino sotto, spalancò gli occhi. *Una lettera a lungo rimandata.* E l'autore era di nuovo S. Ellison, nientemeno.

Macey si avvicinò per cercare di leggere la scritta sul foglio che, naturalmente, risultava capovolto e in ombra rispetto alla macchina fotografica, ma sulla prima riga si intravedevano due parole che potevano sembrare *Mio carissimo* o *Mia carissima* seguite da un nome breve che iniziava per M. Mary? Macey aggrottò la fronte e il cuore le accelerò mentre guardava meglio. Ehi, quel nome… cavolo, poteva essere Mary ma anche Macey! Una cosa incredibile e a dir poco fantasiosa. Forse stava esagerando con-

«Vedo che ha trovato la mia preferita!»

Macey quasi fece un salto quando quella voce delicata ed insolita le parlò così vicino. Quella sera le sue doti da Cacciatrice lasciavano proprio a desiderare: sperava ardentemente di non reagire a quel modo se si fosse presentato un vampiro…

Si voltò e si ritrovò davanti Sabrina Ellison, grazie a Dio senza Grady, che la fissava coi suoi esotici occhi scuri.

«Trasmette così tante emozioni… pur essendo un'immagine semplice, quotidiana…» riuscì a rispondere. «Eppure la trovo così… commovente.»

«A quanto pare è stata l'unica a notare quest'uomo in mezzo a tutta questa risma di piramidi, tigri, cobra e vedute aeree.» La donna ridacchiò. «Mi perdoni ma, nonostante ci siamo conosciute solo pochi minuti fa, ho già dimenticato il suo nome.»

In realtà non glielo aveva proprio detto, ma quello pareva un modo educato per chiederglielo. «Macey Denton. È un piacere conoscerla, lei ha davvero molto talento… e un gran coraggio!»

Gli occhi di Sabrina Ellison si accesero di gioia. «Ti ringrazio, Macey. Oh, mio Dio» esclamò, desolata. «Spero tu voglia perdonare la mia invadenza... chiamami pure Sabrina e diamoci del tu.»

«Grazie, va bene» rispose Macey educata, ma le parve strano che una donna che aveva appena incontrato, e che probabilmente non avrebbe mai più rivisto, fosse così incline a trattarla come una vecchia amica.

Forse era solo perché erano entrambe donne: non doveva certo essere facile farsi strada in un lavoro prettamente maschile. Il sorriso di Macey si fece sincero. Quantomeno avevano qualcosa in comune, anche se Sabrina Ellison non lo avrebbe mai saputo.

«Questa è davvero una delle mie preferite. E per scattarla ho corso un pericolo mortale come col cobra» raccontò Sabrina, fissando la foto.

«E perché mai?» chiese Macey sorpresa.

Un sorriso triste incurvò le labbra della fotografa mentre contemplava l'uomo ritratto. «Perché il soggetto è ancora più pericoloso e non si è accorto che lo stavo fotografando. Se lo avesse scoperto... quasi certamente avrei preferito affrontare un cobra impazzito che non la furia di quell'uomo.»

C'era una certa malinconia nella sua voce e Macey sentì all'improvviso una strana affinità con quella sconosciuta così triste e provata.

«Hai mai amato un uomo che era più prudente non amare?» chiese Sabrina.

Macey la guardò sbattendo le palpebre e chiedendosi se quella non le stesse leggendo la mente, ma, nonostante tutto, sentì la sua stessa voce ammettere «Sì.»

Senza smettere di fissare la sua opera, Sabrina annuì appena. Poi la guardò e si lasciò sfuggire una breve risatina nervosa. «Scusa, non so perché ti ho chiesto una cosa del genere... non è mia abitudine immischiarmi nelle faccende altrui, specie in quelle personali.»

«Figurati.» Non sapeva se fosse il caso di allontanarsi da

quella tipa così strana e sfacciatamente sincera, eppure molto magnetica, o se darle una pacca sul braccio per confortarla.

Avrebbero anche potuto continuare la conversazione ma, all'improvviso, un brivido sottile le saettò lungo il collo fino alle spalle, facendo drizzare i peletti che aveva sulla nuca.

Finalmente qualche vampiro!

5

DI VESTITI MACCHIATI E FUGHE PRECIPITOSE

«Mi scusi signorina, ehm, Sabrina» si congedò Macey, già pronta ad allontanarsi. «Ho una cosa da fare.»

«Certo.» Macey sentì su di sé lo sguardo incuriosito della donna, mentre si faceva largo tra la folla. Quella sera aveva un paletto in ogni giarrettiera, entrambi nella parte alta della coscia e la croce d'argento con cui aveva marchiato Iscariot nascosta sotto il vestito: nonostante fosse pesante e grande quanto il suo palmo, ormai la considerava una sorta di portafortuna.

Quanto le sarebbe piaciuto usarla anche sull'altra guancia di Iscariot…

Seguendo e valutando l'intensità del brivido alla nuca, fu condotta al lato opposto della sala. La sensazione si faceva più gelida e sgradevole man mano che si avvicinava. Forse era per quello che Capone si era congedato tanto in fretta. Non è che ora che se ne era liberata, quello era passato dalla parte dei non-morti?

Stimolata da quel pensiero, aumentò il proprio passo, evitando invitati e camerieri e zigzagando tra i tavoli, osservando gli astanti e sperando di capire chi e dove fosse il non-morto o almeno di trovare Capone.

Distratta com'era, andò a sbattere contro un uomo. Uno che le era fin troppo familiare.

Sorpresa, sollevò lo sguardo verso Grady, per un attimo che parve un'eternità, quindi staccò la mano che gli aveva accidentalmente posato sulla giacca e mormorò delle scuse prima di rituffarsi tra la folla.

«Signorina?» sentì che la chiamava. «È tutto a posto?»

Ignorò la sua voce e il martellare del proprio cuore e cercò di non pensare a quanto un incidente tanto stupido aveva rischiato di sconvolgerla. Si diresse a zig zag verso un gruppetto di signori dall'aspetto distinto, riuniti in un crocchio.

Lì. Il vampiro era in mezzo a loro, ne era certa.

C'era anche il sindaco Dever, ma non Al Capone. E, per quanto poteva vedere, non c'era neppure Iscariot. Fu un po' sollevata che il *barone* impomatato non si fosse degnato di presentarsi alla mostra fotografica. Almeno per quella sera, non avrebbe dovuto affrontarlo.

Tuttavia, pensò serrando la mascella e sentendo le labbra distendersi in un sorrisetto compiaciuto, sarebbe stata ben contenta di *intrattenersi* con qualsiasi altro vampiro fosse stato presente. Sapeva essere molto persuasiva, anche grazie a Chas, ed era certa che sarebbe riuscita a recuperare qualche informazione sul nascondiglio del barone.

Mentre si avvicinava a quel gruppetto così raccolto, prese in considerazione vari modi per interromperli: essere franca e diretta, ingenua e confusa o affascinante e in vena di flirtare... tutti e tre gli approcci potevano funzionare.

Ma non dovette scegliere perché, mentre si avvicinava, il gruppo si aprì come un sipario teatrale mostrando una donna alta e snella, seduta in mezzo agli uomini.

Aveva i capelli color carota e la pelle di un bianco cadaverico piena di lentiggini. Il vestito era uno scintillante tripudio di giallo limone, oro e cristalli trasparenti disposti a forma di diamante.

«Macey cara» la salutò, mentre uno di quegli uomini adoranti l'aiutava ad alzarsi in piedi. «Ma che splendida sorpresa.» Sorrise e nei suoi occhi balenò un brillio rosso, ma subito riprese il controllo sulla propria natura di vampiro.

«Flora» rispose Macey, riuscendo a nascondere lo stupore di trovarsi ancora una volta davanti la sua ex migliore amica. «Che ci fai qui?»

«Presumo la stessa cosa che ci fai tu... visito la mostra.» Flora lanciò uno sguardo malizioso al suo circoletto di ammiratori, sindaco Dever incluso, e rivolse loro un sorriso *molto* languido. «Proprio una bella serata, devo dire.»

Quando gli uomini le sorrisero di rimando con aria vacua, Macey capì che erano tutti vittime dell'incantesimo di Flora: li controllava con facilità e loro pendevano dalle sue labbra.

In quell'ultimo anno, era diventata davvero molto potente e sicura di sé. Macey sentì la preoccupazione scorrerle dentro come unghie di gatto sul parquet. Che cosa aveva in mente la sua amica? Macey pensò a varie risposte ma nessuna era troppo accattivante.

«Una bella mostra, sì» rispose in tono vago. «Hai un momento? Vorrei scambiare due parole in privato.»

Il sorriso di Flora le fece pensare allo Stregatto di Lewis Carrol. «Ti chiedo scusa, Macey cara, ma sono piuttosto impegnata, al momento. Possiamo fare un'altra volta?» Di nuovo si voltò verso il capannello di uomini raccolto attorno a lei e li guardò uno per uno. Macey li vide sussultare a turno, via via che gli occhi della vampiressa catturavano i loro.

«Va bene» acconsentì, riservando all'amica uno sguardo severo ma breve: sapeva bene che non doveva fissarla negli occhi. «Facciamo un'altra volta. Ma dovrei parlare con il sindaco Dever» soggiunse rivolgendosi a quest'ultimo.

«Temo che adesso sia molto impegnato anche lui» rispose Flora con la voce suadente, gli occhi che danzavano, soddisfatti e furbetti, mentre le labbra, coperte da un rossetto color sangue, forse per nascondere eventuali tracce lasciate da un buon pasto, s'incurvavano all'insù.

In fondo, cosa poteva mai fare Macey? Certo non aggredire

una vampiressa nel bel mezzo della festa, specie se circondata da uno stuolo di uomini ai suoi piedi.

Nascondendo la propria stizza, la ragazza fece buon viso a cattivo gioco e si congedò: «Ti auguro buona serata, allora, Flora. Con permesso, signori.»

Girò i tacchi e si allontanò, sentendo chiaramente il peso dello sguardo dell'ex amica alle sue spalle. Serrò i denti. E adesso? Temple l'aveva piantata in asso, aveva incontrato l'ultima persona al mondo che voleva vedere, salutato un gangster con la coda tra le gambe, trovato un vampiro a cui non poteva far niente e ora doveva pure lasciarla libera di portare a termine i suoi piani.

E se avesse creato un diversivo? Magari avrebbe potuto liberare gli uomini dall'incantesimo o quantomeno, avrebbe avuto l'opportunità di allontanare Flora da loro... perché doveva sì impalarla, ma doveva, soprattutto, estorcerle qualche informazione. Cosa poteva fare? Spegnere le luci, per esempio, se solo avesse saputo come fare: la gente avrebbe dato la colpa al maltempo. Ma era poco pratico: anche se avesse trovato la scatola dei fusibili e disinserito quelli giusti, avrebbe poi dovuto farsi strada al buio, tra la folla in preda al panico, dando a Flora il tempo di sparire nel nulla, magari portandosi qualcuno dietro. Aveva bisogno di un complice, ma Temple era in altre faccende affaccendata. Capone, forse? Poteva far appello al suo lato Cacciatore e spingere lui o uno dei suoi scagnozzi a collaborare. Ma non lo vedeva da nessuna parte.

Un'altra opzione era indurre Flora ad abbandonare la posizione. Serrò le labbra: che situazione frustante per una Cacciatrice! Tenuta, per così dire, in ostaggio da una sola vampiressa. Di sicuro Victoria Gardella non si era mai trovata in una situazione del genere, con le mani legate.

Intanto si era allontanata abbastanza da poter ancora tenere d'occhio il capannello dei gentiluomini e la loro intrattenitrice non-morta, senza che Flora potesse vederla. A braccia conserte, Macey si appoggiò a una delle colonne dell'arco in cima a una scalinata per trovare un'idea.

Vide Grady senza la sua *matura* accompagnatrice e per un attimo, si sentì sollevata al pensiero che lui l'avesse scaricata o viceversa. Poi però fu presa dal senso di colpa… Insomma, anche se lei non poteva averlo, non era un buon motivo per volerlo da solo. Lui non l'aveva mai autorizzata a fare quello che gli aveva fatto, cancellargli la memoria, sottraendogli proditoriamente tutti i ricordi, sia quelli belli (almeno così sperava) che quelli orribili. E ora eccola lì, a desiderare che non avesse altre donne. E per cosa? Perché anche lui si sentisse triste quanto lei, senza neanche saperne il motivo?

Sei una stronza egoista, Mace.

Per quanto dura, quella realtà la riscosse e anche se il cuore le doleva tantissimo, nel suo profondo era sempre più convinta di aver fatto la cosa giusta. Aveva amato Grady e non voleva che soffrisse solo perché una donna inseguita dai vampiri si era innamorata di lui. Non se lo meritava.

Meritava una donna che potesse amarlo e costruire con lui una famiglia e un focolare. Non una che ogni notte si aggirava fra strade buie e pericolose mettendo a repentaglio la propria vita.

Non la donna più ambita al mondo dai vampiri.

Non una che aveva un *barone* non-morto capace di farla sanguinare a comando, semplicemente *apparendole in sogno*.

Grady non meritava di venire torturato e fatto a pezzi come era successo alla madre di Macey solo perché era sposata con Max Denton, e aveva un posto nel cuore di un Cacciatore.

Macey deglutì quel boccone amaro e si bloccò: Grady si stava avvicinando a Flora e al suo stuolo di ammiratori.

Il cuore prese a martellarle in petto. Non solo Flora sapeva chi era Grady e cosa significava per Macey, ma aveva anche banchettato col suo sangue in quella terribile notte di due settimane prima, quando Iscariot aveva tentato di uccidere Sebastian.

Aveva le mani sudate mentre si staccava dal muro. *No, Grady, sta' lontano da lei*, pensava, e mentre cercava disperatamente di lanciargli quel messaggio mentale, realizzava che c'era un'enorme falla nella decisione che aveva preso di cancellargli la memoria.

Il disco d'oro di Wayren aveva potuto togliere dalla mente di Grady i ricordi relativi a Macey, ma non impedire che i vampiri si ricordassero di lui. Senza contare che non sapeva quanto a fondo il disco fosse andato. E se aveva cancellato tutto ciò che riguardava lei e il tempo passato insieme, ma lasciato tutto il resto? Grady credeva ancora nell'esistenza dei vampiri... così come prima di conoscerla?

E comunque, finché i vampiri avrebbero saputo o anche solo sospettato che Macey teneva a Grady, niente li avrebbe trattenuti dall'usarlo per i loro scopi.

Gli darò qualcosa che potrà aiutarlo a evitare i guai.

Le vennero in mente le parole di Wayren, l'unica speranza a cui Macey si poteva aggrappare. Strinse fortissimo i pugni e sperò ardentemente che quella donna misteriosa avesse fatto quanto promesso e che qualsiasi cosa avesse dato a Grady fosse *sufficiente*.

Mosse ancora qualche passo verso il gruppetto, sfiorando con le dita il paletto assicurato alla coscia dentro uno spesso fodero di seta. Se avesse dovuto impalare Flora lì davanti a tutti, lo avrebbe fatto, fregandosene delle conseguenze.

Grady si stava dirigendo deciso verso il sindaco: era ovvio che un giornalista d'assalto come lui volesse una dichiarazione dal primo cittadino, e Macey gironzolava nei paraggi, guardandolo con la coda dell'occhio mentre fingeva di ammirare una fotografia delle catacombe di Parigi che, peraltro, erano piuttosto inquietanti, con quei teschi incastrati nei muri come mattoni e gli scheletri dappertutto.

Nel momento in cui Grady raggiungeva Flora e i suoi uomini e li salutava, un cameriere si fermò esattamente davanti a Macey con il suo vassoio, per offrire qualcosa a una coppia lì vicina. I tre le bloccavano completamente la visuale e Macey non poteva certo spintonarli per vedere cosa succedeva mentre il sindaco e Grady si stringevano la mano.

«No, grazie» tirò corto Macey quando, una volta che la coppia ebbe finalmente deciso cosa prendere, il cameriere si voltò verso di lei. Macey lo scansò e quasi tirò giù un cavalletto dell'esposizione, mentre si scapicollava verso l'obbiettivo. Ma poi si fermò così di colpo che le scarpe cozzarono sul pavimento di marmo.

Flora era sparita.

Grady stava conversando amabilmente col sindaco Dever, ma della rossa alta e snella non c'era traccia.

La Cacciatrice si prese qualche attimo per una preghiera di sincero ringraziamento, quindi si avviò svelta nella direzione che Flora doveva aver preso. Sondando la sensazione alla nuca, si rese conto che percepiva ancora quello sgradevole brivido di freddo e che stava aumentando e-

«Cerchi qualcuno?»

Macey si girò di scatto, sfilando il paletto dal suo fodero mentre si lanciava verso la rientranza silenziosa dietro di lei. Aveva sollevato il paletto prima ancora di vedere Flora e sfruttando la spinta del suo movimento, era riuscita a sbatterla contro il muro.

«L'ho appena trovata.» Con una mano la teneva inchiodata al muro per una spalla e con l'altra le puntava il paletto al cuore.

Flora snudò le zanne e gli occhi si accesero di rosso. «Davvero? E ora che farai?» Il volto ferino da non-morta tornò improvvisamente a essere il visetto sorridente e familiare della sua vecchia amica.

«Ti libero da ogni sofferenza» rispose Macey, premendo appena sul paletto. «Ma prima devi darmi qualche informazione.»

Flora rise, un suono basso e gutturale, e le zanne fecero di nuovo capolino dal labbro superiore. «Ma che bella scusa. Siccome ti servono informazioni, anche stavolta verrai meno al tuo dovere di *liberarmi da ogni sofferenza*, come dici tu. Non capisco perché continui a raccontarti la storiella di te che mi impali, Macey, sappiamo entrambe che non ci riesci.»

«L'ho già fatto.»

«Certo, come no. Ma hai mancato il bersaglio... dico bene?» E così dicendo si dette una pacca sullo sterno, dove si trova il cuore «Quindi non credo conti. Quante altre volte hai mancato il bersaglio col tuo paletto, Macey?»

«Che ci fai qui?» chiese Macey, riposizionando la punta della sua arma. Le provocazioni di Flora la stavano facendo veramente incazzare. Non avrebbe avuto nessuna remora a trapassare il cuore della vampiressa, amica o no.

«Te l'ho detto, visito la mos-»

Macey premette la punta aguzza contro il vestito giallo e lucente di Flora, in mezzo ai seni, tenendo l'arma con due mani. Un affondo deciso e la sua amica d'infanzia sarebbe diventata polvere. «La mia pazienza è esaurita e qualsiasi cosa sia accaduta in passato, stasera non mancherò il bersaglio, quindi o parli, Flora, o ti spedisco dal diavolo.»

«Sto già col diavolo. Sono anche venuta a chiederti aiuto, te lo ricordi? E ora guardaci. Un paio di settimane fa mi avevi detto che avresti provato a trovare un modo per aiutarmi, per salvarmi l'anima...»

«E la prima cosa che hai fatto è stata aggredire un uomo.»

«Devo mangiare» rispose in tono piagnucoloso.

«Ma non era necessario ridurlo in fin di vita.» Non aveva alcuna voglia di riprendere quella discussione. Voglio trovare Iscariot. Come faccio? Dov'è?»

«E perché mai dovrei dirtelo? Appena lo faccio, mi pianti quel coso nel cuore e per me è la fine. Se almeno mi lasci andare... aspetta un attimo, Macey, rifletti. Se mi lasci vivere, avrai una persona di cui ti fidi alla corte di Iscariot.»

«Se mi fidassi di te, non saremmo in questa situazione adesso» ringhiò.

«Va bene allora diciamo una persona *che conosci*. Quello che abbiamo passato non significa davvero niente per te? Siamo state amiche per tredici anni.»

«Eravamo grandi amiche, prima che tu decidessi di diventare immortale.»

«Io almeno non ho mai neppure provato a farti del male. Cosa che non posso dire di te.»

Buona quella. Macey rifletté un attimo, prima di rispondere. «Hai fatto del male a molte altre persone e senza un briciolo di rimorso, solo perché volevi farmela pagare!»

«Ma non farei mai del male a te, Macey, davvero. Certo ho dei… bisogni… una ragazza deve pur sostenersi, ma-»

«Non è per me che mi preoccupo, so difendermi da sola, io. Mi preoccupo di tutti gli innocenti di cui decidi di aver bisogno per sostenerti e che poi lasci lì a morire. Senti, non voglio star qui tutta la notte, dimmi come arrivare a Iscariot, dammi qualche informazione utile e forse, per stasera, ti potrei lasciare andare. Per una volta, in nome dei vecchi tempi. Ma mi devi convincere.» Dette un'altra spinta al paletto e una macchia rossa si allargò attorno alla punta.

«Ecco mi hai macchiato il vestito!» mugugnò Flora. «Bene dammi solo un minuto» soggiunse mentre Macey si faceva scura in volto e premeva più forte.

«Trenta secondi. Di' qualcosa o la faccio finita.»

«E va bene, va bene. Senti qua. Vuole gli anelli di Jubai.» Spalancò gli occhi sentendo la punta di legno affondare. «E va bene questo lo sapevi già. Ma sai anche che è in possesso dell'amuleto di Rasputin?»

Macey diminuì la pressione. «Rasputin? Non era quel mistico al servizio dei Romanov, in Russia, poco prima della Grande Guerra? Si dice abbia salvato uno dei rampolli.»

«Sì quello. Ora è ridotto in polvere, ma il suo medaglione è nelle mani di Iscariot.»

«Dimmi di questo amuleto. Che poteri ha?»

«Da quello che ho capito, amplifica i poteri di un vampiro e lo protegge dalla luce del sole. Rasputin lo usava per nascondere la sua vera natura e plagiare la zarina, mentre viveva a corte. Ma potrebbe avere anche altri poteri. Iscariot non se ne separa mai.»

Macey rabbrividì. «Emette un bagliore verde? Come una specie di smeraldo con dietro una luce?»

Flora annuì. «Sì.»

Macey era concentrata sulla posizione del paletto, tuttavia aveva la mente in fermento e lo stomaco in subbuglio. Nel sogno, Iscariot indossava qualcosa di verde che brillava, ma non l'aveva mai visto indossarlo dal vivo. «Che altro? Cosa cerca oltre agli anelli di Jubai? Dimmi anche questo e ti lascio andare. Solo per questa volta. E solo se te ne vai da qui.»

«Nella polla c'è qualcosa… sai della polla, no? Quella a cui gli anelli garantiscono l'accesso? Bene, qualcosa è stato nascosto lì secoli fa, ai tempi in cui Vlad l'Impalatore fece il suo patto con Lucifero. Non sai niente, Mace? Dei draculiani? Cavolo, non eri tu la bibliotecaria so-tutto-io. Sembrava sempre che-»

«Basta parlare della mia ignoranza sulla storia dei vampiri. Che c'è in quella stramaledetta polla?»

Flora fece spallucce e il paletto si spostò. Macey mantenne la presa salda, quella furbetta della sua amica non l'avrebbe presa alla sprovvista. «So solo che la chiamano la Piramide di Rekk e che non è molto grande. Non so altro, giuro.»

«Tu… giuri? E su cosa, di grazia? Sulla Bibbia? Non farmi ridere.»

Gli occhi di Flora si accesero come carboni ardenti, poi si calmò e le labbra si piegarono in una smorfia contrita. «Non posso certo biasimarti dato che dici la verità. Ma io, Macey, voglio davvero… io voglio sul serio il tuo aiuto. Io…»

La sua attenzione fu distolta da qualcosa che era alle spalle di Macey, qualcosa che le fece trattenere il respiro e rintanarsi ancor di più nel suo angolino. «Senti, ti ho detto quello che volevi e avevi promesso di lasciarmi andare, se lo facevo.»

Macey la guardò con sospetto mentre un formicolio alla nuca la induceva a voltarsi per scoprire cosa avesse catturato l'attenzione di Flora. Forse c'era Capone?

Ma non si fidava abbastanza di lei da perderla di vista, neanche per un secondo. E dato che la sensazione di freddo non era cambiata, non aveva ragione di temere l'avvicinarsi di un altro non-morto.

A meno che non ci fosse Iscariot in persona, con indosso l'amuleto di Rasputin che lo rendeva impercettibile ai suoi poteri da Cacciatrice. Le venne la nausea: quella sua nuova abilità lo rendeva ancora più pericoloso.

«Ora devo davvero andare» disse Flora cercando di divincolarsi nonostante il paletto la spingesse contro il muro. «Credi che possa tornare alla festa conciata così?» additò la macchia rossa al centro del vestito. «Si scatenerebbe un putiferio.»

Macey era ancora indecisa sul da farsi, quando udì una, anzi, due voci familiari alle sue spalle. Uno strano calore le salì alle guance nel riconoscere Grady e Sabrina che, a quanto pareva, non erano soli bensì con un gruppetto di altre persone.

Tornò a guardare Flora e si rese conto che aveva una faccia fin troppo spaventata, per un vampiro. «Che hai?»

«Niente. È solo… niente» balbettò cercando di divincolarsi. Ma Macey non aveva intenzione di mollare e la prese per un braccio, senza smettere di puntarle il paletto al petto. «Che c'è?»

«Avevi detto che mi avresti lasciata andare se… e va bene, tanto vale che tu lo sappia. Sai il tuo uomo, quel reporter, Grady, quello col sangue dolcissimo e quei bei capelli? Beh, all'improvviso non posso sopportare la sua presenza. Quindi ti sarei molto grata se mi lasciassi andare e puoi star certa che, finché c'è lui, non tornerò.» Tremava, in effetti e sembrava volersi fare piccola piccola.

Macey la squadrò, cercando di capire se la prendeva in giro, ma era piuttosto sicura di no. «Ti lascio andare ma ascoltami bene: non è il mio uomo. Non più. Non stiamo insieme e lui non si ricorda più di me. La sua memoria è stata alterata, lui non sa chi sono e *non significa più niente per me*. Capito?

«Va bene, va bene. Ci credo. Ma hai fatto una gran cazzata, Mace. È un uomo straordinario. E ora *lasciami andare*.»

Macey rimase a bocca aperta mentre si spostava permettendo all'amica di scappare e cercava di dare un senso alle sue parole.

Poi, per la prima volta da settimane, sorrise e si sentì quasi mancare dalla felicità: qualsiasi cosa Wayren avesse fatto, stava funzionando.

Grady non si ricordava di lei e i non-morti non potevano avvicinarlo.

Era al sicuro.

6

AUTOCENSURA E PROPRIETÀ

*M*acey si rese conto di aver perso un'occasione. Solo quando fu scomparsa, sgusciando via dalla mostra, pensò che se l'avesse seguita, Flora avrebbe potuto condurla da Iscariot.

Ebbe un attimo di esitazione: come avrebbe avvisato Temple? Poi però si avviò nella direzione presa dalla vampiressa, facendo lo slalom fra i pannelli espositivi. Se qualcuno poteva comprendere, quella era Temple, che conosceva bene il *modus operandi* dei Cacciatori. E poi ovviamente era molto occupata con l'adorabile dottor Sevin.

Macey si concentrò sulla sensazione di freddo alla nuca provocata dalla presenza di Flora e che non era ancora scomparsa. Seguendo quella pista uscì e si rese conto che su Chicago cadeva una pioggerellina fine e si era adagiata una cortina di nebbia.

I marciapiedi erano pressoché deserti, ma la strada era piena di auto che scorrevano incessantemente nelle varie direzioni.

Il portiere fu così gentile da dirle dove si era diretta quella rossa alta e magra, ma la guardò con commiserazione quando vide che non aveva con sé né un ombrello né alcuna protezione dalla pioggia, a parte l'eterea giacchina da sera.

«Nottataccia» commentò l'uomo, guardando il cielo scuro con l'aria di chi la sa lunga, nonostante in quel momento, la pioggia fosse leggera. Mostrò il fischietto che portava attaccato a una catenella attorno al collo. «È sicura di non volere che le chiami un taxi, signorina? Di certo la sua amica ne avrà già preso uno.»

Macey dovette, seppur a malincuore, rifiutare la cortese offerta. Sarebbe salita volentieri su un bel taxi caldo invece di uscire in quella nottata umida, per rovinarsi le scarpe e morire di freddo ma... il dovere chiamava: era la migliore occasione che avesse mai avuto per rintracciare Iscariot.

Mentre correva nella direzione indicatale dal portiere, rimpianse per la prima volta di non essere più alle dipendenze di Capone: lui avrebbe fatto in modo che avesse sempre una macchina a disposizione o quantomeno, un gorilla con l'ombrello.

L'unica magra soddisfazione fu che il brivido alla nuca che era quasi scomparso, tornò a farsi sentire forte e chiaro mentre si avvicinava all'incrocio successivo. Un successo controbilanciato dal fatto che le auto, passando, la schizzavano, e che le sue scarpe erano adatte ad essere portate al chiuso e non ad affrontare pozzanghere e rovesci d'acqua. Le piume che aveva in testa pendevano flosce sopra un orecchio, e sentiva la pelle d'oca alle braccia, sotto il giacchino da sera.

Eppure andava avanti, rapida lungo la strada buia, illuminata a tratti da insegne di ristoranti, fari e lampioni. Pochi erano i pedoni in giro e tutti avevano un ombrello o almeno un borsalino per ripararsi.

Flora aveva troppo vantaggio perché la potesse vedere e Macey si basava sulle indicazioni ricevute dal portiere e sui suoi poteri da Cacciatrice.

All'improvviso, però, il brivido si fece intenso e doloroso, sentiva le spalle e le braccia formicolare, ma la pioggia non c'entrava.

Si soffermò e si voltò lentamente, il cuore che le martellava forte nel petto. Guardò dall'altra parte della strada, oltre il fiume di automobili e un gruppo di ragazzi di passaggio, e lo vide.

Nicholas Iscariot.

Trattenne il fiato e si irrigidì, mentre la mano scivolava rapida a cercare il paletto sotto la gonna.

Il signore dei vampiri era lì, separato da lei solo da quattro corsie piene di veicoli e da una nebbiosa coltre di pioggia. Indossava un lungo trench nero tutto abbottonato e un cilindro che brillava per la pioggia. Riusciva a distinguere l'ombra frastagliata su un lato del viso affilato, una parte dell'ustione che lei gli aveva inflitto.

Gli occhi brillavano, la pupilla rossa circondata da un alone azzurro ghiaccio era l'unica macchia di colore nella notte bigia. La potenza del suo battito e la sua volontà di controllo riecheggiavano attraverso la breve distanza che li separava.

Macey Gardella. Macey...

Percepiva la sua voce più che udirla, le sillabe risuonavano sommesse dentro l'orecchio, come se venissero da dentro la testa anziché dall'altro lato della strada, attraverso l'aria.

Ci incontriamo di nuovo.

Il cuore le batteva all'impazzata, ma la sensazione del paletto fra le dita l'aiutava a controllarsi. Macey valutò la distanza, calcolando l'angolo, la tempistica e la forza necessaria per scagliargli il paletto nel cuore, ma si rese conto di essere troppo lontana.

Quasi le avesse letto nella mente, il vampiro inclinò la testa di lato, quel tanto che bastava per farle capire che anche lui aveva fatto lo stesso calcolo: non avrebbe certo corso un tale rischio.

Avrò quegli anelli. Sono miei.

Per tutta risposta, lei portò l'altra mano alla croce d'argento che aveva sotto il vestito, la stessa con cui gli aveva ustionato la guancia. Con cui l'aveva *marchiato*.

Sì, *lei* lo aveva marchiato.

Forte di quel pensiero che le dava energia, tirò fuori il ciondolo e lo lasciò ricadere pesantemente sul petto.

Lo fissava immobile, voleva che capisse che non lo temeva o che almeno non lo dava a vedere, e che era venuta preparata.

La pioggia cadeva incessante, gli occhi rossi di Iscariot brillavano e la croce d'argento sul petto di Macey rifletteva la poca luce che penetrava attraverso la cortina d'acqua.

Nessuno dei due si muoveva. Le macchine passavano su e giù. L'acqua scorreva. Una coppia le passò accanto e la schizzò, ridendo e correndo sotto la pioggia.

Intanto il battito di Iscariot risuonava fra loro, riverberando come onde radio, cercando di attirarla, blandirla. Chiamandola.

Macey si opponeva, combattendo strenuamente quel tentativo di controllo, ma sentiva il sangue vorticare nelle vene, mentre il cuore batteva in modo irregolare, cercando di risuonare all'unisono con quello del vampiro. Stringeva forte il paletto, cercò la *vis bulla* al di sotto delle perline del vestito mentre tentava di non perdere il controllo del proprio cuore.

Vieni a prendermi, Iscariot.

Non pronunciò quelle parole, eppure lui dovette udirla, perché ritrasse appena la testa, lasciando trapelare la propria sorpresa. Gli occhi avvamparono, come fiammelle circondate da un accecante alone azzurro.

Distruggerò tutto quello che ami, Macey Gardella. E avrò gli anelli.

Un sorrisetto sghembo le incurvò le labbra: non sapeva che non le era rimasto niente? Ora che Grady era al sicuro, che era andato avanti con la sua vita ed era protetto, ora che Sebastian non c'era più e gli anelli erano ben nascosti...

All'improvviso Iscariot sbatté le palpebre, le due fiammelle rosse e blu si spensero e il mondo tornò umido, buio e incolore. Il marciapiede era vuoto.

Se n'era andato.

MACEY SENTÌ un freddo che non veniva da fuori ma da dentro, dal suo profondo. Le tremavano le ginocchia e il respiro affannato le usciva dalla bocca in concitati sbuffi di condensa grigia.

Poi sentì un calore pervaderla e anche quello veniva da lei. Dalle vecchie cicatrici che sanguinavano di nuovo.

Iscariot aveva messo le cose in chiaro.

Era la prima volta che Max Denton veniva a Chicago.

Aveva sempre portato avanti la propria vendetta contro i vampiri in giro per l'Europa Occidentale, anche se gli era capitato di fare qualche raid verso est, quando si era reso necessario, per esempio in Turchia e Romania. Una volta si era spinto addirittura fino in India e in un'altra occasione in Russia, a San Pietroburgo, dove aveva ucciso nientemeno che il famigerato Rasputin, dopo che diversi tentativi di farlo fuori erano falliti clamorosamente.

Ma ora che quel povero diavolo di Sebastian era morto, la Chicago infestata dai gangster aveva bisogno di lui. E così Max Denton era lì, anche se avrebbe preferito, di gran lunga, non dover mai attraversare l'Atlantico.

Non che avesse paura di attraversare l'Oceano e certo non temeva il confronto con Nicholas Iscariot, anzi, non vedeva l'ora di trovarsi faccia a faccia con quel demonio, dato che era stato proprio lui, tredici anni prima, a ordinare ai suoi scagnozzi di attaccare e dilaniare, fino a renderla irriconoscibile, Felicia, la moglie di Max.

Aveva già dato ad Alphonsus Capone il suo primo e ultimo avvertimento di restare fuori dagli affari dei Cacciatori, anche se, in cuor suo, sperava quasi che quel ciccione lo ignorasse, così, giusto per potersi divertire un po'. Ridacchiò fra sé, un sorriso gelido che scomparve subito quando si guardò attorno, rendendosi conto di quanto il pub dove si trovava fosse buio, sporco e puzzolente. Un cesso di posto il cui padrone era proprio quel contrabbandiere da strapazzo.

Ma a preoccuparlo a morte non erano né il gangster, né il signore dei vampiri, né il viaggio e neppure il fatto che in

America non avrebbe potuto ordinare un buon whiskey senza infrangere la legge.

La vera ragione era una donna.

Una semplice mortale, anzi, ora che ci pensava, si trattava di *due* donne, che l'avrebbero ucciso quasi più volentieri di Iscariot. Non che il vampiro avesse molte possibilità di riuscirci, secondo Max.

Ma quelle due, beh la storia era ben diversa.

Sollevò la testa quando una figura incappucciata (e stranamente asciutta nonostante fuori diluviasse) fece il suo ingresso nel pub buio, dirigendosi proprio verso di lui.

Un'altra donna ma quella, quantomeno, non ce l'aveva con lui.

«Max.» La voce musicale di Wayren era perfettamente udibile al di sopra delle urla, delle risate sguaiate e degli altri rumori che riempivano la bettola. Bastò quel breve saluto a fargli percepire un'ondata di pace, di cui aveva un disperato bisogno.

Sembrava incurante della sporcizia, delle voci rozze e dell'aspetto ancor più rozzo dei clienti, della nuvola di fumo che avvolgeva tutto (almeno il tabacco era ancora legale in quel paese sottosviluppato) e del tavolo appiccicoso a cui sedeva.

«Ti chiedo scusa, Wayren, è il tavolo più pulito che sono riuscito a trovare» borbottò, tirando fuori un fazzoletto per pulire una sedia. Probabilmente era l'unico uomo là dentro ad avere un fazzoletto, figuriamoci usarlo. Non fece commenti sul fatto che non fosse bagnata fradicia come chiunque altro varcasse la soglia.

Da sotto il cappuccio, Wayren sorrise guardandolo coi suoi occhi azzurro pallidi pieni di serenità e approvazione. «Non pensarci neppure Max, mi ricorda il posto dove ero solita incontrare Andreas, la lepre arrabbiata, nel lontano... beh, *tanto tempo fa*. E dato che non è né qua né là-»

«Andreas? Uhm, temo che la mie conoscenze storiche sui Cacciatori siano un po' scarse... chi sarebbe?»

Wayren rispose con un sorriso serafico ma non abboccò.

Conoscendola, Max non se ne stupì affatto.

«E Macey come sta?

A quella domanda a bruciapelo, Max trasalì come se un dardo da balestra gli si fosse conficcato in una spalla e cercò disperatamente di formulare una risposta che non lo facesse passare da stronzo.

Ma non fu necessario pronunciarla: dall'espressione nei suoi occhi, era chiaro che Wayren quella risposta già la conosceva.

«Per quanto ancora hai intenzione di nasconderti da lei... e di evitare di parlare sul serio con Savina?»

Max si morse la lingua per non imprecare: chissà perché gli era sempre sembrato blasfemo dire parolacce in presenza di quella donna misteriosa. Anche se non sempre riusciva a frenarsi. «Che ne sai tu di Savina?»

Gli lanciò uno sguardo che lo fece sospirare. Le bastò sollevare impercettibilmente un sopracciglio biondo e incurvare appena le labbra per rispondere.

Era quello il casino con lei. Come era solita precisare, lei sapeva molte cose ma non tutto. Ed era difficilissimo capire cosa sapesse e cosa no.

Eppure sembrava sempre conoscere giusto quello che bastava per rammentargli che era meglio che non ci provasse neppure, ad anticiparla.

«Savina è qui a Chicago.»

«Sì. Tiene una mostra fotografica con lo pseudonimo di Sabrina Ellison. Ma questo tu, ovviamente, lo sai.»

Savina lo aveva messo sulla lista degli invitati all'evento di quella sera e lui stava quasi per andare, solo che le cose fra loro... beh, le cose fra loro non andavano esattamente *bene*. E non sapeva che diavolo fare per rimediare.

Gli bastavano una balestra e un paletto per far fuori un'intera orda di non-morti. Una spada, ed era in grado di decapitare tre vampiri imperiali senza neanche affaticarsi. Ammanettato, riusciva a liberarsi prima ancora che il suo aguzzino lasciasse la stanza. Una pistola, e poteva spegnere una sigaretta in bocca a un tizio dall'altra parte della strada senza fargli un graffio. Ma, porca puttana, non sapeva come cazzo fare a convincere Savina a fidarsi di nuovo di lui e ad amarlo come prima.

La nausea gli strinse lo stomaco vuoto e avrebbe dato chissà cosa per un goccio di buon whiskey.

Wayren posò le proprie manine delicate su quelle grandi e rudi di Max: per essere così esili, erano incredibilmente calde e forti. «Farai la cosa giusta, Max, come sempre, anche se ci arriverai un po' più tardi del dovuto.»

Quando la guardò, fu sorpreso di leggere un velo di ironia e rimprovero nei suoi occhi, come se volesse ricordagli, senza tanti fronzoli, che aveva ignorato sua figlia per tredici anni.

A dirla tutta, *ignorare* non era la parola giusta. Sapeva che era più protetta degli stramaledetti gioielli della corona e che c'era qualcuno che si prendeva cura di lei, ma aveva voluto fare in modo che nessuno arrivasse a Macey tramite lui. Era stato dunque ben attento a evitare ogni contatto e non aveva mai voluto avere informazioni su di lei. Finché non le aveva scritto una lettera, una lettera che gli era costata lacrime e sangue: ogni parola che aveva vergato, se l'era strappata dall'anima.

Una lettera che, grazie a quella testa di cazzo di Alphonsus Capone, Macey non aveva mai ricevuto.

«E se parlassimo di qualcos'altro? Magari qualcosa che so come caz- ehm come gestire.»

«Per esempio… dell'*intrepido*?»

Quell'accenno lo fece sobbalzare. «Sì. A chi si riferiva Rosamunde con questo epiteto? Ho dei sospetti, naturalmente, ma mi piacerebbe una conferma da parte tua.»

Stavolta Wayren sollevò entrambe le sopracciglia e il sorriso enigmatico raggiunse le labbra. Ma non parlò.

Max digrignò i denti. «Non mi dirai un bel niente, vero?»

Lei scosse la testa, sorridendo di fronte a tanta costernazione. Ecco la terza donna intenzionata a punirlo. «Quello che dice la profezia accadrà come deve accadere, né tu, né nessun altro deve tentare di farlo avvenire.»

«E allora perché ce l'abbiamo porca put… ehm… miseria.»

«Deve farci da guida e da ammonimento. Ma non da modello. Non è un sentiero da seguire ciecamente senza dar retta alle proprie intuizioni e alla propria intelligenza.»

«Giusto.» Max si accorse che Wayren aveva allontanato le mani dalle sue, privandolo della sensazione di pace che sempre accompagnava il suo tocco.

«Ho visto Chas» proseguì lei.

«Non gli hai detto che sono qui, vero?»

Quello che gli rivolse stavolta fu uno sguardo di pietà. «Ma insomma, Max! Per quanto tempo ancora hai intenzione di aggirarti furtivo per Chicago senza dire niente a nessuno?»

Si guardò attorno con circospezione e lanciò una nuova occhiata alle spalle della donna. «È solo che mi sembra più giusto che sia Macey la prima a saperlo.»

«Direi che è un ottimo programma. Molto coraggioso da parte tua, in effetti.»

La guardò, ma lei rispose solo con quel suo sorriso benevolo e proseguì: «E hai tutto il mio sostegno a riguardo. Tuttavia, ti suggerisco di non aspettare troppo a rivelarti. Uno come te non può rimanere a lungo anonimo in questa città.»

«Quindi mi prometti che non lo dirai a nessuno?»

«A nessuno.»

«Ma…?»

Quella sera Wayren sembrava non saper trattenere l'ilarità: le brillavano di nuovo gli occhi. «Forse dovresti sapere che, questa sera, Macey è andata alla mostra fotografica…»

Max sbiancò. «Davvero? Lei… e Savina… nello stesso posto?» Le sue labbra stentavano a formulare quelle parole, ma era soprattutto il suo cervello a non essere in grado di immaginare le implicazioni di ciò che sarebbe successo se quelle due si fossero *incontrate.*

Oddio.

Se si fossero incontrate e parlate e avessero realizzato l'una chi fosse l'altra…

Oddio.

Se succedeva era davvero nella mer-

Ma che diamine! Non riusciva neppure a *pensarle*, le parolacce di fronte a Wayren?

Sollevò lo sguardo verso la donna. «Devo bere qualcosa.»

«No» rispose lei con fermezza. «Devi andare da tua figlia.»

7

UNA CRITICA AL DICIOTTESIMO EMENDAMENTO

Mancavano due ore all'alba quando Chas, bagnato, infreddolito e di pessimo umore, si trascinò nel *Silver Chalice*.

Il problema principale era che, ancora una volta, non era successo quello che desiderava di più: che uno di quei fulmini che si erano abbattuti sulla città lo colpisse in pieno e lo cancellasse dalla faccia della terra.

Maledizione. *Mi tocca vivere un altro, stramaledettissimo giorno.*

Il pub era insolitamente buio e silenzioso, nonostante quel nuovo giorno non fosse ancora sorto, anche se, con quei nuvoloni carichi di pioggia, forse il sole non si sarebbe neppure visto. Una lampada brillava presso la porta da cui era entrato e c'era un'altra luce vicino a quella che conduceva agli appartamenti sul retro.

A quanto pareva, Temple aveva chiuso presto, quella sera, forse a causa di quel tempo da lupi che aveva convinto i clienti a starsene a casa al calduccio, anziché affrontare la tempesta per qualche bicchiere di contrabbando.

E a lui andava più che bene. Anzi, era sollevato che in giro non ci fossero neppure Macey e Temple. Non aveva voglia di parlare con nessuno quella notte, o meglio quella *mattina*.

Si tolse il cappotto zuppo e lo appoggiò su uno sgabello, quindi si sfilò scarpe e calzini e slacciò il primo bottone della camicia, che non era fradicia quanto il soprabito. Scosse la testa, schizzando dappertutto, poi recuperò uno straccio e lo usò per asciugarsi i capelli.

Ora che si sentiva un po' meglio, accese la luce sul bancone e lo saltò per recuperare un bicchiere e una bottiglia di qualcosa di corroborante che lo riscaldasse anche dall'interno. Le dita si soffermarono su un buon brandy, ma lo sguardo andò alle file di bicchieri.

Era da quelle parti che Macey aveva tirato fuori la riserva speciale di Sebastian: forse lei non se n'era accorta ma Chas aveva aguzzato l'orecchio per capire i suoi movimenti.

Non gli ci vollero, dunque, che pochi secondi per individuare lo sportello segreto dietro i bicchieri da liquore e aprirlo con un sorrisetto soddisfatto.

Cavolo! Una piccola cassaforte piombata! Che cazzo ci teneva Sebastian là dentro oltre a non una, ma tre bottiglie di quella roba buonissima? Chas allungò una mano per perquisirla, ma non trovò niente che fosse necessario tenere così al sicuro.

Mentre rifletteva, tolse lo strano tappo bluastro della bottiglia e si versò due dita di liquore. Quando, un secolo prima, viveva a Londra e andava a Parigi per dare la caccia ai non-morti e per fare amicizia con quei pochi vampiri della stirpe Draculiana che potevano essere redenti, Chas aveva per sbaglio bevuto da una bottiglia offertagli da uno di questi ultimi.

Peccato si trattasse di whiskey misto a sangue e che quella bevuta se la sarebbe ricordata per tutta la vita. A ripensarci aveva ancora i brividi.

Ma quella bevanda era ben diversa, e Sebastian non era un Draculiano... allora perché tenere quelle tre bottiglie nascoste?

Solo per non farle trovare a lui o a qualcun altro?

In effetti Chas non aveva assaggiato mai niente dal sapore così morbido, floreale e che tuttavia scorreva rapido a riscaldare la gola e lo stomaco, per poi annebbiare la mente, giusto quel tanto che bastava per… beh, forse, tenerlo nascosto era solo una questione pratica. Costava di certo un occhio della testa, anche per un vampiro, soprattutto per via di quella stronzata del Proibizionismo.

Richiuse la bottiglia, la ripose nella cassaforte e si rintanò in un angolo del bar a godersi il suo drink in solitudine.

Ne aveva fin sopra i capelli di Chicago, dei gangster e della moda delle maschiette che faceva sembrare piatti anche i corpi più femminili, ma soprattutto non ne poteva più del Proibizionismo. Non che il Volstead Act gli impedisse di ubriacarsi quando voleva, ma restava una gran seccatura.

E poi tutto il resto… era stanco.

Capiva bene come si era sentito Sebastian, pronto a farla finita insieme a ciò che l'aveva condotto lì, qualsiasi cosa fosse. E Chas, al contrario di Vioget, ci era stato letteralmente *portato*, viaggiando anche nel tempo.

Quello che, dopo dieci anni, non aveva ancora capito, era *perché*.

Certo, a lui era servita una via di fuga da tutto quello che era successo con Narcise. E Wayren gliel'aveva offerta nel più incredibile dei modi. Ma perché proprio lì? Perché proprio in quell'epoca?

Scosse il capo e fece per servirsi per la terza volta, quando qualcuno bussò alla porta.

«Siamo chiusi!» urlò, poi ci ripensò: e se c'era Macey là fuori, scarmigliata e bagnata? Non sapeva se era già lì, perché quella notte non erano usciti a caccia insieme. Si rabbuiò.

Dopo quello che era accaduto due notti prima in quel vicolo squallido…

Beh, forse Macey lo stava evitando esattamente come faceva lui con lei.

Bussarono di nuovo, imprecando Chas mise la bottiglia al sicuro, nel caso fosse Temple, e poi andò a vedere chi cazzo insisteva in quel modo. Mentre si avvicinava alla porta, si rese conto di qualcosa che aveva ignorato, perso com'era nei propri cupi pensieri: c'era un vampiro.

Era abbastanza di cattivo umore da spalancare la porta, a prescindere da chi si sarebbe trovato davanti, con tanta veemenza da rovesciarsi il drink sulle mani, mentre guardava la figura curva sulla soglia.

Non riusciva a capire se fosse un maschio o una femmina, ma era una sola persona e i suoi sensi da Cacciatore gli dicevano che non c'erano altri non-morti nelle vicinanze.

«Entra pure» disse controllando di avere in tasca il suo fido paletto. Non si poteva mai sapere. «Non ho mai sentito di un vampiro che fosse annegato, ma con questa pioggia potresti essere il primo.»

«Rasputin, hanno provato ad affogarlo.»

Era una voce di donna, nota, per giunta: quando si tolse il cappuccio, Chas la riconobbe subito.

Era quella spilungona pelle e ossa coi capelli rossi che era stata, un tempo, amica di Macey... Freda... no, Flora. Sì, si chiamava Flora.

«Credo di sì, ma senza riuscirci. Così come non sono riusciti a ucciderlo sparandogli diversi colpi. Andiamo, entra e togliti il cappotto, stai gocciolando dappertutto.»

Lei lo guardò stupita, ma varcò la soglia e si tolse l'indumento bagnato, lo appese all'attaccapanni vicino alla porta e si voltò verso Chas.

Indossava un vestitino giallo pieno di paillettes, doveva essere stata in qualche posto elegante. Ma sul petto aveva una grossa chiazza color ruggine che fece inarcare il sopracciglio di Chas. «Grazie. Speravo di trovare Macey.»

«Non c'è.»

Flora lo squadrò da capo a piedi, avendo l'ardire di farlo con uno sguardo molto sensuale.

«Smettila» la redarguì lui, cercando di ignorare il fremito di desiderio che lo percorse.

Flora ridacchiò e nonostante nessuno l'avesse invitata, si

accomodò su uno sgabello e gli rivolse un'altra occhiata di fuoco. «Volevo solo capire se ti andava. La tua fama ti precede.»

«La fama del mio paletto, vorrai dire.»

«Il tuo paletto?» gli occhi che lo guardarono da sotto le palpebre socchiuse erano adesso completamente rossi. Si passò la lingua altrettanto scarlatta sulle zanne snudate. «Se vuoi chiamarlo così...»

«Che vuoi?» chiese Chas, infilandosi dietro al bancone: più per la sicurezza di Flora che per la propria.

«Che ne dici se cominciassimo da quella roba che stavi bevendo?» soggiunse, accennando al bicchiere mezzo vuoto.

«Oppure no.» Estrasse la propria arma e gliela mostrò. «Forse dovrei porre fine alle tue sofferenze e risparmiare la fatica a Macey.»

«Lei non ci riesce» rispose, come se stessero discutendo circa la capacità della loro comune amica di pilotare un aereo. «Ha avuto varie possibilità, anche stasera, ma non riesce a uccidermi.»

Si sistemò sullo sgabello e incrociò le braccia sotto al petto e alla macchia, frutto dell'ennesimo tentativo fallito di Macey di impalarla. «Da quello che ho capito, tu hai una certa predilezione per le donne come... me.» Sorrise mettendo di nuovo in bella mostra i canini affilati e la lingua rossa e tumida. «Usando prima un *paletto* e poi l'altro.»

Chas si sentiva più frastornato di quanto avrebbe voluto. Cos'era quello? Un tentativo di seduzione? In quel caso non stava funzionando, insomma, non molto. «No, grazie.»

«Potremmo divertirci molto, io e te insieme, lo sai, Chas? Non credere che non sappia della tua *adorata* Narcise: la vostra storia è leggenda. Non sei ancora pronto a trovare una sostituta una volta per tutte?»

Si trattenne a stento dal piantarle subito un paletto nel cuore... e, in seguito, si sarebbe chiesto più volte perché lo avesse fatto. Noia? Autocompiacimento? Curiosità?

«Nessuno prenderà mai il posto di Narcise.» La gelida rabbia che traspariva da quelle parole, parve fiaccare la spavalderia di Flora.

«E va bene.» Si sistemò sullo sgabello e poggiò rumorosamente le mani sul bancone. «Continua pure a bollire nel tuo brodo. Ma almeno versami un drink, che dici?»

«Che cosa ci fai qui, a parte istigarmi a ficcarti questo paletto nel cuore?»

«Tempo fa Macey mi disse... che mi avrebbe aiutata a... trovare un modo per-» Agitò una mano in aria, come per indicare se stessa, «cambiarmi. Aggiustarmi. Salvarmi.»

«Ed è per questo che sei qui a mostrarmi quei tuoi occhiacci rossi e le zanne? Perché vuoi essere *salvata*?» La risata di derisione che seguì era rivolta tanto alla vampiressa quanto a se stesso, che non era stato del tutto immune ai suoi poteri e alle sue avances, alla promessa di quei denti aguzzi e della lingua tumida, a quel bel corpo femminile, sinuoso e profumato.

Maledizione, c'erano giorni in cui odiava se stesso più del diavolo.

«Sì, è questo il vero motivo della mia visita. Non voglio più essere così» disse ed era onesta. Lo fissò sgranando gli enormi occhi azzurri in cui non brillò la minima traccia di rosso. «Ci siamo viste stasera ma non abbiamo finito di parlare.»

Chas sospirò e si chinò per recuperare la bottiglia dalla cassaforte. «Non credo esista un modo per... come dire... riportarti indietro.»

«Ma è già... successo.» Flora fissava la bottiglia e il suo respiro si era fatto roco e affannoso.

Chas, che stava svitando lo strano tappo, si fermò e strinse la bottiglia. «Che c'è?»

Lei sbatté le palpebre, senza smettere di fissare il liquore, poi sollevò lo sguardo verso Chas. «Cosa?»

«Dimmelo tu» rispose stringendo forte la bottiglia tra le mani. Forse era quello il motivo per cui Sebastian le teneva al sicuro nella cassaforte piombata, perché c'era chiaramente qualcosa nel liquore o nel suo involucro che suscitava l'interesse di Flora.

«Dicevo, che non sarebbe la prima volta che un vampiro torna umano, no?»

Aveva smesso di fissare la bottiglia, ora guardava lui con aria supplice.

«Non quelli come te, nati dalla stirpe di Giuda Iscariota» rispose Chas, senza perderla d'occhio. Emanava tanta tensione che l'aria intorno pareva incandescente. «Non ho mai sentito dire che una cosa del genere sia successa a uno dei vostri.»

«Insomma, mi versi da bere o no?» rispose, secca.

«Io non credo che-»

Quando Flora si scagliò verso di lui, gettandosi sul bancone con le zanne snudate e gli occhi accesi come tizzoni, Chas non fu preso alla sprovvista e si scansò. Ma mentre superava d'un balzo il bancone, Flora dette un calcio al paletto che sbadatamente, *stupidamente*, Chas aveva lasciato lì sopra, facendolo rotolare a terra, verso il lato opposto della stanza, lontano dalla sua portata. Il Cacciatore afferrò la donna per il bavero, trascinandola dietro al bancone. Il corpo snello e forte si agitava furioso, scalciando selvaggiamente, graffiando e lottando. L'impeto dello scontro li fece cadere a terra nell'angusto spazio riservato al barista.

Chas era impedito dalla bottiglia che ancora stringeva in mano e cercava di non rompere, mentre tentava anche di non farsi mordere e di districarsi da quello spazio ristretto. Senza contare che si era già fatto diversi whiskey e non era, dunque, completamente lucido.

Bottiglie e bicchieri, pesanti e implacabili, cadevano loro addosso, aiutati da Flora che, con un braccio, li tirava giù dagli scaffali per colpirlo. Il bordo di uno gli batté sulla tempia, provocandogli un taglio e offuscandogli la vista. Chas ringhiò di rabbia e dolore, mentre si voltava e si tirava su con un potente colpo di reni. La sollevò e, sempre senza mollare la bottiglia, la sbatté contro la parte interna del bancone.

Ma, si rese conto troppo tardi, non era la bottiglia che lei voleva bensì il *tappo*, perché quando, tenendola per il bavero, la sollevò con un braccio solo, Flora allungò la mano e lo sfilò, un attimo prima di essere scagliata nella sala, oltre il bancone.

La vampiressa atterrò e si rialzò agilmente, per poi scattare verso la porta. A quel punto però, Chas, che aveva capito il proprio errore, superò a sua volta il bancone con un balzo, in tempo per placcarla, e di nuovo rotolarono a terra, stavolta finendo sotto un tavolo con sopra le sedie rovesciate e sbattendoci contro.

«Che... cazzo... è...» chiese Chas, stringendole forte il polso nella speranza che mollasse la presa su quello strano oggetto.

Lei snudò le zanne e gli soffiò contro, conficcandogli le unghie affilate nel collo e nella gola, divincolandosi e scalciando come un'ossessa. Il sangue di Chas colava come sudore e gli occhi della vampiressa si accesero ancora di più di rabbia e desiderio.

Chas non aveva un paletto a portata di mano e non poteva lasciarle andare il braccio, si concentrò dunque sullo sbatterle la testa contro il pavimento e al contempo, rotolarsi facendola picchiare nelle gambe dei tavoli e nel muro, nel tentativo di stordirla.

All'improvviso Flora si accasciò sotto di lui, ansante, il viso rivolto altrove come se si aspettasse qualcosa, forse uno schiaffo o...

«Cos'è *questo coso?*» ripeté il Cacciatore, stringendole il polso tanto forte da sentire le ossa cedere.

«Come l'hai avuto?» ribatté lei senza fiato, sempre col viso voltato. «Dovrebbe stare nella polla incantata-»

«Dimmi che cazz- Argh!» Le parole gli morirono in gola mentre lei, con una mossa rapida gli afferrava un braccio, per trarlo a sé e conficcargli le zanne nel collo.

Chas si inarcò, il corpo teso come una corda di violino, incapace di combattere quell'ondata di dolore e piacere che il suo corpo bramava. Non mollò la presa sul polso ma adesso sentiva il sangue scorrere via pulsando attraverso le ferite, il corpo liscio e sinuoso di quella donna sotto di lui, la sua mano forte che lo tratteneva, le cosce possenti avvolte attorno al bacino e le caviglie, intrecciate dietro la schiena, che lo bloccavano.

Era come un mangiatore di oppio o un drogato di laudano che avesse rinunciato a quell'abitudine, a quel piacere e poi ci si fosse ritrovato di nuovo in mezzo, all'improvviso e senza volerlo.

La nebbia vermiglia del piacere fluiva in lui un'onda dopo l'altra, nonostante cercasse di respingerla e combatterla con tutte le sue forze, fisiche e mentali. Ma lei lo toccava in punti che non avrebbe dovuto, contorcendosi sotto di lui, succhiando e traendogli linfa vitale dalle vene, inarcandosi per sfregarsi contro il suo bacino mentre si nutriva.

Chas si concentrò sul polso, che continuava a stringere e che non avrebbe lasciato andare per nessun motivo al mondo. Combatteva per convincere ogni rimasuglio di coscienza, ogni particella del suo cervello a non mollare la presa, ignorando il piacere caldo che lo lambiva, l'odore del proprio sangue mischiato a quello umido del sesso, la pressione di quel corpo femminile, il turpe *glu glu* di lei che si nutriva.

Flora si staccò dalle sue vene pulsanti, e Chas percepì il sangue sgorgare fuori mentre lei si lanciava, adesso, a coprirgli le labbra con un bacio. Sentire quella bocca violenta, la lingua che lo penetrava e carezzava mentre assaporava il suo stesso sangue fu sufficiente a liberarlo. Con un ruggito le storse il braccio, sbattendole la mano a terra finché non colse il bagliore della minuscola piramide che si staccava dalle dita di Flora per rotolare verso il buio, libera, ma perduta nell'oscurità.

Flora gridò di dolore e interruppe quel bacio violento, così Chas ne approfittò per darle una testata in faccia e staccare la mano con cui lo stava palpeggiando.

Gridò di nuovo, stavolta di rabbia, mentre scalciava e graffiava come una pazza. Rotolarono ancora, urtando sedie e tavoli, ma nessuno ebbe il buon gusto di rompersi per fornire un paletto d'emergenza al Cacciatore.

All'improvviso, mentre per l'ennesima volta Chas sollevava

Flora per scaraventarla a terra, sentì qualcosa bucargli dolorosamente la schiena: la piramide.

Chas la afferrò mentre Flora lo tirava per i capelli e gli sbatteva il capo a terra.

«Combatti come... una ragazzina» disse con fare derisorio, anche se in testa gli esplodevano dolore e lucine colorate. Poi, con uno sforzo supremo, la allontanò e si alzò in piedi, mentre lei faceva lo stesso.

Si fronteggiarono, ansanti, poi lui tirò fuori la piramide che brillò malevola nella penombra.

«Che cos'è?» chiese ancora.

Flora non rispose: gli occhi fissavano lascivi quell'oggettino, afferrò un tavolo e lo scagliò contro Chas, che riuscì a scansarlo, ma fu poi rallentato dalla sfilza di sedie volanti, lanciate da Flora mentre guadagnava l'uscita, riuscendo così a mettere un po' di distanza fra lei e il suo avversario.

Scagliò le ultime due sedie in rapida successione facendole vorticare come trottole e poi infilò la porta.

All'improvviso, tutto tacque e gli unici rumori furono il respiro affannato di Chas e il gocciolio del suo sangue sul pavimento. *Plin, plin, plin.*

Aveva il prisma di onice in mano, ma non aveva idea né di cosa fosse, né del perché Flora fosse disposta a farsi quasi ammazzare per averlo.

Quindi dette un'occhiata attorno, alle sedie e ai tavoli rovesciati, ai bicchieri rotti e agli sgabelli a gambe all'aria. Per non parlare della chiazza di sangue sul pavimento.

Maledizione. Temple lo avrebbe ucciso.

8

DI TEMPORALI E VESTITI FRADICI

Un attimo dopo quel pensiero, Chas si lanciò fuori dalla porta del pub all'inseguimento di Flora, ma ci ripensò quasi subito: era senza fiato e perdeva molto sangue. Tornò dentro e andò dietro al bancone.

Si prese il tempo necessario per riporre la piramide nella cassaforte e poi uscì dal pub: lo strano oggetto era al sicuro, per il momento, ma doveva intercettare Flora prima che portasse la notizia a Iscariot.

Una volta emerso dalle scalette sotterranee che portavano al *Silver Chalice*, si avventurò prima in una direzione poi nell'altra, sollevando schizzi a ogni passo. Si soffermò per cercare di percepire la direzione presa dalla vampiressa, ma era troppo tardi. Gli era sfuggita.

Non sentiva nessun brivido alla nuca, niente indicava la sua presenza.

Dannazione.

Corse su e giù per un paio di isolati, maledicendosi, demoralizzato per aver lasciato trapelare un segreto che Sebastian Vioget aveva custodito per chissà quanto tempo, ma anche e soprattutto perché aveva combattuto con una sola non-morta e se l'era lasciata scappare.

Che cazzo gli stava succedendo?

Camminò per le strade alla ricerca di Flora o di altri vampiri per più di un'ora, sperando in un segnale che gli desse qualche indicazione, ma lei si era presa molto vantaggio e non era possibile capire che direzione avesse preso.

Alla fine, col cuore pesante e la testa fin troppo leggera, si accasciò contro un muro di mattoni bagnato, incurante dell'acqua che, dal cornicione del palazzo, gli colava sulla spalla. A dire il vero quella doccia gelida sulla pelle era quasi piacevole, andava a rinfrescargli il corpo caldo e indolenzito dal desiderio e dai morsi. Si guardò di nuovo intorno, sperando di scorgere qualcosa per rimediare a quella cazzata.

Se zanne e piacere non fossero state il suo tallone d'Achille, se Flora non avesse menzionato Narcise in quel modo, riportandogli alla memoria quell'immenso dolore, cercando, al contempo, di sedurlo… se non fosse stato già più che alticcio e stanco, esausto, se non l'avesse preso alla sprovvista…

Dannazione.

Che diavolo ci faccio qui? Si chiese per l'ennesima volta. Si allontanò i capelli fradici dal viso. *Perché mai sono qui?*

E come faceva ormai troppo spesso, sollevò lo sguardo al cielo in attesa di una risposta.

Perché sono ancora qui?

Tutto ciò che ottenne fu la pioggia sulla faccia.

«Potrebbe davvero essere la Piramide di Rekk?» chiese Macey, fissando il tappo di onice che stava tra lei, Temple e Chas.

Il Cacciatore era tornato al *Silver Chalice* dopo l'estenuante ricerca di Flora, proprio mentre Temple stava entrando, attraverso la porta esterna e non dagli appartamenti sotterranei, da ovunque fosse stata e chissà per quanto. A una prima occhiata, si poteva desumere che avesse passato la notte fuori, perché era chiaro persino a Chas che il vestito indossato dalla donna era da sera.

Temple aveva contemplato il disastro all'interno del locale e gli aveva detto: «Voglio sperare tu abbia una spiegazione per tutto questo.»

«Ce l'ho. Ed è assai peggio di un po' di bottiglie rotte e qualche sgabello scheggiato.» Con un sorriso mesto, sollevò una sedia da terra e la rimise a posto accanto a un tavolo. «Credo sia meglio chiamare anche Macey.»

La ragazza era stata dunque svegliata, poche ore dopo il suo ritorno, e informata da Chas del suo diverbio con Flora.

«La Piramide di Rekk?» le fece eco Temple, fissando corrucciata l'oggetto di pietra. O, sarebbe più corretto dire, ancor più corrucciata perché le pieghe sulla fronte e agli angoli della bocca non si erano ancora distese da quando era entrata nel locale distrutto.

«Ho visto Flora alla mostra fotografica, e sono riuscita a ottenere delle informazioni. Te le avrei riferite anche prima» soggiunse, lanciando uno sguardo in tralice all'amica, «ma abbiamo preso… come dire… strade diverse. Devi essere tornata molto tardi, nonostante il temporale.» E lanciò un'occhiata eloquente al vestito luccicante, lo stesso che aveva indosso la sera prima.

Temple arrossì vistosamente e le pieghe del viso si distesero, finalmente, in una specie di malcelato sorrisetto. «Già. È stata proprio una serata *tempestosa* sorella, ma in senso positivo.»

Chas si schiarì la gola e sollevò le sopracciglia. «Che cosa ti ha detto Flora?»

«Mi ha detto che Iscariot vuole gli anelli di Jubai per poter recuperare la Piramide di Rekk, che dovrebbe trovarsi nella polla incantata sui Muntii Făgăras, ma a quanto pare, qualcuno lo ha battuto sul tempo…»

«Presumibilmente Sebastian Vioget.»

«Possibile. Mi chiedo da quanto ce l'abbia e perché non ce ne abbia mai parlato» le rughe sulla fronte di Temple ricomparvero a formare una specie di W fra le sopracciglia sottili.

«Peggio per Iscariot e per chiunque altro voglia gli anelli. Una bella sfortuna che Flora sia capitata qui e l'abbia vista, o non lo sarebbe mai venuto a sapere.»

«Nemmeno noi» osservò Macey, prendendo in mano l'oggettino per esaminarlo meglio: in realtà lo aveva visto diverse volte, prima, ma non vi aveva mai posto attenzione.

Era nero con riflessi bluastri e le stava sul palmo della mano. Mentre la teneva lì, sentì un leggerissimo tremolio emanare dalla piramide, così impercettibile che pensò di averlo immaginato, ma la sensazione che provò fu di volerne stare il più lontano possibile.

Qualcuno aveva creato un castone d'argento simile a quelli che si usano per attaccare una gemma a un anello, solo che, anziché a un cerchietto, la pietra era fissata a un cono, d'argento anche quello, circondato da gomma, che fungeva da tappo per bottiglie.

«Se l'avessimo saputo, o se Flora non fosse riuscita a scappare, avremmo potuto fregare Iscariot, dandogli gli anelli e lasciandolo partire per la sua inutile missione.» Temple aveva iniziato a raccogliere i vetri rotti dietro al bancone.

«Scusa se non l'ho incenerita» ribatté Chas sarcastico, accennando alla propria camicia bagnata e intrisa di sangue, alle ferite ancora fresche sul collo e la gola, da cui colava ancora il liquido scuro e denso, e ai capelli che si era tolto con una mano dalla faccia e che luccicavano ancora per la pioggia. «Non sono io quello che ha avuto molte occasioni di farla fuori.»

«Grazie della precisazione, Chas» ringhiò Macey stizzita, «ma sai com'è, non potevo infilzarla nel bel mezzo della biblioteca di Chicago, qualcuno avrebbe potuto vederci.» Poi, quando si rese conto di quanto le sue ferite fossero slabbrate e profonde, si calmò: Flora lo aveva conciato davvero per le feste, e se non fosse stato un Cacciatore, non ne sarebbe uscito vivo.

«Quello che mi chiedo è... come sapeva che questa è la Piramide di Rekk? Magari si sbaglia» intervenne Temple mentre ammucchiava frammenti di vetro ricurvi su un canovaccio steso sul bancone.

«Forse. Ma non appena ho tirato fuori la bottiglia dalla cassaforte-»

«Ecco, peraltro… che ci facevi tu qua dietro?» grugnì Temple.

«È Macey che l'ha trovato» ribatté Chas. «Sono settimane che beve il liquore di nascosto-»

«Traditore» soffiò Macey. «Non dovevo dartene neppure un goccio.»

«Su bambini, fate i bravi» li canzonò Temple. Interruppe quello che stava facendo e li fissò con le mani sui fianchi. Aveva i capelli quasi asciutti, e si era tolta il soprabito bagnato. «Devo disegnare dei cerchietti sulla lavagna e farvi stare fermi lì col naso sopra?»

Chas sbatté le palpebre. «Che cosa?»

«Lascia perdere» disse Macey. «Stavi dicendo che appena hai preso la bottiglia…»

«Sì, appena l'ho presa, Flora ha reagito, come se qualcosa l'avesse punta o forse… diamine, forse ha *percepito* qualcosa. A me succede col male quando vi entro in contatto… forse era per questo che stava nella cassaforte piombata: non è la prima volta che dei non-morti vengono qui dentro, è un pericolo che corriamo di continuo, e Vioget non poteva rischiare che qualche vampiro percepisse la presenza della piramide o quantomeno la sua aura malvagia. E l'ha messa sottochiave per celarla.»

«Sì, ma perché tenerla nel pub?» sbottò Macey. «Perché non metterla nella sagrestia della chiesa come abbiamo fatto con gli anelli? O in qualche altro posto altrettanto sicuro?»

Chas scosse la testa e l'ombra di un sorriso gli increspò le labbra. «Tipico di Vioget. Come minimo lo divertiva da morire sapere che la cosa che Iscariot e tutti i suoi dannati compagni vampiri cercano disperatamente, fosse proprio qui sotto i loro nasi. E i nostri» soggiunse, cupo.

«Già, i nostri. Non ce lo ha mai detto. Avremmo potuto non

venirlo mai a sapere» aggiunse Macey, sconvolta al solo pensiero. «E se non l'avessimo mai scoperto?»

«Ma soprattutto… e se Flora fosse riuscita a portarsela via?»

Si guardarono negli occhi e Macey rabbrividì.

«Comunque ora lo sa e presto, dunque, lo saprà anche Iscariot» sentenziò Temple, lasciando cadere sul mucchietto l'ennesimo pezzo di vetro che calò come una metaforica lama di ghigliottina, a sottolineare la sua ultima osservazione.

«Vero. E allora mi chiedo… per cosa ha intenzione di usarla? Di cosa è capace quest'oggetto? E perché riveste tanto valore per i non-morti?» proseguì Macey, che ancora aveva in mano quella minuscola piramide dall'aspetto così innocuo.

«Per risponderti servirebbero delle ricerche in biblioteca o un intervento di Wayren, ma dato che nessuno la sente da tempo…» Temple fissò entrambi. «Beh, se non avessi da mettere a posto questo disastro e un locale da aprire, potrei anche-»

«E allora fallo!» intervenne Chas con un gesto secco della mano. «Direi che è molto più importante che non aprire un pub pidocchioso… e poi non è ancora mezzogiorno e nessuno si aspetta che tu apra prima delle cinque… Anzi, è domenica e nessuno si aspetta che tu apra proprio. Una cosa è certa: io non ho intenzione di finirmi gli occhi chino su dei libri scoloriti, scritti in caratteri minuscoli e in lingue che non conosco.» Poi si voltò verso Macey. «È a te che piacciono i libri. Pensaci tu.»

Era chiaro che avesse la luna storta, ma Macey non sapeva bene perché. Perché Flora era riuscita a scappare? Perché lo aveva lasciato lì, lacero e sanguinante? «Grazie per il suggerimento, Chas» rispose con voce soave, «ma credo ti darò una mano qui.»

«Mi sareste solo d'intralcio» borbottò Temple e di nuovo parlava come una mamma. «Ho tutti i miei appunti ben organizzati e so dove guardare. Se c'è qualche informazione, la troverò di sicuro.»

Quando Temple ebbe lasciato la stanza, Macey si rivolse a Chas. «Hai bisogno di cure.»

«Vuoi giocare al dottore, bellezza?» chiese, con uno sguardo derisorio negli occhi scuri.

«Esatto. Non vedo l'ora di irrorarti di acqua salata le ferite aperte» rispose, atona. «A brocche intere. E con enorme soddisfazione.»

Lui la guardò storto e riprese a sistemare tavoli e sedie. Con un po' più energia del necessario.

«Chas, non fare il cretino. Quei morsi e quei graffi vanno disinfettati.» Un brutto taglio sulla spalla, aveva ripreso a sanguinare quando si era messo a riordinare la sala.

L'uomo continuava imperterrito a rimettere in piedi le sedie e allora lei smise di raccogliere pezzi di vetro e lo raggiunse. Quando gli fu vicina, Chas si irrigidì. «Lasciami in pace.»

«Cos'è successo qui con Flora?»

Stavolta la guardò come se non capisse la domanda, ma Macey non mangiò la foglia. «Abbiamo lottato per la piramide… mi pare chiaro, no?»

Macey lo afferrò per un braccio: era forte e per lui non era facile liberarsi. «Chas.» Lo strattonò appena per costringerlo a guardarla.

Lui si voltò con gli occhi lucidi. «Lasciami in pace, Macey. A meno che tu non voglia *davvero* fare roba» disse, in un tono che lasciava adito a pochi dubbi.

Ma lei non cedette, perché, sotto quella battuta lasciva, covavano dolore e angoscia, glielo leggeva in viso. Qualsiasi cosa gli frullasse in testa, andava ben oltre l'essersi lasciato sfuggire un vampiro.

«Chas» lo chiamò di nuovo, costringendolo a guardarla in faccia. E il fatto che glielo avesse permesso, lasciava intendere che non aveva poi tutta quella voglia di resistere. «Parlami.»

Per un attimo gli occhi di Chas tradirono una profonda tristezza, che poi però scomparve, così, come se qualcuno avesse schioccato le dita. «Non mi va di parlare, bellezza» rispose e lo sguardo divenne duro come roccia. «Ma sarei molto interessato in attività di altro genere.»

E allora Macey comprese la rabbia, il dolore, l'autocommiserazione che cercava disperatamente di riversare su di lei: Flora doveva aver tentato di sedurlo, o viceversa.

«Vieni qui, dai» la blandì con voce roca e tagliente, «ti è piaciuto, l'altra notte, in quel vicolo che puzzava di spazzatura...»

Il suo sorriso, mentre si avvicinava, seppur bello da far male, non era privo di tensione. «Anche a me.»

Macey indietreggiò finché non sentì il bordo di un tavolo contro la schiena e gli poggiò una mano al centro del petto. Percepiva il cuore di Chas accelerare sotto le dita, e il calore del suo corpo attraverso la camicia umida e insanguinata. Non era spaventata e neppure arrabbiata, assolutamente. Il dolore che traspariva dagli occhi e dalle parole di Chas era profondo e tangibile, e Macey sapeva bene che era quello che lo spingeva ad agire così.

«Chas-»

«Te lo ricordi com'è stato? Rude, selvaggio...» La voce si fece ancora più bassa. «È così che lo facciamo noi, no, bellezza? Io e te... siamo simili in questo, no? Noi-»

La trasse a sé, all'improvviso e con forza, piegandosi verso il tavolo e mettendo la propria bocca su quella di Macey, la quale riuscì a sostenersi con un gomito e ad allontanare il viso da quelle labbra esperte e sensuali, mentre le dita di Chas armeggiavano coi bottoni della camicetta.

«Lasciami andare» gli disse, un po' stizzita da tanta insistenza e da come il suo corpo reagiva a quel bacio così allettante. «Non è il mom-»

Una porta, quella che dava sull'esterno, si spalancò all'improvviso, facendo tintinnare i bicchieri rimasti sugli scaffali.

Chas non si mosse, si limitò a lanciare uno sguardo irritato alle proprie spalle, ma Macey si irrigidì nel vedere quell'uomo avvicinarsi ad ampie falcate.

Non poteva credere ai propri occhi, né respirare, né tantomeno proferire parola, che lui era già lì che afferrava Chas per la collottola.

«E tu chi cazzo sei?» chiese Chas, voltandosi infine per fronteggiare il nuovo arrivato, che Macey fissava sconvolta.

«Sono Max Denton» rispose quello. «E ora, togli le tue manacce luride da mia figlia.»

9

UN GIGANTESCO ERRORE DI
VALUTAZIONE

Quando Max aveva immaginato l'incontro con sua figlia, si era figurato che ci sarebbero state lacrime, di gioia forse, o anche di rabbia, e magari persino che sarebbe volata qualche parola dura. Non era tipo da farsi illusioni, lui, e Savina gli aveva dato tanto su cui riflettere.

Ma certo non si sarebbe mai aspettato che Macey, dopo averlo squadrato per un attimo, sarebbe uscita dalla stanza senza dire una parola, chiudendosi la porta alle spalle. Anche se Savina, accidenti a lei, lo aveva avvisato sull'eventualità che potesse accadere qualcosa del genere. Ma perché le donne non si sbagliavano mai, cazzo?

L'eco dell'uscita di Macey, priva di parole ma ricca di enfasi, rimbombò nella stanza altrimenti silenziosa.

«Ecco» disse, con una risatina forzata e poi si voltò verso il tizio che stava insidiando la sua bambina e non fu difficile recuperare tutta la rabbia, lì dove l'aveva lasciata. D'altronde, di tutte le emozioni possibili, era quella che era più abituato a gestire. «E tu, chi cazzo sei?»

«Chas Woodmore.» A giudicare dal suo aspetto, oltre che con sua figlia, quel tipo doveva avere avuto un incontro molto ravvicinato anche con un vampiro. Ottimo. C'era diffidenza nei suoi occhi, ma non abbassò lo sguardo.

«E così sei Woodmore. Ti stringerei anche la mano, ma in questo momento non mi sento molto in vena di esserti amico.» Gli sorrise, ma non ci provò nemmeno a farlo con un minimo di calore. Poi guardò la porta varcata da Macey per la propria uscita teatrale e si chiese quando sarebbe tornata.

Se mai sarebbe tornata.

«Capisco.» L'atteggiamento di Woodmore era in bilico tra l'imbarazzato e l'arrogante e a Max venne da pensare che, nei suoi panni, avrebbe reagito nella stessa maniera.

Si presero un attimo per squadrarsi a vicenda, poi fu Chas a rompere il silenzio. «Un drink?» chiese laconico, infilandosi dietro il bancone e tirando fuori due bicchieri integri che poggiò rumorosamente accanto a una pila di vetri rotti.

«Se intendi qualcosa di forte, per Dio, *sì*. Ma che cazzo hanno in testa in questo posto di merda, per mettere fuorilegge gli alcolici?»

«Non dirlo a me» rispose Woodmore allungandogli una generosa dose di whiskey.

Max sollevò il bicchiere, lo annusò e sorrise: discretamente invecchiato. «Che Dio sia lodato» brindò, sollevandolo al cielo.

Chas fece altrettanto. «Cazzo, Max Denton... sono davvero lieto di conoscerti, anche se forse avrei preferito farlo in circostanze diverse.»

Max fece tintinnare il proprio bicchiere contro il suo, annuendo. In effetti non si sarebbe mai aspettato che, dopo tredici anni, avrebbe rivisto per la prima volta sua figlia mentre era avvinghiata a un uomo in un bar semi distrutto. Accennò a quel casino. «Una volta Vioget teneva un po' meglio la sua baracca.»

«Temple Deveraux è ancora più ligia, di solito, a meno che non riceva sgradite e improvvise visite di non-morti.» Woodmore si morse le labbra, cupo.

Mentre sorseggiavano il whiskey, Chas raccontò del suo

scontro con la vampiressa di nome Flora e Max s'incupì a sua volta. Quando Woodmore, infine, gli mostrò la piramide, era di umore nero.

«Porca puttana. Questo coso dovrebbe stare a Roma, al Consilium non in questa maledetta città incivile, dove potrebbe cadere nelle mani sbagliate in ogni momento.» Gli bastò guardarlo, per percepire l'aura malevola che emanava da quell'oggetto. Doveva essere potentissimo. «È già abbastanza grave che Iscariot possieda l'amuleto di Rasputin, se mettesse le mani anche su questa...» L'imprecazione volgare che seguì ebbe tutta l'ammirazione di Chas.

«Quali sono i suoi poteri?» chiese, riempiendo di nuovo i bicchieri. «Temple sta facendo delle ricerche, ma suppongo che tu lo sappia, nonostante ti sia dato alla macchia per un po'.»

Infine lo aveva detto, seppur tra le righe. Anche Woodmore lo giudicava e criticava... ironico da parte di un bastardo come lui, che sapeva bene cosa volesse dire sfuggire ai propri doveri.

«In qualità di *Summas* Gardella so molte cose, più di quante vorrei, a essere sincero.» Max scosse la testa, allontanando un fastidioso accenno di senso di colpa.

Da quando Felicia era morta, aveva evitato le proprie responsabilità di capo supremo dei Cacciatori, usando come scusa la sicurezza di Macey, e la propria personale e cieca sete di vendetta. Scuse assai povere, a detta di Savina e Wayren: entrambe gli avevano esposto chiaramente il proprio pensiero, la seconda coi suoi soliti modi sottili, la prima in una maniera un po' più eclatante. «Anche se va detto che Bellitano mi sta sostituendo egregiamente.»

«Direi molto più che egregiamente.»

«Hai ragione.» Max fece una pausa, fissando l'altro quel tanto che bastava per fargli capire che comprendeva e accettava la sua opinione, ma che come *Summas*, oltre che come padre della donna con cui stava amoreggiando (un pensiero che Max cercava di allontanare il più possibile), non avrebbe tollerato che continuasse a mancargli di rispetto. «La Piramide di Rekk nelle mani di un vampiro, è un incubo che diventa realtà: imbrigliando il potere della piramide, il suo, diciamo così, *padrone* può continuare a usare la propria magia anche quando la vittima non è più presente.»

«Intendi dire che un vampiro è in grado di controllare delle persone pur non essendo con loro? Pur essendo distante?»

«Esatto.»

«Persone al plurale… nel senso… anche più di una contemporaneamente?»

«Esatto.»

«Tipo… un esercito?»

«Sì.»

«Porca puttana.»

«Puoi dirlo forte.»

Woodmore guardò la pietra, sconvolto. «E come funziona?»

«I dettagli non li conosco. Probabilmente Wayren lo sa, o saprebbe dove reperire certe informazioni. Magari in qualche volume di quella biblioteca mascherata da sacca che si trascina sempre dietro.» Max finì il proprio whiskey e guardò di nuovo *quella* porta. «Forse dovrei seguirla.»

Woodmore sorrise, sardonico. «In bocca al lupo.»

«Già.» Serrò i denti e si alzò in piedi. «Secondo te dove posso trovarla?»

Woodmore fece spallucce.

«Forse in camera sua. Oltre quella porta e giù per il corridoio. L'ultima stanza a sinistra.»

Cercò di non soffermarsi sul fatto che quello sapesse dove si trovava la camera di sua figlia, ma non poté fare a meno di lanciargli uno sguardo gelido.

«Se non è lì, è probabile che sia uscita… magari a farsi un giro in città alla ricerca di qualcuno da impalare.» Raccolse la Piramide di Rekk dal bancone. «Intanto, immagino sia meglio riporre questo coso in cassaforte.»

MIO PADRE È QUI.

Quelle parole riecheggiavano nella mente di Macey come frammenti di una canzone che non ricordava bene.

Mio padre è vivo.

Ma che diavolo ci fa qui? Ora? Dopo tredici anni? Qui?

Dopo tredici anni di *silenzio*.

Acchiappò la prima cosa che trovò, una scarpa, e la scagliò contro il muro opposto della stanza, provocando un tonfo sordo e intaccando la parete col tacco massiccio.

Inconvenienti dell'avere una forza sovrumana.

Come una qualsiasi ragazza arrabbiata col papà, Macey era scappata in camera sua, anche se forse *scappare* non era il verbo giusto poiché implicava una certa dose di paura e codardia. E l'idea di fuga.

Ma lei non si sentiva né impaurita né codarda, anche se forse la sua era stata una sorta di fuga ma... insomma! Come osava quello presentarsi così, senza mandare a dire niente, dopo *anni*. Soprattutto nel preciso istante in cui lei e Chas...

Macey sentì un calore salirle alle guance, soprattutto perché, quando aveva raggiunto camera sua, si era accorta di avere la camicetta sbottonata... più di quanto fosse socialmente accettabile.

Certo suo padre... no, lei non aveva nessun padre. Quello era solo *Max*, Max Denton, il leggendario cacciatore di vampiri.

Freddo, violento e solitario.

Come ogni ammazzavampiri dovrebbe essere.

Come erano lei e Chas.

Macey guardò la camicia aperta. No, Max Denton non poteva averla notata nella concitazione del momento, quando lei aveva allontanato Chas ed era uscita dal locale.

Ecco sì, *uscita* non *fuggita*.

Che cazzo ci fa lui qui?

Non appena raggiunta la camera si era buttata sul letto, fissando, senza vederlo davvero, il soffitto, impegnata soprattutto a ricacciare indietro le lacrime. *Lacrime.* Un Cacciatore? Chissà se Victoria Gardella aveva mai pianto. Certo che no.

E anche Macey… non aveva versato lacrime per Sebastian e, buon Dio, neppure per Grady! Perché mai avrebbe dovuto farlo per l'improvvisa e *sgradita* ricomparsa di Max Denton?

Per quanto tremasse e fosse sconvolta, lui non meritava tanta attenzione. No, doveva essere anche un po' colpa di quello che stava succedendo con Chas, prima che venissero interrotti.

In effetti, forse sarebbe stato meglio riflettere e tormentarsi su quello, anziché sull'arrivo di suo padre. Era di gran lunga meno sconcertante rimuginare su Chas e i suoi cambiamenti d'umore, oltre che sulla loro reciproca quanto disperata attrazione, anziché sull'arrivo di Max Denton.

E lui, Chas, sicuramente ci sapeva fare, con le mani e le labbra. Sapeva davvero come farla accendere, anche quando lei aveva tutt'altro per la testa. Anche se non lo amava.

Ma era anche molto abile a usare l'arte della seduzione come una barriera e un'arma. Come diversivo.

L'avrebbero fatto davvero lì, nel bel mezzo del pub? Le guance di Macey tornarono a imporporarsi. Se Max fosse arrivato cinque, dieci, quindici minuti dopo li avrebbe beccati? Forse avrebbe trovato ben altro che tre bottoni della camicetta aperti.

Aveva la nausea ed era furibonda: ce l'aveva con se stessa e con Chas, ma soprattutto con Max Denton. Rotolando, scese dal letto, poggiando con decisione i piedi a terra.

Doveva andarsene prima che uno di quei due coglioni di là venisse a cercarla. Difficile dire quale dei due avesse meno voglia di vedere.

Voleva solo andar via, aveva bisogno di aria, di spazio, di schiarirsi i pensieri.

Si passò il braccio sugli occhi. Maledizione, aveva bisogno di un abbraccio. Di qualcuno che la stringesse e le dicesse che tutto si sarebbe risolto, che l'aiutasse a destreggiarsi in quella giungla di pensieri confusi, che la rassicurasse dicendole che stava facendo la cosa giusta e aveva preso le decisioni migliori.

Aveva voglia di menare qualcuno, di dare calci e pugni, di colpire, sfregiare. Di spaccare qualcosa. Di infilzare. Di urlare.

Ansimando per l'emozione, indossò un paio di pantaloni da uomo, le bretelle per tenerli su e vi infilò la camicia, debitamente riabbottonata. Si ficcò in tasca un paletto e un pugnale, si calcò un borsalino in testa e si gettò un trench sulle spalle.

Era pronta per uscire.

FUORI CONTINUAVA A PIOVERE A CATINELLE, Macey ne sentiva il rumore mentre percorreva i corridoi, alcuni sotterranei, altri no, che collegavano le varie stanze connesse al *Silver Chalice*, con l'altro lato dell'isolato, dove si trovava il negozio della zia Cookie.

Quando aveva ricevuto la chiamata a diventare una Cacciatrice, Macey, dopo aver lasciato il proprio lavoro alla biblioteca Harper Memorial dell'Università di Chicago, aveva passato vari giorni ad allenarsi con Temple in una stanza apposita, il *kalari*, dove l'amica l'aveva iniziata alle tradizionali tecniche di lotta e auto-difesa tramandate da secoli, di Cacciatore in Cacciatore, dai rispettivi *comitator*. Le tecniche e le armi impiegate provenivano dai quattro angoli della terra e andavano dal *qi gong* al *karate* e al *taekwondo* e richiedevano una preparazione tanto fisica quanto mentale.

Quei giorni, rifletté Macey, mentre attraversava la sala degli allenamenti ora deserta, erano stati facili. Molto più facili.

«Macey!» Temple sollevò la testa sorpresa, quando la Cacciatrice aprì la porta in cima alle scale, sull'altro lato del *kalari*. La donna di colore sedeva a un enorme tavolo ricoperto di libri e fasci di fogli spiegazzati.

La pioggia crivellava la finestra da cui filtrava una luce grigiastra. In lontananza, rimbombavano i tuoni. Dalla strada sottostante, venne il suono del clacson di un'automobile.

Macey pensò che, forse, non sarebbe uscita: in giro non avrebbe trovato nessuno, neppure un vampiro. Non che disdegnasse prendere a pugni qualche mortale, ma in una domenica come quella, in giro c'erano solo persone miserabili e senz'altra scelta che starsene sotto la pioggia.

«Scoperto qualcosa sulla Piramide di Rekk?» chiese. Non era ancora pronta a parlare dell'arrivo di Max, neppure con Temple.

«Qualcosina, ma mi si chiudono gli occhi dal sonno» sorrise.

«Tirato tardi, eh...» Macey fu felice per lei: almeno una delle due era soddisfatta degli uomini che aveva nella propria vita.

«Già» rispose, sbadigliando e lanciando un'occhiata fuori dalla finestra. «Mi sa che terrò chiuso anche stasera. Chi vuoi che venga con questo tempo... così me ne andrò a letto presto. Tu e Chas avete finito di mettere in ordine?»

Macey esitò. «Quando sono venuta via, avevamo quasi finito. Insomma, cosa hai scoperto sulla piramide?»

«A quanto pare, è capace di controllare una persona, come fanno i vampiri coi loro poteri, una sorta di potente ipnosi. Ma perché funzioni deve essere, per così dire, connessa a un non-morto che diviene così il suo padrone.»

«Quindi il suo potere di ipnotizzare e controllare le persone resta latente finché non trova un padrone? Come la lampada di Aladino ne *Le mille e una notte*? Qualcuno deve sfregarla?»

«Esatto, sorella. Ma, grazie a Dio, per diventare il padrone della piramide non basta strofinarla, serve un lungo rituale. Però non ho ancora trovato in cosa consista.»

«Iscariot lo saprà di certo.»

«Poco ma sicuro.»

«Ha qualche punto debole? Sappiamo come distruggerla?»

«È quello il problema» sospirò passando la mano snella sull'antica pergamena che aveva davanti. «Ancora nessuna informazione a riguardo.»

«E una volta connessa al suo padrone, c'è un modo per separarli?» incalzò Macey, lieta di avere domande precise su cui focalizzarsi, per quanto spiacevoli potessero risultare le risposte.

«Per ora non ho trovato niente neppure su questo.» Temple

socchiuse gli occhi e la guardò come la vedesse soltanto in quel momento. «Vuoi uscire con questo diluvio?»

Prima che Macey potesse rispondere, udirono dei passettini svelti e leggeri nel corridoio, poi il pesticcio si arrestò vicino alla porta opposta a quella da cui era entrata Macey, e sentirono uno scatto. La manopola girò.

«Ho pensato gradissi un po' di caffè, piccola» disse zia Cookie entrando di schiena e usando un gomito per trattenere la porta. «E a me serviva staccare un po' dall'orlo della cloche che sto cucendo. Eh, non ho più gli occhi buoni di una volta.»

Aveva un vassoio con sopra un bricco, una tazzina col piattino e un vassoio di bignè spolverati di zucchero a velo. Superata la porta, si voltò e sorrise. «Macey, bambina mia, che Dio ti benedica. Che bello trovarti qui, non vedevo l'ora che qualcuno mi raccontasse qualcosa della mostra di ieri sera! Quando si tratta di sapere gli ultimi pettegolezzi e le novità della moda, non puoi certo chiedere a quella testona di mia nipote.»

Zia Cookie era una vecchietta piccola piccola, quasi trasparente, con movenze e modi da fatina. I capelli erano sottilissimi e le circondavano il capo con una soffice nuvoletta scura. Aveva però un naso importante, lungo e largo.

Era un genio assoluto quando si trattava di aggiustare cappellini, cucire cloche e decorare fasce per la testa con la giusta quantità di fronzoli e gingilli, ed era anche un'ottima cuoca. Ma aveva quasi sempre la testa fra le nuvole, forse perché assorta nell'ideare una nuova creazione, e i suoi pensieri si perdevano con la facilità con cui si rovescia una scatola di spilli.

Insomma, proprio il frivolo diversivo di cui Macey aveva bisogno.

Fu dunque sollecita a prenderle il vassoio e si limitò ad accennare una protesta quando la vecchietta stabilì di dover andare a prendere altre tazze e piattini, nonché della marmellata e qualche galletta, così potevano prendersi il caffè tutte insieme e discutere se le piume di struzzo stessero tornando di moda e se le velette dovessero scendere giù fino al naso o nascondere solo un occhio.

Sedere con le uniche due donne al mondo, oltre a Wayren la quale, però, probabilmente non era affatto di *questo* mondo, che conoscevano la verità sulla sua vita, era rilassante e piacevole.

Ma neppure un minuto dopo, l'atmosfera confortevole fu subito rovinata.

«Ti ha poi trovata il tuo papà, Macey cara? È venuto a chiedermi del *Silver Chalice* e io gli ho spiegato come trovare l'accesso alle scale... con questo tempo la colonnina col calice è quasi invisibile ma-»

«Tuo *padre*?» strillò Temple, guardando ora l'amica, ora la zia. Si era quasi alzata dalla sedia. «Max Denton è vivo? Ed è *qui*?»

Macey non poté far altro che annuire.

«Come? Credevo fosse morto!»

«Benvenuta nel club» rispose Macey, cominciando a desiderare di essere uscita, pioggia o non pioggia. Com'era possibile che suo padre fosse vivo e lei non lo sapesse? Perché nessuno glielo aveva detto, a parte Nicholas Iscariot? Sebastian non c'era più, ma gli aveva creduto quando le aveva detto di non saperlo, e così Chas... ma c'era anche Al Capone. Ora che ci ripensava, era sembrato impaurito quando gli aveva parlato di suo padre. Macey serrò i denti. Forse era il caso di fare una visitina al vecchio Scarface.

«Aspetta... sei sicura fosse davvero tuo padre e non un trucco? Temple sembrava sconvolta e Macey non sapeva dire se fosse la paura o l'emozione per l'arrivo del *grande* Max Denton a brillarle negli occhi.

«È lui di certo.»

«Che c'è, bambina? Non sei felice di rivedere il tuo papà?» chiese Cookie.

«Mi chiedi se sono felice di rivedere l'uomo che mi ha ignorata per tredici anni?» ribatté acida, afferrando una tazza di caffè. «Che mi ha lasciato credere di essere morto? E perché dovrei?»

Temple versò del latte nel proprio caffè e si allontanò dal tavolo, felice, probabilmente, di prendersi una pausa dalle sue ricerche. «E che ti ha detto? Cosa ci fa qui?»

«Non lo so. Sono andata via.»

Temple e la zia la guardarono in silenzio.

Macey sospirò. «Lui si presenta qui senza neppure avvertire e si aspetta che lo riaccolga a braccia aperte nella mia vita? Che faccia finta di niente?»

«È tuo padre» la ammonì Cookie.

«È Max Denton, non mio padre» sentenziò con una scrollata di spalle, arraffando un bignè e fregandosene dello zucchero a velo che il dolcetto spargeva lungo il percorso. «Ha finto di essere morto per tredici anni.»

«Sono certa che abbia avuto le sue ragioni» azzardò la zia.

«Tutti abbiamo le nostre ragioni» soggiunse piano Temple. «O pensiamo di averle.»

Macey la guardò e lesse un accenno di critica nei suoi occhi. «Tagliar fuori qualcuno dalla tua vita senza dargli nemmeno la possibilità di…» Le mancò la voce e poi distolse lo sguardo. *Maledizione.*

Temple inarcò un sopracciglio e le lanciò uno sguardo eloquente. «Da che pulpito-»

«Quanto è accaduto con Grady, quello che ho scelto di fare, quello che ho *dovuto* fare, è tutt'altra storia.»

«A me sembra la stessa, sorella. Qualcuno, in questo caso tu o tuo padre, decide di proteggere una persona a cui vuole bene, te o Grady, uscendo dalla sua vita ed escludendola da essa, senza concedere né una spiegazione, né la possibilità di scegliere… dico bene? Senza che la persona lasciata da parte abbia potuto decidere se voleva essere o meno lasciata da parte.»

«Ma-»

«Tu eri solo una bambina, è vero, te lo concedo. E quindi, forse, non saresti stata in grado, all'epoca, di decidere cosa fosse meglio per te. Ma Grady lo era. Lo è. È un uomo, molto più uomo del novanta per cento dei maschi di questa città.»

Macey sentì una stretta al petto. «Non è lo stesso, lui non è un Gardella, non è un Cacciatore e non aveva idea di cosa lo aspettasse.»

Temple scosse il capo, l'espressione dura come l'acciaio. «Si è reso utile quanto te per fuggire da quel teatro con Sebastian, no? E porca puttana se non ha fatto la differenza quando al museo stavi per saltare in aria assieme a un centinaio di altre persone!» Si sporse in avanti. «Quello che sto cercando di dirti, sorella, è che hai fatto a Grady la stessa cosa che tuo padre ha fatto a te. E quindi non fare come il bue che dà del cornuto all'asino.»

Macey si lasciò ricadere contro lo schienale della sedia, serrando le labbra. All'improvviso il bignè e lo zucchero a velo sapevano di spazzatura. Quella di Grady era un'altra storia, lui non apparteneva a una famiglia chiamata da secoli a un pericoloso dovere. Non c'entrava niente, non poteva difendersi dai non-morti.

«Povera piccina» la blandì la zia, carezzandole la schiena con la manina morbida e fredda. «Hai dovuto affrontare la perdita della tua mamma e subito dopo l'abbandono del tuo papà.»

«Esatto» rispose Macey, sentendo le lacrime bucarle gli occhi. «Mi ha lasciata quando avevo più bisogno… di lui. Mi ha mandata… via. Mi hanno detto che era… morto. Sono cresciuta credendomi… un'orfana!

«Macey, amica mia, non sto certo dicendo che tuo padre non ti abbia fatto un torto. Ma aveva le sue ragioni, proprio come te con Grady. Ed essendo un uomo… beh, è facile che abbia sbagliato. Sbagliano quasi sempre. Credo solo che dovresti provare a vedere la vicenda dalla sua prospettiva, specie ora che ti sei trovata in una situazione molto simile» disse Temple.

Cookie le porse un fazzoletto bordato di pizzo che Macey usò per asciugarsi gli occhi e il naso. All'improvviso, alla rabbia era subentrata la tristezza, come se tutto il dolore provato da bambina fosse tornato a farsi sentire, soffocando la sua pretesa di essere nel giusto.

«Sono sicura che il tuo papà ti ama tantissimo ed è solo per questo che ha fatto quello che ha fatto» aggiunse Temple.

Come hai fatto tu con Grady.

Non pronunciò quest'ultima frase, ma a Macey parve di sentirla forte e chiara.

«E adesso è tornato!» osservò Cookie allegra, come se quello risolvesse tutto.

E adesso è tornato... sì, e allora?

Macey scattò in piedi. «Grazie per il caffè, zia Cookie. Vado... stavo uscendo. Ho bisogno di una boccata d'aria.»

«Aria? Che Dio ti benedica bambina, rischi di affogare più che di respirare, con questo diluvio» disse la vecchietta, indicando la finestra rigata dalla pioggia.

«Pazienza.»

L'ARIA fuori era fredda e umida e Macey si congratulò con se stessa per aver indossato cappello e pantaloni anziché un vestito o una gonna, come la sera prima. Sebbene fosse quasi mezzogiorno, era buio e scuro, quasi come se si stesse avvicinando il tramonto, e le strade erano praticamente deserte.

Un solo veicolo transitò lungo la via, le gomme che scricchiolavano sull'asfalto bagnato. Pioveva un po' più piano, ma c'era una fitta nebbia e le gocce picchiavano sul cappello e scorrevano lungo la tesa. Non aveva fatto che pochi passi e già aveva le scarpe e l'orlo dei pantaloni bagnati.

Qualcuno doveva vegliare su di lei, perché trovò un taxi più in fretta del previsto. «All'hotel Lexington» disse al tassista mentre si toglieva il cappello e lo scuoteva.

Nonostante l'abbigliamento maschile, i *picciotti* di Capone la riconobbero subito e uno accettò di accompagnarla nell'attico del boss, ma solo dopo che ebbe consegnato la pistola e il coltello.

«Ehi capo» lo chiamò Tony, scortando Macey nella stanza di Capone, dopo aver salito quattordici piani in ascensore, «avete visite.»

«Bene, bene, Snorky» attaccò lei entrando nell'appartamento privato come fosse suo. «Che fai, ti nascondi? Hai paura che la pioggia troppo forte ti faccia sciogliere?»

«Che cazzo ci fai qui?» domandò Capone scattando in piedi, rischiando di rovesciare il calice di vino che aveva sul tavolo e spargendo cenere di sigaro ovunque. Guardò oltre le spalle di quella sgradita ospite, come se temesse ci fosse qualcun altro con lei, ma volesse, al contempo, mostrarsi tranquillo. «Tony, mi pareva di averti detto che non la volevo vedere mai più.»

«Ma non ha ferri, capo, ho controllato di persona e vostra moglie non c'è» ribatté Tony, guardando ora il suo boss, ora Macey e non capendo perché mai la presenza di una donna così minuta e per di più disarmata, dovesse tanto innervosire Al Capone. «E poi ha detto di aver lasciato delle cose qua e-»

«Vattene» gli ordinò il boss, a metà fra l'incazzato e il mortificato: in ogni caso, non era un buon segno per il povero Tony. «E non far passare nessun altro. Mi hai sentito? *Nessuno.*»

«Sì, capo.»

«Grazie, Tony» lo salutò Macey con un sorriso mellifluo, mentre il *picciotto*, ancora confuso, li lasciava soli.

Capone si voltò verso Macey. «Che vuoi da me, eh, bambina? Credevo avessimo chiuso.»

«Dopo che ho lasciato il lavoro, ho scoperto una cosa, Scarface.» Sapeva quanto il gangster odiasse quel soprannome e lo usava quindi con una certa soddisfazione.

«Non chiamarmi così put…, ehm, bambina.» Era chiaro che si stava trattenendo. «Dimmi cosa vuoi e poi togliti dalle palle. Non ho tempo per te.»

«Mio padre è ancora vivo.»

Fece una smorfia per apparire sorpreso, ma Macey capì immediatamente che non era vero.

«Tu lo *sapevi*?» Si lanciò verso di lui, pronta a prenderlo per il bavero e sbatterlo contro il muro, ma poi ci ripensò: non voleva fargli un buco nella parete di cartongesso. «È qui, a Chicago.»

«Lo so bene.»

«Tu lo… no, aspetta.» La rabbia la raggelò. «Quando lo hai visto?»

Capone fece spallucce. «È passato a farmi visita circa una settimana fa. E ci siamo fatti una bella chiacchierata.»

«Una bella *chiacchierata*?»

«Ascolta, bambina, l'ultima cosa che mi serve è avere il fiato di Max Denton sul collo» disse, visibilmente a disagio. «Quindi prenditi la tua roba e vattene. Tanto io non ho più niente a che fare coi Cacciatori.»

Macey lo fissò: cominciava a capire. «Vuoi dire che mio padre è venuto qui per dirti di *stare alla larga da me*?» Si sentiva scoppiare la testa. Alla fine sarebbe stata un'orfana davvero perché lo avrebbe *ucciso*, suo *padre*. Come osava? Se l'era sempre sbrigata da sola, da sola si era svincolata da Capone, non aveva bisogno del paparino che aggiustasse le cose…

Capone si rese conto di aver sollevato un vespaio e alzò le mani. «Avevamo diverse cose da discutere e abbiamo raggiunto un accordo. Io ho rinunciato alla mia *vis bulla* e lui ha promesso di lasciarmi in pace. Così siamo entrambi contenti.»

«In che senso ci hai rinunciato? Non puoi semplicemente togliertela… dico bene?» lo fissò e lui distolse lo sguardo.

«Se l'è presa, ok? Quello stronzo me l'ha strappata e quindi, a questo punto, credo proprio di non avere più niente a che fare con tutti voi.»

«Lui può fare una cosa del genere?»

«È il *Summas*, lui e quella tizia, quella Wayren, possono fare il cazzo che vogliono» rispose, dando libero sfogo alla propria ira. «Fortuna che mi sono già fatto una solida reputazione e buona parte della città ha paura di me: non ho più bisogno di quel dann- ehm, benedetto coso infilato nella carne. Fra l'altro mi si impigliava sempre nella camicia.»

«Vuoi dire che quando Max ti ha tolto la *vis bulla*, hai perso i tuoi poteri da Cacciatore?» Non ci credeva. Victoria aveva smarrito il proprio amuleto, ma mica aveva perso tutte le sue abilità… magari si era solo un po' indebolita. Macey non aveva ben chiara nei dettagli la storia della sua famiglia, ma era certa che la perdita della *vis bulla* non comportasse anche la perdita dei poteri.

«Non è solo quello... è che boh, mi ha fatto qualcosa... lui da solo o insieme a quella signora dal vestito lungo. Mi hanno fatto tornare normale.»

«Quindi non percepisci più i vampiri? Non hai più la super forza o la capacità di guarire rapidamente?» Macey si avvicinò. «Che dici, facciamo una prova?» Era sufficientemente arrabbiata e frustrata per farlo sul serio.

«Non sono comunque un peso piuma, bambina» rispose, con uno strano brillio nello sguardo. «Forse non posso più percepire i vampiri, ma potrei ancora stenderti, se lo volessi.»

Macey era molto tentata: aveva tanta voglia di una bella rissa, quanta ne aveva di scambiare due paroline con l'onnipotente Max Denton. Ma pensò che forse non era il caso: un alterco con Capone avrebbe fatto accorrere i suoi scagnozzi armati di pistole e mitragliette, i quali avrebbero prima sparato e poi fatto domande.

«Non oggi, Scarface. Magari un'altra volta. Ho un po' di cosette da fare.» Lo squadrò per un attimo, poi proseguì: «Prima che me ne vada... sai mica dove si rintana Nicholas Iscariot?»

Capone fece cenno di no, corrucciando le labbra carnose. «No, credimi. Se lo sapessi te lo direi. Quello mi causa un sacco di noie. Prima te ne sbarazzi, meglio sarà anche per me. Quindi va' bambina. E non scordarti le tue cose: sono ancora giù nella tua vecchia stanza.»

«Ah, un'altra cosa. Non prendertela con Tony o tornerò. E non da sola» soggiunse con un sorrisetto glaciale.

In tutta risposta, l'uomo borbottò qualcosa di poco carino ma, per fortuna, Macey stava già richiudendosi la porta alle spalle.

QUANDO SI ALLONTANÒ DAL LEXINGTON, portando con sé solo una valigia con le poche cose che aveva voluto riprendersi, non aveva in mente altre mete, ma non era neppure pronta per tornare al *Silver Chalice*.

E quindi prese a camminare, scansando le pozzanghere lungo i marciapiedi bagnati, superando negozi sprangati perché era domenica, chiese vuote perché era passato mezzogiorno, ristoranti chiusi in favore dei pranzi in famiglia.

Aveva camminato per più di un'ora, forse quasi due, quando si rese conto di dove l'avessero condotta i suoi piedi.

Si arrestò di colpo, sorpresa ma non troppo, quando si guardò intorno, riconoscendo la ferramenta O' Brien, la bottega Shillelagh e la macelleria Garrick. Lì vicino c'era la chiesa cattolica di St. Martin e, appena un isolato più avanti, si intravedeva il campanile di un'altra.

E lì, a fianco di un piccolo parco giochi, momentaneamente deserto a causa del brutto tempo, con le altalene che oscillavano appena sospinte dal vento, c'era la casa di Grady.

Guardare quell'edificio familiare, alto e sottile, sull'altro lato della strada, le dette una stretta al cuore. La finestra più grande aveva per caso le tendine di pizzo aperte, e lasciava intravedere un rettangolo di calda luce gialla, in netto contrasto col freddo grigiore della pioggia e della nebbia. Da quell'ottimo punto di osservazione, scrutò all'interno della casa, sperando di scorgere una figura e, per quanto sapesse bene che era una pessima idea, non riuscì a trattenersi dall'attraversare la strada per avvicinarsi.

Per ripararsi un po' dalla pioggia si mise sotto a una grossa quercia del parco, i cui rami arrivavano quasi a sfiorare il muro a mattoni della casa di Grady. La finestra che le stava davanti si apriva sul lato di quell'edificio stretto e lungo e dava sul salotto. Ora che si era avvicinata, scorse effettivamente una figura muoversi per casa e sentì il cuore accelerare.

Era lì, con indosso solo una camicia bianca col collo sbottonato e, probabilmente, dei pantaloni, ma riusciva a vederlo solo dalla vita in su. Non scorgeva il viso, ma sapeva bene quanto i suoi capelli fossero folti e morbidi e come i suoi occhi bellissimi cambiassero dal grigio al blu. Come inclinava il capo guardandola con calore e chiamandola *bambolina*.

Si ricordò di quando, nel tentativo di fargli capire perché non poteva far parte della sua vita e perché lei fosse diversa da tutte le altre donne, gli aveva mostrato la propria forza sovrumana sollevandolo da terra e sbattendolo contro il muro, e lui aveva reagito baciandola con passione. Accettandola, quasi con gioia.

D'un tratto vedeva sfocato e dovette sbattere le palpebre e passarsi una mano sugli occhi.

Quando era dentro casa sua, Grady era al sicuro dai nonmorti, e non solo grazie a quello che la sera prima aveva dato tanto fastidio a Flora, qualsiasi cosa fosse. Macey sapeva infatti che c'erano croci d'argento incastonate sul davanzale di ogni finestra e sulla soglia del portone. E, conoscendolo, di sicuro teneva anche diversi paletti nascosti qua e là.

All'improvviso le sovvenne un ricordo, tanto chiaro e vivido da farla trasalire, inalando una boccata di nebbia. La notte che Grady aveva trascorso nel vecchio appartamento di Macey, nella pensione della signora Gutchinson, o meglio, la mattina dopo, quando si era svegliata lo aveva trovato su una sedia, mezzo addormentato e con in mano un paletto.

Se l'era portato con sé. Era venuto preparato. Già allora, in qualche modo, sapeva dei vampiri. Ma *come*?

Certo, le aveva preso il libro intitolato *I Cacciatori* che gli poteva aver fornito alcune informazioni, per quanto non troppo accurate, sull'eredità della famiglia Gardella. Ma già all'inizio, durante il loro primissimo incontro, aveva dato l'impressione di essere a parte dell'esistenza dei non-morti.

La prima volta che si erano parlati erano all'angolo di una strada e lui le aveva mostrato il manifesto di una ragazza scomparsa, il cui cadavere era poi stato ritrovato. Si chiamava Jennie Fallon. La gente si chiedeva se fossero stati dei cani randagi o qualche altro animale a straziare il corpo di quella povera ragazza e Macey, chissà perché aveva borbottato qualcosa di illogico a proposito dei vampiri.

E lui anziché guardarla come se le avesse dato di volta il cervello, l'aveva scrutata come se fosse d'accordo e... curioso.

Persino allora sapeva dei vampiri o almeno ne sospettava l'esistenza.

Da quella prima conversazione, non l'aveva più mollata: voleva sapere sempre di più sui non-morti, su come combatterli, su come poterla aiutare a seguire la sua pericolosa vocazione. Per essere parte della sua vita.

E io sarò lì con te per tutto il tempo, bambolina mia.

Una delle ultime cose che le aveva detto, prima che lei chiedesse a Wayren di cancellargli la memoria. Quella semplice frase continuava a ronzarle nella mente, facendola sentire al contempo confusa, felice e triste.

Non si rese conto di cosa stesse facendo finché i suoi piedi non cominciarono a salire gli scalini dell'entrata della casa di Grady e non si ritrovò di fronte al suo portone liscio di quercia, marrone scuro, con una finestrella e un batacchio a forma di simbolo celtico. Macey sapeva bene che, incise sulla soglia, c'erano anche tre croci d'argento.

Non aveva idea di cosa stesse facendo e del perché fosse lì.

Ma alzò la mano, afferrò il batacchio celtico lo sollevò e lo fece battere per tre volte.

Toc. Toc. Toc.

10

IN CUI L'INTREPIDO FALCO RIVELA QUALCHE TRUCCO DEL MESTIERE

Savina Eleiasa, nota alle cronache con lo pseudonimo di Sabrina Ellison, fotografa e avventuriera, si era appena fatta un bel bagno. Aveva i capelli umidi e indossava solo le ciabatte e un caldo, avvolgente accappatoio. Era una di quelle giornate tristi e monotone.

Stava scendendo dabbasso, quando sentì bussare da fuori.

Grady aveva già quasi raggiunto il portone per vedere chi fosse, in fondo era casa sua, mentre lei arrivava alla fine delle scale.

«Chi può essere mai con questo tempaccio?» chiese, sbirciando dalla finestra.

Grady aprì e Savina intravide solo un omino magro con una valigetta e il borsalino grondante di pioggia. Un venditore? Certo non di domenica. Sembrava comunque piuttosto innocuo, a meno che non fosse un vampiro naturalmente, ma in quel caso, Grady avrebbe dovuto dargli il permesso di entrare, perché costituisse una minaccia. E comunque, un non-morto non avrebbe potuto oltrepassare le tre croci incise nella soglia. Forse era un collega del *Tribune*.

Savina non aveva fatto in tempo a sedersi sul divano in soggiorno, che Grady la raggiunse, prima del previsto. «Chi era?»

chiese spostando un intrico di manette e lucchetti per potersi sedere. Non c'erano cuscini e riviste sul sofà di Jameson Grady bensì articoli di ferramenta. Scosse il capo e sorrise, pensando a Liam Stoker, il brillante inventore che costruiva armi e gadget per alcuni Cacciatori. Anche lui si portava sempre dietro un assortimento di parti meccaniche che tintinnavano nelle tasche ad ogni passo.

«Non ne sono certo» rispose Grady, dirigendosi in cucina.

Savina fece spallucce e si raggomitolò in un angolo del divano, cercando di non pensare a Max. Era stato gentile, molto gentile, da parte di Grady ospitarli finché stavano a Chicago.

Aveva anche lasciato loro la sua ampia stanza al secondo piano, ma Max non era quasi mai lì per dividerla con lei: da quando erano arrivati l'aveva visto a malapena.

Rabbrividì, sentendosi improvvisamente sola e triste e anche un tantino preoccupata. Non per Grady, assolutamente: era una persona squisita, disponibile e affascinante e non gli dava fastidio che Savina passasse tanto tempo in casa sua, *al sicuro*, come aveva detto Max, mentre il Cacciatore faceva… beh, quello che doveva.

Forse non sarebbe dovuta neppure venire a Chicago, ma Max aveva tanto insistito e lei, come un'adolescente innamorata, non aveva saputo dire di no.

Certo, se c'erano delle tensioni tra loro, era anche colpa di Savina, ma dopo quello che era successo il Natale precedente, le cose erano cambiate. O meglio erano cambiate da quando, tre Natali prima lui l'aveva abbandonata. Poi era stato il fato a farli ritrovare, a dicembre, in una sperduta magione inglese.

Nessuno dei due si era aspettato quell'incontro anzi… per quanto ne sapeva Savina, Max poteva anche essere morto dato che, dopo essere stati amanti per un po', lui se n'era andato senza dare notizie di sé per mesi e mesi.

Ed è per questo che ti senti così strana, cara mia. Non riusciva più a fidarsi completamente di lui.

Vero, ritrovarsi era stato molto emozionante e Max si era adeguatamente *prostrato* per farsi perdonare…

Ma.

Savina non era certa che le cose fossero cambiate, che avesse superato i motivi per cui era scappato da lei, o meglio, dalla loro *relazione*. Di questo, almeno, era sicura: non si trattava di lei. Ma di lui.

Ecco.

«Gradisci del tè?» urlò Grady dalla cucina, riscuotendo Savina da quei pensieri che le ronzavano in testa da mesi. «O qualcos'altro?»

«Non avresti del caffè? Magari corretto con qualcosa di forte, per riscaldarsi un po', vista la giornataccia?» Savina era cresciuta in Italia in mezzo ai Cacciatori, fra i passaggi sotterranei del loro covo a Roma, e non si era mai del tutto abituata alla passione tutta britannica per il tè.

Avrebbe tanto voluto trovare qualcuno a Chicago che le preparasse un bel cappuccino.

Mentre aspettava che Grady la servisse, si perse, come già le era successo, nel contemplare la sua vastissima collezione di libri, una vera e propria biblioteca in miniatura, vista l'enorme varietà degli argomenti trattati. Aveva libri di chimica, biologia, latino, zoologia, storia, fisica, religione e filosofia, oltre a una serie di romanzi e biografie, e non solo: ne aveva vari scaffali e pile persino in camera da letto.

E poi c'erano le attrezzature alla Houdini: non solo manette e lucchetti ma anche scatole grandi come bare da cui Grady giurava di saper evadere, persino se legato o incatenato.

«Ho visto uno spettacolo di Houdini, una volta» disse Savina mentre l'uomo la raggiungeva con, che Dio fosse lodato, del caffè. Due tazze scompagnate, ma ognuna col proprio piattino, tintinnavano su un vassoio accanto a qualche biscotto e un po' di burro. «A Londra. Era straordinario.»

«Straordinario è dire poco» rispose lui con un sorriso, sedendosi sulla poltrona accanto al caminetto spento. «Vuoi che lo accenda?» chiese guardando prima il focolare, poi lei.

«Lascia stare, non disturbarti. Avrai un sacco di cose da fare.

Non devi scrivere un articolo sulla mostra?» Savina era dispiaciuta sia perché Grady aveva dovuto accompagnarla la sera prima, sia per il fatto di stare lì a casa sua a ciondolare, senza aver niente a cui dedicarsi.

«Già scritto e consegnato ieri sera, in tempo per l'edizione domenicale, mentre tu dormivi. Quindi, grazie al cielo, oggi sono libero» ridacchiò. «A meno che non succeda qualcosa di grosso, ovviamente.»

A Grady non era pesato doverla accompagnare alla mostra, dato che avrebbe dovuto comunque andarci per il giornale e, per fortuna, nessuno dei due aveva manifestato il minimo interesse verso l'altro. Cosa abbastanza normale, visto che lei aveva dieci anni buoni più di lui. In caso contrario, sarebbe stato un po' imbarazzante.

Max non voleva ancora mostrarsi in pubblico, non prima di capire meglio come stavano le cose tra i non-morti di Chicago. In fondo, era il Cacciatore più noto al mondo, e se un vampiro l'avesse riconosciuto prima del previsto, i loro piani sarebbero andati a rotoli. Era meglio per Savina continuare a interpretare il ruolo di Sabrina Ellison e tenere segreto il suo legame con Max Denton.

Questo ovviamente non gli aveva impedito di scivolare nel suo letto di prima mattina e stringerla al proprio corpo liscio e muscoloso. Aveva i capelli freschi e umidi di pioggia, la bocca morbida e calda e la pelle pareva avvolta da un'aura fresca e profumata come la pioggia stessa. Non avevano parlato, no, Savina sapeva bene che non era il caso e che, comunque, lui non avrebbe voluto rispondere alle sue domande: avevano fatto ben altro. E sebbene dopo si fosse sentita calda e appagata, rilassata e fremente, dentro le era rimasto un grumo di paura per il futuro. Si chiedeva per quanto sarebbe durata.

Sapeva che Max era in contatto con Wayren e, sperava ardentemente anche con la figlia Macey, il che l'avrebbe fatta sentire molto più serena.

«Non è affatto un disturbo, accendere il camino» disse Grady. «Stavi tremando, prima.»

Le venne da sorridere ma non lo corresse. «In tal caso, accendilo, grazie.»

«Quando hai visto Houdini? Faceva già il numero della fuga subacquea?»

«Prima della guerra, nel '13, a Londra. Faceva dei numeri che avevano davvero del miracoloso. Sì, anche la fuga subacquea. Com'è che la chiamava? La Tortura Cinese dell'Acqua, mi pare. Lo hanno incatenato e lo hanno messo a testa in giù in un contenitore pieno d'acqua con le pareti trasparenti. E ne è uscito in meno di quaranta secondi.» Lo aveva visto coi propri occhi, eppure ancora stentava a crederci. «Ho sentito dire che è riuscito a evadere dalla cella di massima sicurezza di Scotland Yard. Come fa? Tu dovresti saperlo. Max dice che eravate grandi amici.»

Grady era rivolto verso il camino, dove stava accendendo il fuoco, ma Savina intravide le guance gonfiarsi a causa di un sorriso furbetto. «Conosco qualcuno dei suoi trucchi, sì. Per lo più si tratta di combinare forza e agilità… sai che correva per una decina di chilometri, ogni giorno, fin da quando aveva quattordici anni? E poi faceva esercizi di allungamento e sollevamento pesi. Mangiava sano e dormiva bene. Si manteneva in ottima forma fisica.»

Savina annuì e sorrise a sua volta. Oh sì, ricordava bene il momento in cui il Grande Houdini si era tolto la vestaglia, rimanendo con indosso solo un costume da bagno azzurro, prima che lo incatenassero e calassero in acqua: era tutto muscoli scolpiti. La forma dei pettorali e delle spalle era evidente anche sotto il tessuto e ogni donna in sala aveva, dentro di sé, apprezzato molto quell'esempio di bellezza virile anche se, esternamente, sembravano solo preoccupate per il pericoloso esperimento che si accingeva a fare.

«Anche essere snodati e sapersi, per esempio, slogare una spalla può essere d'aiuto» aggiunse Grady, lanciandole un'occhiata. «E lui era elastico quanto uno yogi del lontano oriente. Ma usava anche altre... chiamiamole "tecniche". Nascondeva piccoli attrezzi sulla propria persona, per esempio in bocca o tra i capelli. A volte sua moglie Bess.» Ridacchiò e scosse la testa, «gli passava un minuscolo grimaldello mentre gli dava un bacio per augurargli buona fortuna. Non sono veri e propri segreti, tutti gli escapologi li conoscono, ma Houdini era il migliore perché osava sempre di più, era in forma, creativo e soprattutto, era un uomo di spettacolo. Un animale da palcoscenico.» Le spalle di Grady si incurvarono mentre afferrava un altro ciocco. «Non riesco ancora a credere che sia morto e poi così, all'improvviso.»

«Una grande perdita per tutti noi» assentì Savina.

«Pochi sanno che non era solo un grande illusionista ed escapologo, ma che aveva spesso aiutato le forze dell'ordine, per non parlare dell'intelligence britannica e dell'esercito degli Stati Uniti.»

«È così che tu e Max vi siete conosciuti, dico bene? Quando lui lavorava per l'esercito britannico.» Max non si era arruolato, ovviamente, perché aveva i suoi personali nemici da combattere, ma aveva reso dei servigi per il proprio Paese in altri modi e aveva partecipato all'addestramento.

«Vero. Siamo diventati buoni amici durante una settimana di addestramento con Houdini.» Grady smise di armeggiare col camino e si voltò verso di lei. «Andavamo al pub dopo le lezioni, ci facevamo qualche birra e discutevamo di quello che avevamo imparato. Qualche volta veniva con noi lo stesso Houdini. È così che ho imparato a conoscerlo meglio.»

«Una volta, eravamo seduti a bere, quando Max scattò in piedi all'improvviso, fissando intensamente una coppia seduta al bancone. "Torno subito" mi disse. Uscì dalla porta per, mi resi conto, per seguirli. Avevo osservato anche io quel tipo e la donna bionda che era con lui, e anche io avevo notato che lui la importunava, ma la ragazza pareva gradire e rispondere alle avances, doveva essere anche un po' brilla: quando erano usciti riusciva appena a tenersi in piedi e solo perché l'uomo la sorreggeva.»

Grady parve incupirsi. «Forse avrei dovuto seguirli a mia volta ma, da quello che avevo visto, la donna sembrava compiacente e l'uomo affatto minaccioso. Insomma, in un pub come quello certe cose sono all'ordine del giorno. Ma c'era qualcosa in quei due che aveva turbato Max.

Saldai il conto e gli andai dietro, anche perché aveva dimenticato il cappello e, sebbene avessero diversi metri di vantaggio, intravidi la coppia barcollante infilarsi in un vicolo e Max seguirli. Sembrava impugnare una specie di punteruolo ma non avevo idea di dove l'avesse preso.»

Grady rise e poi tornò ad aizzare il fuoco. Anche Savina ridacchiava perché sapeva dove la storia sarebbe andata a parare. «Raggiunsi il vicolo e la scena che mi si presentò fu stranissima: avevo visto chiaramente tre persone entrare in quella viuzza, ma quando arrivai, la donna non c'era più, era come scomparsa, eppure il vicolo era cieco. Non poteva essere andata da nessuna parte. E, credimi, guardai bene. L'uomo era stupito e confuso e sanguinava da una ferita al collo. Il cappotto di Max era ricoperto da un sottile strato di una polvere puzzolente.»

«Lasciami indovinare. Dopo Max non ha risposto a molte delle tue domande» sibilò Savina.

«Nemmeno a una. Disse che avevo bevuto troppe birre, che la donna era scappata e che magari io non l'avevo vista uscire dal vicolo. Quello che Max non sapeva era che io leggevo molto. Sebbene abbia imparato a leggere solo a quindici anni» soggiunse con nonchalance, «dopo ho cominciato a divorare un libro al giorno. Davvero. Quando arrivai a Londra da Dublino, trovai lavoro in una libreria» sogghignò.

«E fra tutti questi libri, avevi anche letto *Dracula*.»

«Non solo. Anche altri come *Varney il Vampiro*.» Tornò serio e aizzò ancora il fuocherello stento, facendolo prendere meglio.

«E quindi hai fatto due più due.» Il caffè si era un po' raffreddato e Savina riuscì a berlo e percepire il sapore del whiskey che Grady aveva aggiunto, insieme a, forse, un poco di miele, perché era dolce al punto giusto. *Che buono.*

«Sì. Lui non l'ha mai ammesso apertamente, ma neppure negato. E finché non mi ha chiesto di raggiungerlo al *Clancy's Gold Coast*, una volta arrivato a Chicago, non ho mai avuto conferma di quello che avevo visto.» Continuava a ravvivare il fuoco con l'attizzatoio. «Dopo Londra, ci siamo sempre tenuti in contatto, anche se un po' meno da quando mi sono trasferito qui, ma l'ho invitato spesso a venirmi a trovare. Ero molto curioso di scoprire se quello che credevo di aver visto fosse vero.»

«Max è una persona riservata e taciturna» disse Savina, più a se stessa che a Grady. «Saprai di sicuro che tredici anni fa ha perso sua moglie a causa dei vampiri, una cosa che l'ha cambiato molto e per sempre. Io lo conoscevo anche prima, sebbene abbia sette anni più di me siamo cresciuti entrambi al Cons- ehm, nello stesso ambiente. Era un ragazzaccio, incredibilmente affascinante e un po' borioso, ma considerando la sua bravura e abilità, quel tanto di arroganza e sicurezza nei propri mezzi era più che giustificato. Dopo l'assassinio di Felicia, diventò un'altra persona. Fuggì. Da tutto e da tutti. E continua a farlo.»

Seguì un attimo di silenzio, rotto solo dal leggero rumore di Grady che continuava ad aizzare il fuoco perché raggiungesse abbastanza forza da alimentarsi da solo.

«Tu non sei una Cacciatrice» soggiunse lui dopo un poco, fissando le fiamme danzanti. «Ma Max Denton sì.»

«Lui è *il* Cacciatore dei Cacciatori» rispose Savina: ormai le pareva inutile negare. Max aveva deciso di andare lì, aveva confessato cos'era e Grady aveva dunque il diritto di sapere tutto. E se a Max non andava bene, beh, non avrebbe dovuto lasciarla lì da sola per ore, anzi per giornate intere. «Lui è il *Summas* Gardella, capo della più antica casata di ammazzavampiri, discendenti diretti del primo Cacciatore.»

«Gardeleus di Roma.»

«Esatto» rispose Savina, un po' sorpresa che Grady sapesse anche quello, ma ormai aveva cominciato a capire quanto il ragazzo fosse sveglio, pieno di risorse e ben informato su molte cose.

«E sua moglie? Era una Cacciatrice anche lei?»

«No. In effetti le Cacciatrici donne sono parecchio rare e a dirla tutta, Felicia non era molto… in prima linea, diciamo così. Sapeva dell'esistenza dei non-morti, naturalmente, sapeva cosa faceva suo marito e quale fosse la vocazione della sua famiglia, ma non ne faceva davvero parte. Max ha fatto di tutto per tenere i due aspetti della sua vita separati e lei al sicuro. Un po' come un soldato che va in guerra o una spia in missione che poi, però, torna a casa, alla sua tranquilla vita familiare.»

«Un fardello pesante.»

«Il più pesante di tutti» sospirò Savina, sentendo le lacrime pungerle gli occhi. E lei non stava facendo altro che aggravare quel fardello…

Un uomo come Max, con la sua intelligenza e le sue ineguagliate doti, votato e deciso a combattere il male a ogni costo, chiamato a un dovere che lo svuotava a ogni livello, fisico, emotivo, mentale e spirituale e a cui non poteva sottrarsi, aveva una responsabilità verso l'intera razza umana.

E le perdite che aveva subito… non solo la moglie, ma anche la figlia e la sua infanzia, così come la propria libertà e la propria pace.

Che diritto aveva lei di chiedergli ancora di più? Che diritto aveva di aspettarsi qualcosa che lui non poteva darle? Non era folle da parte sua? Avrebbe dovuto limitarsi a fare la sua parte e combattere il male, standogli vicina, amandolo e aiutandolo a portare avanti la sua missione.

«Savina?»

Si rese conto che Grady era in piedi di fronte a lei e le porgeva un fazzoletto, mentre lei non si era neppure accorta di star piangendo.

«Lo ami.»

«Tantissimo. Per me non ci sarà mai… nessun altro. Ma…» Si tamponò gli occhi col fazzoletto, sentendosi un'idiota.

Quanto erano piccole e meschine le sue preoccupazioni, i suoi problemucci di cuore, quando là fuori c'era Nicholas Iscariot, che possedeva già l'amuleto di Rasputin e voleva prendersi anche gli anelli di Jubai e accrescere ulteriormente il suo potere, mettendo in pericolo centinaia, forse migliaia di mortali.

Grady si sedette sul divano vicino a lei. «Lo vedrebbe anche un cretino che lui ti ama tantissimo. Ma di sicuro teme che tu possa fare la stessa fine di Felicia.»

«Lo so. Ma la situazione è ben diversa. Sua moglie non aveva mai compreso davvero questo mondo, né il ruolo di Max. E lui stesso ha fatto di tutto perché lei ne rimanesse fuori. Io invece ne faccio parte fin da quando ero una bambina, ho ucciso diversi vampiri con le mie mani… almeno una dozzina. Non devi essere un Cacciatore per poterli eliminare.»

«E quindi non lo sei.»

Savina scorse un sorrisetto incurvargli le labbra e non poté fare a meno di sorridere a sua volta. «Non per niente sono una fotografa avventuriera.» Allungò una mano per sfiorare quella di Grady. «Grazie per essere stato ad ascoltarmi. Se avessi un fratellino, lo vorrei come te.»

Proprio in quel momento il portone si aprì e Max entrò svelto in casa, scuro in volto, bagnato e chiaramente di cattivo umore.

«Ma che carini.» Li fissò per un breve attimo, poi fece dietrofront e uscì di nuovo, sbattendosi la porta alle spalle.

«Occazzo!» esclamò Grady.

MAX NON ERA felice quando aveva lasciato Chas al *Silver Chalice* per andare a cercare Macey che, come aveva verificato, non era affatto in camera sua. E lo era ancora meno quando vi ritornò alcune ore dopo: bagnato, intirizzito e incazzato nero.

Proprio una bella scenetta, sì: il fuoco nel camino, loro due seduti sul divano che si *tenevano per mano*.

Aveva sceso di corsa i gradini davanti casa di Grady, si era soffermato un attimo alla fine della scalinata, sperando che la porta si aprisse e Savina corresse a raggiungerlo per scusarsi... ma non lo aveva fatto.

Non aveva indugiato oltre, se n'era andato via di buon passo, passando troppo vicino a un alberello di tuia che gli aveva riversato tutta la pioggia raccolta fra i rami sul cappotto e sui pantaloni. Come se non fosse stato già fradicio di suo.

È quello che ti meriti Denton, stronzo che non sei altro. L'hai lasciata, ricordi? E Savina te lo aveva detto, che non sapeva se poteva fidarsi ancora di te.

Aveva imposto alla propria coscienza di tacere: non aveva tempo per le faccende personali adesso, ne aveva ben altre di *faccende personali* di cui preoccuparsi. Senza contare il signore dei vampiri del cazzo che voleva dominare il mondo.

Max era di umore funesto quando spalancò con malagrazia la porta del *Silver Chalice*, e nessuno dei presenti osò dunque rivolgergli critiche o proteste, anche se aveva fatto tremare e tintinnare l'intero pub e persino cadere due bicchieri dagli scaffali. Maledetta super forza dei Cacciatori.

Entrò, si tolse il cappotto e lo attaccò a un gancio, schizzando acqua ovunque. Il cappello se l'era scordato nella fretta di andarsene. Fu solo allora che si accorse delle tre persone che lo fissavano da dietro il bancone: Woodmore, una bella donna di colore sulla trentina e Macey.

Sua figlia.

Barcollò appena, ma poi riprese il proprio passo deciso e si avvicinò al gruppetto. E finalmente potette guardarla e osservare tutti i dettagli che, per anni, aveva solo potuto immaginare, dato che si era sempre rifiutato di vedere le sue foto e le lettere che la riguardavano, per paura che gli venisse meno il coraggio di stare lontano dalla sua bambina.

Era piccola e minuta come Felicia, una spanna più bassa della maggior parte degli uomini. Gli sarebbe arrivata appena al mento, se mai si fosse avvicinata abbastanza a lui per abbracciarlo, cosa che, per ora, pareva altamente improbabile. Il pensiero di un corpicino così fragile alle prese con un vampiro perfido e potente, gli fece fermare il cuore.

Eppure sapeva che ne aveva affrontati.

E aveva vinto.

Un'ondata di orgoglio lo pervase, seguita da una fitta di dolore.

I capelli di sua figlia avevano il colore delle noci mature ed erano ricci, come i suoi, anche se i boccoli, bagnati di pioggia, erano più morbidi. Quindi era uscita. Gli occhi erano tipici dei Pesaro, ma quelli li aveva dalla nascita, grandi, scuri, espressivi e incorniciati da folte ciglia. Aveva un visino cesellato e molto femminile, un mento forte e volitivo, la bocca grande, le sopracciglia disegnate.

Si rese conto all'improvviso di quanto sua figlia fosse diventata bella, forte e sicura di sé, senza il minimo aiuto da parte sua. Aveva fatto tutto da sola.

«Toh, il ritorno del padre prodigo» disse Macey. «Sei qui per dare una mano con Nicholas Iscariot o sei solo di passaggio?»

Max ignorò la risata soffocata di Woodmore e si sedette sullo sgabello da cui poteva meglio contemplare sua figlia. Quelle stronze delle sue ginocchia tremavano e faceva insolitamente fatica a mettere ordine tra i propri pensieri. «Macey.»

Quando i loro occhi si incontrarono, dimenticò tutto quello che aveva intenzione di dire. Aveva la bocca asciutta.

«E allora Max, vuoi rispondere? Sei di passaggio o sei dei nostri? Oh, no… aspetta. Lo so. Sei venuto a spaventare a morte Al Capone perché non credevi che tua figlia potesse cavarsela da sola. Come ha fatto per *tredici anni*.» Gli occhi scuri parevano sputare fuoco. «In ogni caso, vedi di deciderti perché qui non abbiamo tempo da perdere.» Gli mise davanti un pezzo di carta che stava sul bancone. «L'abbiamo appena ricevuto, è arrivato al negozio della zia Cookie e Temple l'ha portato qui.» Accennò all'altra donna, che pareva non riuscire a staccargli gli occhi di dosso.

Quantomeno c'era una donna che lo apprezzava, e forse lo temeva un po'.

Max prese il foglio, felice di potersi concentrare su qualcosa che non fosse lo sprezzante benvenuto riservatogli da sua figlia: mentre leggeva quel messaggio, mise da parte i guai familiari e tornò a essere un Cacciatore.

CONSEGNATE LA PIRAMIDE.
Ogni ora di ritardo costerà un caro prezzo.
Una dopo l'altra, dopo l'altra.

«VIENE SICURAMENTE DA ISCARIOT, Flora sarà andata diretta da lui per informarlo. Ha scritto lei questo biglietto, mi sembra la sua calligrafia.»

Max guardò Macey. «Come lo sai?»

«Era la mia migliore amica.»

Sostenne lo sguardo della figlia per un istante, percependo l'enorme quantità di cose non dette e comprendendo il suo dolore.

«Non fornisce dettagli o indicazioni su dove o come *consegnare la piramide.* Come se fossero certi che lo sappiamo» osservò Woodmore. «E la cosa non mi piace affatto.»

«Quando si tratta di Iscariot non c'è mai niente di piacevole» ribatté Macey atona. «È la personificazione stessa del male. Non sappiamo dov'è, né come trovarlo e non abbiamo dunque alcuna possibilità di assediare il suo nascondiglio.»

«E di recente è entrato in possesso dell'amuleto di Rasputin. È uno dei motivi per cui sono qui» intervenne Max. «Ma non il solo.»

«L'ho sentito dire. E dimmi un po', Max, cosa te ne farai della *vis bulla* in più di cui sei entrato in possesso?» Chiese Macey in tono gelido.

Max comprese che non era contenta del discorsetto che aveva fatto con Alphonsus.

Aggrottò la fronte, ma prima ancora di riuscire a risponderle, lei incalzò: «Cos'è l'amuleto di Rasputin?»

«È uno smeraldo grande quanto un nocciolo di pesca con un castone d'oro che può essere indossato come spilla o pendente. È capace di estendere e rafforzare i poteri di chi lo indossa e-»

«Brilla. Al buio. Di una luce verdastra» concluse Macey, spalancando gli occhi e lanciando uno sguardo a Woodmore. «Fa così.»

«L'hai visto?» Anche l'ultimo barlume di speranza rimasto sul fatto che Iscariot non sapesse del potere dell'amuleto svanì.

«L'ho visto e ne ho subito il potere. Questo spiega il mio sogno» proseguì Macey, sempre fissando Chas. «Iscariot mi è apparso in sogno e quando mi sono svegliata, le ferite che mi ha inferto mesi fa hanno ripreso a sanguinare, come se avesse fatto riaprire le cicatrici.»

Max trasalì. «Ti ha morso? Macey, Nicholas Iscariot ti ha Marchiata?» Il cuore gli si fermò di nuovo. *No.*

«No» intervenne Woodmore. «Non è stata Marchiata, almeno non come Lilith fece con Pesaro, me ne sono assicurato, i morsi che le ha dato erano normali e sono guariti bene con l'acqua santa. Ma l'ha anche ferita con un coltello e-»

«Anche quei tagli sono guariti ma a volte... ritornano» spiegò la ragazza.

«In sogno?»

«Sì, ma anche quando l'ho incontrato di persona un mese fa. Fece riaprire le mie ferite, che erano guarite, ma erano rimaste delle cicatrici. Hanno sanguinato allora e anche la notte scorsa.»

«La notte *scorsa*?» Woodmore si voltò di scatto per guardarla mentre Temple sussultò. «E ovviamente non hai ritenuto importante dircelo.»

L'espressione di Macey si fece dura e scontrosa. «Sì, l'ho incontrato ieri sera, niente di serio, è durato pochissimo: lui era dall'altra parte della strada, mi ha fissato per un po' e poi è scomparso. Sta solo cercando di darmi il tormento. Ma è stato piuttosto chiaro sul fatto che vuole gli anelli.»

«Non più» la corresse Chas, cupo. «Ora vuole quella piramide del cazzo.»

«Hai detto che brilla, come lo sai?» chiese Max cercando di non considerare il senso di terrore che minacciava di soverchiarlo. Sua figlia e Nicholas Iscariot... faccia a faccia? La sua bambina marchiata e ferita da quel bastardo? Si sentì gelare dentro.

Fortuna che era arrivato lui. Aveva la mascella tesa, le unghie conficcate nei palmi e il corpo che praticamente *vibrava* dal desiderio di *andare subito a cercare* quel demonio.

Se solo avesse saputo *dove*.

«E nel tuo sogno di due notti fa...» proseguì Woodmore, inducendo Max a chiedersi se il bastardo fosse stato presente quando era successo... in fondo sapeva dov'era la camera di Macey... «Diglielo. A me sembra quella la cosa più preoccupante.»

Gli occhi di Macey lo fissarono, Max vi lesse la paura e il suo istinto di proteggerla fece un ulteriore scatto. Ma cercò di controllarlo, metterlo da parte per usarlo quando ce ne sarebbe stato bisogno. Ora era fondamentale lasciare da parte le emozioni e concentrarsi sui fatti.

«Non ho molto da aggiungere a ciò che vi ho già detto. Ho sognato Iscariot che mi minacciava e pretendeva gli anelli. Poi, quando mi sono svegliata, le mie ferite sanguinavano davvero, mi hanno persino macchiato i vestiti. Anche Chas le ha viste.» Le mani poggiate sul bancone tremarono appena. «Nel sogno, credo, indossava un pendente... non glielo avevo mai visto prima. Una malevola luminescenza verdastra proprio qui» soggiunse portandosi le mani allo sterno, «come se venisse proprio da un ciondolo. L'altra notte, se lo indossava, doveva averlo sotto il cappotto perché non l'ho visto.»

«L'amuleto di Rasputin» balbettò Temple. Aveva davanti a sé un vecchio libro e prese a scorrerne le pagine consunte.

«Quando sarà liberata, una radice malevola raccoglierà più potere di quanto mai si sia udito. Permeerà tutto in lungo e in largo e solo un uomo, l'intrepido, e il suo pari potranno contrastarlo» ripeté Woodmore.

Radice malevola, era la descrizione che meglio si confaceva a Nicholas Iscariot.

Raccoglierà più potere di quanto mai si sia udito. Quelle parole non gli erano mai piaciute, e ancor meno ora che ci andava di mezzo sua figlia.

Per fortuna che sono qui, maledetto orgoglio.

«Ma chi è questo intrepido?» chiese Temple. «Tu lo sai?» La domanda era rivolta a Max ma la donna, ora, pareva vergognarsi di guardarlo anche solo per più di un secondo, e di rivolgersi a lui direttamente.

«Anche se lo sapessi, non cambierebbe niente. Sarebbe oltremodo folle basarci su una profezia per decidere come risolvere questo problema. Dobbiamo confidare solo in noi stessi.»

«Certo, è giusto» mormorò Temple, tornando a fissare il libro.

«Hai modo di contattare la tua amica, com'è che si chiama... Flora?» chiese Max a Macey.

Lei scosse la testa. «No.»

«Temo non possiamo far altro che aspettare che succeda qualcosa» sospirò. «O avete un'idea migliore?»

Scossero la testa, uno più scuro in volto dell'altro.

Max sospettava che sarebbe stata una notte lunga e tormentosa, in attesa di un messaggio o informazione, scansando gli occhi, gelidi come pugnali, della carne della sua carne.

E chiedendosi cosa stesse facendo la donna che amava, accoccolata sul divano davanti a uno stramaledetto fuocherello.

Fanculo.

11

DOVE LA NOSTRA EROINA VORREBBE
MOLLARE UN PERFETTO GANCIO DESTRO

Macey fece in modo di evitare gli occhi e l'intera persona di suo padre per tutto il resto di quella tetra domenica passata al *Silver Chalice*.

Non aveva niente da dire a Max Denton.

Certo, era contenta che fosse lì, per quanto ne sapeva era lui l'intrepido e per quello che gliene fregava, poteva benissimo occuparsi di Iscariot assieme all'altra *sua metà*, chiunque fosse. Ma questo non significava che avrebbe dovuto iniziare a comprargli cravatte per Natale e a cenare con lui la domenica.

Aveva altre cose per la mente, cose che le sarebbe piaciuto cancellare, cose di cui, lo sapeva, era stupido preoccuparsi. Il conflitto con Iscariot avrebbe presto messo in pericolo la sicurezza di centinaia, forse persino migliaia, di mortali. I suoi problemucci di cuore non contavano niente nel grande disegno.

Ma per quanto cercasse di non farlo, la sua mente continuava a tornare ad alcune ore prima, quando Grady le aveva aperto il portone.

L'aveva guardato da sotto il borsalino grondante di pioggia, pronta a parlare, a inventare una scusa che giustificasse il suo essere lì. Conosceva Grady e sapeva bene che non avrebbe mai voltato le spalle a una damigella in pericolo, né a chiunque altro avesse avuto bisogno di aiuto. Non aveva un piano, aveva solo pensato che, se riusciva a entrare e passare un po' di tempo con lui, forse avrebbero potuto ricominciare daccapo, in modo diverso.

Qualcosa del genere. Non sapeva bene cosa. Né sapeva perché si fosse recata lì.

Macey si lasciò scappare uno strano verso di disgusto e Chas la guardò. Anche lui, come tutti gli altri, era seduto a un tavolino con davanti antichi libri e scritture, alla ricerca di un modo per distruggere la Piramide di Rekk.

Era quello che anche Macey avrebbe dovuto fare, anziché tormentarsi rimuginando su Grady e su Sabrina Ellison, la *matura* fotografa avventuriera, *che aveva visto scendere dal piano di sopra in accappatoio.*

Ripensarci le dava di nuovo la nausea, mentre la sua mente fertile si inoltrava in recessi che non avrebbero dovuto essere di sua competenza.

Il suo primo pensiero, seguito allo stupore e alla folle fuga sotto la pioggia battente dopo aver mormorato una scusa a caso, fu che erano passate solo due settimane da quando aveva chiesto a Wayren di usare il suo speciale disco d'oro.

Neanche quindici giorni e già se la faceva con un'altra? Una più vecchia, per giunta, una donna di mondo con una vasta esperienza, forse anche ricca.

Aveva raggiunto appena la fine dell'isolato e la Macelleria Garrick, che già la pioggia aveva lavato via le lacrime di rabbia e si era resa conto di quanto era stata stupida. Se Grady non si ricordava di lei, non erano passate due settimane da quando stavano insieme, perché per quanto ne sapeva lui, non erano mai stati insieme.

Hai fatto la cosa giusta, si era ripetuta, mentre arrancava fra le pozzanghere e il fango. Grady si meritava una vita sua.

Non gli hai dato scelta. La voce di Temple si era mescolata a quella della sua coscienza e Macey aveva fissato la cortina d'acqua davanti a sé.

Ormai è fatta, si disse convinta. *È finita. Dovrò imparare a conviverci.*

Era così tornata al pub nel tardo pomeriggio, dove aveva trovato l'inquietante messaggio di Iscariot che li aveva messi in subbuglio. Eppure, in un certo senso, era contenta che le avesse fornito un diversivo.

Ore dopo, si trovò a valutare le opzioni che aveva a disposizione: continuare a fare ricerche su come distruggere la piramide, andare a letto e riposarsi finché Iscariot non faceva la sua mossa, oppure addentrarsi nella città ormai avvolta dal buio e fare un po' di casino. Di certo non voleva rimanersene lì seduta.

Forse poteva fare un'altra visita a Capone e vedere cosa faceva, mettergli un po' della strizza che lui era solito mettere agli altri.

Come se le avesse letto la mente, Chas si alzò di scatto, allungando il corpo elegante che Macey guardò con un certo interesse. *Beh, c'era anche un'altra opzione.*

«Io vado a letto» dichiarò, lanciandole un'occhiata. «Mi bruciano gli occhi e sono esausto e sono le… Cristo, è quasi mezzanotte. Non sappiamo quando Iscariot si farà, per così dire, vivo.»

«Per quanto detesti star qui ad aspettare che faccia qualcosa, non vedo alternative, al momento» sospirò Max. Aveva inforcato degli occhiali per meglio leggere i caratteri minuscoli e sbiaditi del libro che aveva davanti e con quelle lenti bordate di scuro, sembrava tutto tranne che un temibile guerriero. «Secondo me, tuttavia, sarebbe bene che qualcuno rimanesse sempre qui, nel caso arrivassero altri messaggi.»

«Ma non vi sembra che dovremmo *fare qualcosa* anziché *aspettare* e basta?» sbuffò Macey. «Chissà cosa sta facendo lui *adesso*!»

Max si sfilò gli occhiali e la guardò, inarcando un sopracciglio. «Avanti, dicci cosa faresti tu. Sono tutto orecchi.»

Macey serrò i denti. Aveva ragione lui, *maledizione*, lo sapeva bene, ma voleva fare qualcosa che non fosse starsene lì a rimuginare e pensare: si sentiva completamente alla mercé di Iscariot.

«Se vuoi fare un giro di ricognizione, andare un po' a caccia e vedere se troviamo qualcosa, vengo con te» soggiunse.

Non era quello che Macey aveva in mente e comunque non in sua compagnia. «Il tempo è ancora orribile, credo che tutti se ne stiano rintanati stanotte, vampiri compresi.»

«Fermi tutti! Mi sa che ho trovato qualcosa» esclamò Temple all'improvviso, facendoli voltare. «Qui parla di una pietra malvagia a forma di piramide, prosegue con una descrizione... sì, potrebbe essere: di onice, a forma di antica piramide, base quadrata, alta quanto un dito mignolo... dev'essere lei. Poi dice... aspettate che traduco...» La voce si spense, sostituita dallo scorrere della matita sulla carta e da alcuni mormorii.

Macey sentì che suo padre la guardava, ma non ricambiò. Non voleva lasciare aperto il minimo spiraglio per iniziare una conversazione amichevole fra parenti.

«Eccoci» sentenziò Temple, dopo aver scribacchiato qualcos'altro. «Questo è quello che ho trovato. A quanto pare, la piramide può essere distrutta, sentite qua: *dalla lingua ricurva del teschio dagli occhi di rubino.*

«E che cazzo vorrebbe dire?» sbottò Chas. «I teschi non hanno lingua e neppure gli occhi, se vogliamo dirla tutta. Dov'è Wayren quando abbiamo bisogno di lei?»

Macey non poté fare a meno di guardare prima una porta e poi l'altra, come se si aspettasse che la strana castellana entrasse da un momento all'altro. Ma rimasero entrambe chiuse.

«Dice solo questo» rispose Temple. «E sono certa di aver tradotto bene. Ho ricontrollato tre volte. Forse possiamo trovare altro, ma non qui.» Sbadigliò. «Vado a letto. È stata una giornata lunghissima e ieri notte ho dormito poco.» Nonostante il brutto stallo in cui si trovavano, aveva l'espressione felice del gatto col topo.

«Resterò qui io per il primo turno di guardia» disse Max. «In caso ci siano cambiamenti.»

Quel suo offrirsi spontaneamente fece sentire Macey un po' in colpa, ma non voleva cedere. E comunque le passò subito, non appena il padre riprese a parlare: «Mi puoi dare il cambio alle quattro, Woodmore?» Non era una domanda e aveva lasciato fuori Macey.

«Sarò io darti il cambio alle quattro» sibilò, «Chas è ferito piuttosto seriamente e deve riposare.»

Max si limitò a scrollare le spalle, ignorando il brontolio di Chas per tutte quelle attenzioni. «Bene. Mi trovi qui. C'è un posto dove potrei riposare un po', dopo?»

Macey restò, suo malgrado, un po' delusa da quell'arrendevolezza. «Sì. Ti ci porto prima di montare di guardia.»

Così il gruppo si divise e fu tacitamente deciso che, data la situazione, Chas restasse lì, anziché tornare al proprio alloggio.

Macey lanciò un'ultima occhiata a Max prima di attraversare la porta che conduceva alle camere e vide che si era sistemato a un tavolo con un bicchiere basso di cristallo, un'alta bottiglia scura e una pila di libri e carte. Il suo aspetto era... miserabile.

Sentì una leggera, indefinita fitta al cuore, mentre si soffermava a osservare la testa corvina china sui documenti, la mano che stringeva la matita, il liquore lì vicino. Soffocò un gemito di sorpresa quando si rese conto di quanto somigliasse all'uomo nella foto di Sabrina Ellison. L'intera scena, l'aspetto, la posa e l'espressione erano sorprendentemente simili, come se la foto avesse preso vita. Persino le ombre sembravano le stesse.

L'attenzione mai sopita di Max lo spinse a sollevare il capo e beccare Macey nell'atto di osservarlo. Nonostante si trovasse dal lato opposto della stanza, Macey scorse qualcosa nei suoi occhi... una scintilla di... dolore? Speranza? Preoccupazione? E si sforzò di rivolgergli l'accenno di un sorriso educato.

«Buonanotte, Max. A fra poco.»

«Macey...»

«A fra poco» ripeté, uscendo di fretta e chiudendosi la porta alle spalle. Aveva il cuore in tumulto, le mani sudate e gli occhi che bruciavano, ma non capiva bene perché.

Era solo l'uomo che l'aveva generata e da cui dipendeva la sua vocazione, quella che la condannava a condurre una vita solitaria e a essere un bersaglio per il male.

Ora era un collega, un collaboratore, un compagno, per quanto invadente. Niente di più.

Con decisione respinse un ricordo vago e lontano che le si stava affacciando in testa, un ricordo di spicchi di mela, semi a forma di stella, risate e- *No*. Adesso non voleva che la sua mente indugiasse su certe cose.

Si voltò di scatto senza guardare, sbattendo le palpebre e allontanandosi rapidamente da tutto ciò, e andò a scontrarsi con Chas.

«Ehi, bellezza, fa' attenzione» disse, afferrandola con la sua presa salda e gentile.

Lei riuscì a guardarlo senza mostrare la confusione e il dolore che provava... o almeno sperava che quelle emozioni non trasparissero, mentre passava a pensare a tutt'altro. «Un po' ci speravo che non saresti tornato a casa, stanotte» sussurrò, avvicinandosi e stringendolo.

Forti come l'acciaio, muscolose e lisce, le sue braccia le parvero un'ancora di salvezza nella tempesta. Il calore e il potere emanati dalla sua presenza, la calmarono. Ma voleva di più, ne aveva *bisogno*.

«Sono contenta che tu sia rimasto, stanotte» proseguì, guardandolo. All'improvviso il cuore prese a martellarle nel petto e la testa a girare per tutto quel turbine di emozioni.

Chas socchiuse le palpebre e si scostò da lei. «Tornare a casa non aveva senso.»

Macey si avvicinò e i suoi occhi si soffermarono sulla ferita al collo che stava guarendo e sulle vene che pulsavano lì accanto, sulla pelle scura sotto la camicia bianca lacera, per poi scorrere sulla barba che cominciava a spuntare sulle guance, fino alla bocca. La bellezza di quel viso le fece mancare il fiato.

«Macey» sussurrò, e lei percepì un tremore scuotergli i muscoli, un brivido sotto la pelle olivastra. «Non credo... qualsiasi cosa tu abbia in mente, bellezza, non credo sia una buona idea.» La voce sembrava uscire a fatica, cupa e rauca, come se ogni parola gli venisse estorta.

«Perché no?» chiese lei, respingendo un'ondata di insicurezza. «L'altra notte nel vicolo non pareva un problema... mi hai praticamente strappato-»

Abbassò di scatto la testa, coprendole la bocca con la propria, facendole morire in gola il resto della frase e stringendosela contro il corpo atletico. Era caldo e solido, aveva un profumo speziato e mascolino e un sapore salato e bollente. La baciò con forza selvaggia, affondando nella sua bocca con decisione, mosso dal desiderio, dalla disperazione... e da qualcosa di più oscuro.

Stavolta fu Macey a staccarsi, per prendere fiato, si disse, ma tutto andò a puttane quando si rese conto di avere le lacrime agli occhi.

Ignorò le emozioni che cercavano di sommergerla in quel momento, gli mise le braccia al collo e premette di nuovo il viso contro il suo, labbra contro labbra: ora era lei a cercare disperatamente una via di fuga.

Fu il turno di Chas di staccarsi, e lo fece quasi subito, mettendole poi una mano sulla spalla per tenerla a distanza. «Non esagerare, bellezza» sussurrò. Il tono era pratico, ma il calore che brillava negli occhi scuri, lasciava intendere che non era del tutto insensibile a quelle attenzioni.

Eppure voleva tenerla a distanza, letteralmente.

«Che vuoi dire?» Era furiosa e aveva di nuovo le lacrime agli occhi, maledizione. «È sempre stato così fra noi, no? Rude, selvaggio e-»

Le poggiò un dito sulle labbra, lanciando uno sguardo alla porta che conduceva al pub.

«Non sarai preoccupato per *lui*?» Quello la fece infuriare ancora di più, Max Denton che interferiva nella sua vita privata. «Ci penso io.» Prese Chas per mano e lo tirò, decisa a condurlo fino all'intimità della propria camera.

«Fermati, Macey» impose lui, liberandosi facilmente dalla sua presa.

Accecata dalle lacrime, dalla rabbia e dalla confusione, si passò una mano sugli occhi e si allontanò a lunghe falcate, prima di rendersi ancora più ridicola. Non aveva fatto che due passi, che lui l'afferrò per un braccio, strattonandola con gentilezza, almeno per i suoi standard.

«Lasciami in pace.» Fece per colpirlo: ah, quello sì che le avrebbe dato soddisfazione, assestargli un paio di destri sul torso, ma Chas era troppo forte persino per lei. La afferrò per una coscia e poi l'avvolse in una stretta da cui non poteva liberarsi.

«Ci sono poche cose che farei più volentieri di strapparti i vestiti e darci dentro con te, bellezza» le mormorò sui capelli. «Credimi, specie dopo quello che è successo oggi. Ma mi sento un po' stritolato, sai.» Lo sentì tremare. «E ora non mi va di diventare una scusa, o un sostituto. Non desideri me, bensì qualcosa che ti faccia dimenticare tutto... e ti capisco. L'ho fatto anche io molte, troppe volte... Persino-»

«Persino con me?» singhiozzò contro la camicia bianca, ormai madida di lacrime.

«Ah, Macey» sospirò stringendola forte a sé. «La mia vita è talmente incasinata, che non devi prenderla male, perché niente di quello che faccio ha un qualche cazzo di significato. Non appartengo a questo posto e a questa epoca, ma nemmeno a quella da cui vengo. Non ho una casa, io.» Trasse un lungo respiro. «Tu non mi ami e io non *posso* amarti, ormai ci stiamo usando a vicenda da settimane e per quanto sia bello, cazzo...»

«Hai detto niente» disse lei in un gemito soffocato, a metà fra il riso e il pianto.

Anche lui fece una risatina, ma era piena di dolore. «Vero. Senti... non so cosa sia successo quando te ne sei andata, oggi. So solo che quando sei tornata stavi ancora peggio rispetto a quando sei uscita... e so per certo che venire a letto con me non ti farebbe sentire meglio. Non interiormente» soggiunse con un'altra risatina, quando lei fece per ribattere. «Non mentalmente, ecco.»

Stavolta, quando lei fece per scostarsi, lui la lasciò fare. «È stata una pessima giornata» ammise Macey, godendosi ancora un po' il calore di quell'abbraccio.

«Peggio di quella in cui ti ho trascinata fuori dalla limousine di Iscariot? Anche quella è stata una giornataccia...»

«Siamo lì.» Le labbra si incurvarono ma dentro, si sentiva come un panno che veniva strizzato.

«L'arrivo di Max è stato una sorpresa.»

«A dir poco.» Tirò su col naso e del tutto inaspettatamente, Chas tirò fuori un fazzoletto da qualche recesso dei suoi vestiti spiegazzati. «Come osa presentarsi qui dopo tredici anni e far finta che non sia successo niente?»

«Non direi che fa finta che non sia successo niente-» attaccò Chas, ma un'occhiata furente di Macey gli fece cambiare idea. «Giusto. Che bastardo.»

«E poi io...» No, non le andava di parlare di Grady, non voleva ammetterlo neppure con Chas, di cui conosceva i segreti più oscuri e profondi, non voleva raccontargli di quanto era stata patetica ad aggirarsi per il suo quartiere e bussare persino alla porta.

«Sei andata dall'irlandese, vero?» Aveva le labbra serrate per la rabbia. «Quello che hai castrato.»

«*Castrato*? Ma che dici? Io non-»

«Oh, sì che lo hai fatto. Non ti sto criticando eh, ma lo hai fatto eccome. Quando hai deciso tu per il *suo* futuro, gli hai tolto ogni briciola di umanità e virilità. E ora che fai? Lo rimpiangi?»

«Credevo fossi dalla mia parte» gridò, stringendo i pugni. *Un cazzotto solo... uno...* «Non eri tu quello che diceva che non avrei potuto stare insieme a nessuno?»

«Ma non ti ho suggerito di castrarlo, Macey. Mai. È un bene che non si ricordi di te, perché se mai scoprisse cosa gli hai fatto... beh giocare a fare Dio con qualcuno è imperdonabile. E da codardi. Ti odierebbe.»

«È la stessa cosa che mio padre ha fatto a me.»

«Lui non ti ha modificato la memoria, Macey. È una cosa ben diversa.» Chas le passò delicatamente una mano sul viso per asciugarle le lacrime, ma era una battaglia persa perché continuavano a scendere sempre più rapide. «E cosa è successo quando sei andata da lui? L'hai visto?»

Annuì, chiuse gli occhi e incrociò le braccia, come per difendersi. Era così arrabbiata, esasperata, confusa e *triste*.

Soprattutto triste.

E spaventata, al di là di tutto, era terrorizzata.

Chas attese in silenzio, era bravo a farlo e alla fine, come prevedibile, lei esplose: «Quella maledetta fotografa era lì. In *vestaglia*. Avranno passato tutto il giorno a parlare di quelle fotografie… di Parigi o chissà che altro posto. E Notre Dame, e quelle catacombe inquietanti piene di teschi e dei tetti dei grattacieli. Lei avrà raccontato le sue avventure e ora magari lui la seguirà e…»

Dio sembrava un'invasata, una povera pazza malata d'amore e non una Cacciatrice. Non una donna nata per combattere il male, per scaraventare un uomo a metri di distanza, per affrontare mostri da incubo con le zanne…

Era debole e pazza… che cazzo ci faceva lì? Perché non era rimasta una donna normale con una vita normale?

«Sai, anche Victoria Gardella piangeva» intervenne Chas. «E ha commesso i suoi errori. Molti, a sentire Max Pesaro.»

«Tu li conoscevi?» Per un attimo la sorpresa fu più forte del turbinio di emozioni che la scuoteva.

Chas fece spallucce. «Più o meno. Pesaro era presente quando superai la Prova per ottenere la *vis bulla*. È tutto un po' confuso, per via del viaggio nel tempo, è stato come se io e Wayren ci fossimo soffermati da loro a Londra mentre venivamo qui, saltando un decennio qui, due là… Ma sì, ho incontrato Victoria e anche Pesaro. E tu hai gli occhi di lui e il carattere di lei.» Sorrise, e il cuore di Macey fece una capriola.

«Sei troppo bello, Chas» sospirò la ragazza, asciugandosi le ultime lacrime. «Se non stai attento, potrei trascinarti in camera mia comunque.»

Scosse il capo, lo sguardo pieno di calore e tristezza. «Macey, tesoro, non sai quanto vorrei, ma è meglio di no. Almeno non finché non chiarisci alcune cose con te stessa.» Guardò di nuovo la porta che conduceva al pub... e con Max Denton. «E finché io... vabbè.» Scosse di nuovo la testa. «Bene, dunque... per quanto mi dispiaccia, ti auguro la buonanotte. Ho come l'impressione che domani sarà un'altra giornata di merda.»

12

L'ALBA DI UN GIORNO TERRIBILE

*L*unedì mattina Grady sedeva alla sua scrivania nel palazzo del *Tribune* e lavorava. Era arrivato prima delle nove, lasciando Savina a casa. In mattinata si sarebbe recata alla Biblioteca di Chicago per sovrintendere allo smontaggio della mostra.

Nessuno dei due aveva commentato il fatto che Max non fosse rientrato, la sera prima.

Erano le dieci e mezza passate e Grady stava buttando giù una lista di potenziali contatti per un articolo, quando sentì qualcuno urlare dagli ascensori.

«C'è un sequestro in corso!» gridò Earl Perry, il compositore, appena giunto da un altro piano. Era pallido e sconvolto e parlava troppo veloce alla piccola folla che si era assiepata per sentire la novità. «Un tizio si è rinchiuso con almeno due dozzine di ragazze alla *Beedle*.»

Grady scattò in piedi con tanta foga da rovesciare la sedia. «Di chi si tratta? Alla *Beedle*?»

Si era già calcato il cappello in testa mentre Perry balbettava una risposta: «Nessuno sa chi sia… ci hanno appena telefonato e il colonnello dice… sì, quella scuola di lusso.»

Ma Grady non aveva atteso altri dettagli, aveva già chiamato l'ascensore la cui cabina era al terzo piano, mentre lui si trovava al dodicesimo.

«È tutto tuo, campione!» gli gridò qualcuno.

Sbuffando, lasciò perdere quella lumaca di ascensore e si precipitò giù per le scale, il cappotto che gli svolazzava attorno alle gambe e quell'inutile *È tutto tuo, campione!* che gli rimbombava nelle orecchie.

Certo, c'era in ballo un articolo da primissima pagina, ma non era per quello che svoltava rapido gli stretti angoli delle scale, saltando gli ultimi tre gradini prima di ogni pianerottolo. La *Beedle*, o per la precisione, la *Scuola di Perfezionamento per Fanciulle della signorina Beedle*, era un collegio molto esclusivo, ospitato in un palazzo di per sé austero e circondato da una recinzione di ferro sormontata da punte acuminate. Sebbene non avesse mai avuto occasione di visitarne l'interno, Grady vi era passato davanti in numerose occasioni e ogni volta era rimasto colpito dal suo aspetto da prigione di massima sicurezza: l'imponente recinzione faceva la sua parte, ovviamente, ma c'erano anche un vasto spazio privo di alberi e un ripido muro di mattoni, alto cinque piani e privo delle consuete decorazioni presenti sulla maggior parte degli edifici. Le finestre del primo piano erano chiuse da grate di ferro battuto, bellamente ornate ma anche molto solide, nello stile di quelle usate a New Orleans.

La scuola era frequentata dalle figlie degli uomini più ricchi e influenti di Chicago, dai gangster ai senatori ai magnati della finanza, nessuno escluso. L'istituto sembrava dunque fatto apposta per proteggere quelle delicate creature dalle minacce esterne e, probabilmente, per impedire alle stesse fanciulle di cercarne.

Grady ringraziò il cielo di non essere cresciuto in una famiglia ricca o potente: frequentare un posto come la *Beedle*, sarebbe stato peggio che finire in prigione, peggio ancora, almeno ai suoi occhi, della tragica povertà in cui era cresciuto lui. Ma, a quanto pareva, l'élite di Chicago e tutti coloro che aspiravano a farne parte, vedevano la cosa in modo diverso, dato che per entrare in quella scuola c'era una lista d'attesa di tre anni. Non era insolito che, quando una ragazza veniva ammessa, la famiglia mettesse un annuncio sul *Tribune*, come si trattasse di un matrimonio o di un fidanzamento.

Chiunque fosse il sequestratore, aveva fatto un'ottima scelta: avrebbe tenuto sulle spine l'intera città, finché il tutto non si fosse risolto. Qualunque cosa il malfattore volesse, e con ogni probabilità si trattava di soldi, gli sarebbe stata sicuramente offerta su un piatto d'argento, pur di salvare quelle povere fanciulle ricche e sensibili.

A meno che Grady non riuscisse a far qualcosa per sventare quel piano criminale. Grazie a quello che aveva imparato non solo da Houdini ma anche nei bassifondi di Dublino, ai tempi in cui viveva per strada, era l'unico in grado di dare davvero una mano. Inoltre, dopo che, non molto tempo prima, aveva contribuito a incastrare una banda di falsari, godeva di una certa notorietà e fiducia da parte dei poliziotti. E se suo zio Linwood fosse stato presente avrebbe potuto oliare ancor meglio l'ingranaggio.

Guidò più in fretta possibile ma fu costretto a parcheggiare a due isolati dalla *Beedle*: era stato creato un perimetro bloccando le strade attorno alla scuola e i punti di accesso erano affollati da poliziotti e curiosi. La pioggia aveva smesso di cadere a tarda notte ma la terra era ancora bagnata e fangosa e l'aria molto umida.

Grazie al suo tesserino di giornalista, riuscì a superare le barriere, quindi trovò Linwood assieme ad altri tre poliziotti di sua conoscenza. Erano di fronte al cancello della scuola, scuri in volto. C'erano altri agenti, divisi in vari capannelli e fra essi Grady riconobbe il capo della polizia e alcuni suoi luogotenenti. Tutti avevano un'espressione cupa e scoraggiata.

«Cosa è successo?» chiese a Linwood e ai suoi colleghi, saltando a piè pari le formalità.

«Il tipo è dentro, non si sa a quale piano, forse nel refettorio, che è molto grande. Ha con sé venti ragazze tra i dodici e i sedici anni, il resto delle studentesse e i membri del personale sono stati rilasciati o sono riusciti a fuggire. Quando sono usciti, ci hanno riferito un messaggio: se qualcuno tenta di oltrepassare la recinzione della scuola, gli ostaggi verranno subito uccisi.»

«Di certo non può aver agito da solo» chiese Grady incredulo. «Ha una bomba?»

«Stando a quello che sappiamo, no. E non è solo, ha con sé un piccolo esercito. Sbirciando attraverso le finestre, abbiamo contato una decina di persone e le testimonianze di quelli che sono usciti lo confermerebbero» rispose l'agente Donahue.

Grady imprecò tra sé, guardando la scuola-fortezza. «Si è messo in contatto con qualcuno? Sappiamo cosa vuole?»

Linwood scosse la testa. «Ancora niente. Ci hanno chiamati solo mezz'ora fa, hai fatto presto. Stavo giusto per mandarti a chiamare.»

In quello stesso istante, uno dei poliziotti vicini al cancello esclamò: «La porta si apre!»

Era vero. L'enorme portone di quercia si spalancò e barcollando come se qualcuno l'avesse spinta, una ragazzina, che poteva avere al massimo tredici anni e indossava l'uniforme della scuola, comparve sul portico.

Zoppicando, nel tentativo di correre, barcollò di nuovo e poi cadde dalla scalinata, finendo faccia a terra nell'erba bagnata, dove rimase.

«Qualcuno l'aiuti!» gridò una donna, inutilmente perché Donahue e Linwood avevano già aperto il cancello e il loro collega Barnett era entrato di corsa. I primi due lo seguirono con le pistole spianate.

La folla di curiosi che circondava l'edificio era ammutolita. Tutti spingevano per vedere meglio, ma venivano contenuti dai poliziotti di guardia ai posti di blocco lungo le strade.

Intanto Barnett aveva preso in braccio la ragazzina. Lanciò

uno sguardo circospetto alle finestre della scuola e tornò di corsa al cancello, seguito dai colleghi. L'intera operazione non era durata più di trenta o quaranta secondi e tutti tirarono un sospiro di sollievo quando i quattro oltrepassarono il cancello sani e salvi.

Quando Barnett adagiò la piccola su una barella, Grady era vicino al portellone aperto di un'ambulanza e fu quindi uno dei primi a scorgere il sangue pulsare attraverso un ben noto tipo di ferita al collo, rimasta nascosta sotto i lunghi capelli scuri e l'uniforme blu.

Trasalì e si scambiò uno sguardo terrorizzato con Linwood.

«Buon Dio!» esalò Donahue quando il dottore prese a visitarla e il capo della polizia si avvicinò, facendosi largo tra gli astanti. «È forse...?»

«È viva» confermò il medico, che Grady riconobbe essere il dottor Fintucket. Un omino magro e tranquillo, ma pratico ed efficiente nel suo lavoro. Era stato lui a intervenire quando, un mese prima, Linwood era stato attaccato da un gruppo di vampiri ed era quindi grazie a lui, probabilmente, che era sopravvissuto. Era anche probabile che avrebbe trattato con discrezione la causa di quella ferita, così come aveva fatto con Linwood. «E-»

S'interruppe, perché la giovane paziente si mosse. Aprì a fatica le palpebre ma gli occhi non si volsero alle persone che le stavano intorno, rimasero vacui e parevano non mettere a fuoco.

«Va tutto bene» la tranquillizzò il dottor Fintucket, mentre la visitava e le curava le ferite. «Sei al sicuro ora, signorina. Ma hai un brutto taglio proprio qui.»

Le labbra si mossero e la ragazza prese a parlare, con lo sguardo ancora vuoto e la voce strana e monocorde, come se recitasse qualcosa imparato a memoria o impresso chissà come nella sua mente.

«Gli ostaggi saranno rilasciati illesi se acconsentirete alle sue richieste. Parlerà solo con la stampa, a cui spiegherà cosa vuole. Sarà consentito l'ingresso nella scuola di un solo uomo, che dopo aver provato di essere un giornalista del *Tribune*, potrà accedere all'edificio. Il reporter dovrà essere disarmato e non portare con sé alcun oggetto metallico. Verrà perquisito e se troveranno sulla sua persona armi o oggetti metallici, vi sarà restituito in condizioni assai peggiori delle mie. Avete tempo fino alle dodici per mandare un giornalista a parlare con lui. Dopo la scadenza, comincerà a rilasciare ostaggi. E a loro andrà molto peggio che a me. Uno dopo l'altro, dopo l'altro.»

Gli occhi si chiusero mentre la ragazza esalava le ultime parole.

Il silenzio calò sul gruppetto attorno alla giovane, mentre gli uccellini continuavano a cinguettare allegri fra i rami degli alberi, accarezzati da una brezza fresca e profumata di fiori, in netto contrasto con la tragedia che si stava consumando. Quando Grady sollevò lo sguardo, incontrò quello di Linwood. Annuì appena ma suo zio già sapeva cosa aveva in mente. E non ammetteva repliche.

«Lei è…?» chiese ancora Donahue.

Di nuovo il dottore annuì: «È ancora viva, ha il polso debole e ha perso molto sangue, ma non troppo. Credo che recupererà, a Dio piacendo. Portiamola all'ospedale: non è la prima volta che vediamo ferite del genere» concluse, lanciando a Linwood uno sguardo eloquente. Quindi si voltò per dare indicazioni ai paramedici.

«Acqua santa salata» mormorò Grady all'orecchio del dottore, che lo guardò serio. «Molta. Aiuta con questo genere di ferite.» Poi si voltò verso gli altri. «Vado» disse, precedendo Donahue e Barnett, quindi si rivolse direttamente al capo della polizia. «Sono l'uomo più adatto per questa missione.»

Sebbene il Comandante Ryan e Linwood avessero opinioni discordanti sul permettere ai gangster di ottenere ciò che volevano pagando (e la maggior parte dei poliziotti di Chicago era d'accordo col proprio capo), in quel frangente i due, e probabilmente tutti i loro colleghi, la pensavano allo stesso modo.

«È sicuro, Grady?» chiese Ryan, ma pareva sollevato.

«Devo farlo, non ci sono dubbi. Il problema è quanto tempo ho per prepararmi. Che ore sono?»

«Le undici e un quarto» rispose Linwood. Aveva il volto tirato e le labbra serrate. Di certo ripensava al suo personale incontro coi non-morti.

Se una qualche paura gli si fosse agitata dentro, Grady avrebbe dovuto ignorarla. Cercò di concentrarsi su quello che doveva fare piuttosto che su quello che sarebbe potuto succedere.

«Dunque, mi servono diverse cose.» Grady fece una lista di oggetti e Donahue e Barnett furono spediti a procurarsele, prendendo direzioni diverse con le macchine della polizia a sirene spiegate.

Grady si rivolse poi allo zio ma, prima che potesse parlare, Linwood lo prese per un braccio, per condurlo in disparte. «Non cercherò di convincerti a non andare, perché so che al tuo posto, farei lo stesso».

«Lo so» rispose il nipote con un sorriso e un buffetto sulla spalla.

«Ma solo per precauzione...» Le parole uscivano a fatica, come se un nodo stringesse la gola del poliziotto. Scosse il capo per riprendersi ma, quando sollevò la testa gli occhi azzurri erano lucidi. «Porca puttana, Grady non posso perderti. Quindi sii cauto e fai tutto quello che ti dicono. Noi due sappiamo bene, più di chiunque altro qui, cosa dovrai affrontare là dentro.»

«E cosa quelle povere bambine stanno già affrontando» sussurrò.

«Non so cosa darei per andarci io là dentro e ficcare un dannato paletto-»

«Shhh» lo zittì Grady, controllando che nessuno li sentisse. La gente era già abbastanza spaventata, se avessero sospettato che c'erano in gioco delle forze soprannaturali, se avessero saputo che avevano a che fare con creature simili a demoni, chissà come avrebbero potuto reagire. E una folla impazzita in preda al panico non sarebbe stata certo d'aiuto.

«Hai ragione. Dunque. Lui avrà pure le ragazze in ostaggio,

ma noi abbiamo dalla nostra... il sole, cazzo. A loro non piace affatto, dico bene? Potremmo trovare un modo di far saltare il tetto e farli friggere sul posto.»

Grady ridacchiò. «È un'ottima idea, Linwood. Continua a lavorarci, è buona davvero.»

Lo zio provò a ridere a sua volta, ma proprio non ce la faceva. «E questo. Prendilo.» Si frugò in tasca e gli porse un rosario in cui sia i grani, sia la croce alla fine erano fatti di legno e tenuti insieme da un filo cerato annodato. «Apparteneva a tua zia e a sua madre prima di lei. Me lo porto sempre dietro, al lavoro.»

«Lo so» sussurrò Grady e fu il turno della sua gola di serrarsi. «Grazie. Potrebbero vietarmi di portare anche questo, ma ci proverò.»

Linwood guardò il rosario per un po', poi con un gesto deciso, staccò la crocetta che pendeva e la dette a Grady: non era più grande della metà del suo dito mignolo. «Sei un allievo di Houdini, non avrai problemi a nascondertela da qualche parte.»

«Ora va meglio. Grazie, zio. Credo però di doverti affidare questi.» Si sfilò la croce d'argento che portava attorno al collo, sotto i vestiti e gliela porse. Quindi si tolse anche l'anello d'argento, che fece cadere sul palmo teso dello zio.

«È un po' che volevo chiedertelo... da dove viene?» chiese Linwood, accennando all'anello. «Non te lo avevo mai visto prima, mi pare.»

«Me lo hanno dato» rispose laconico e poi cambiò argomento: «Tornando a Houdini, spero proprio che Donahue trovi quella roba. Non posso avventurarmi là dentro senza le mie scarpe coi tacchi cavi... Uff, sapevo che avrei dovuto metterle stamattina, ma le avevo appena pulite e lustrate e il lucido era ancora fresco. Dentro ci tengo molte cose utili.»

«Grady.» La voce di Linwood si fece bassa e seria e lo sguardo nei suoi occhi molto intenso, mentre prendeva il nipote per un braccio. «Se accadesse qualcosa e tu non dovessi... insomma, c'è qualcosa che vorresti io facessi? Qualcuno da... avvertire... un messaggio da lasciare...»

Fece cenno di no. «Sei tutto ciò che rimane della mia famiglia, Linny, non c'è nessun altro da avvertire. Il mio capo credo lo verrebbe a sapere subito» aggiunse atono, «e così i ragazzi del giornale. E immagino che Padre Cork avrà tutto il tempo di organizzarmi un bel funerale.»

«Nessuno nessuno? Forse un'amica... speciale? O... qualcun altro.»

«No.»

Grady si voltò verso la scuola e sentì una stretta allo stomaco al pensiero di cosa lo attendeva là dentro, sia di quello che già si aspettava, sia delle eventuali sorprese. Cosa avrebbe trovato, quelle povere innocenti, ma ancora peggio: cosa volevano i vampiri.

Cosa poteva spingerli a esporsi così, di fronte a tutta la città?

In quel momento, Donahue tornò con una sacca contenente tutto quello che aveva richiesto e mentre Grady afferrava un bottiglione di acqua santa e cominciava a berla, da un'altra direzione, sopraggiunse anche Barnett: aveva con sé numerose copie del *Tribune* come riprova che Grady aveva tutte le qualifiche che erano state richieste attraverso la ragazza. Dietro Barnett c'era il Colonnello McCormick, lo stimatissimo direttore del *Tribune*, che veniva ad augurare buona fortuna alla sua punta di diamante. Certo, sperava anche in un bello scoop, ma era lì soprattutto per incoraggiarlo.

Quando i preparativi furono ultimati, mancavano dieci minuti a mezzogiorno. Era ancora presto, ma lui era pronto.

Dette un ultimo abbraccio allo zio e poi si avviò verso l'imponente cancello di ferro. Si era tolto il cappello e aveva con sé solo i giornali, oltre a qualche matita e un taccuino in tasca. Tutti i poliziotti riuniti vicino all'entrata gli dettero una pacca mentre passava, chi sulla spalla, chi sul braccio, chi sulla schiena, guardandolo con un misto di ammirazione, sollievo e delusione.

Il giardino gli parve al contempo interminabile e fin troppo breve da attraversare, ma infine, raggiunse i gradini del portico.

La porta fu aperta da una mano invisibile e Grady entrò. Una volta dentro, la prima impressione, quella di un silenzio opprimente, fu seguita da un brivido di freddo. Cercò di non tremare, ma quel luogo trasudava tanta malvagità che gli pareva di sentirne l'odore acre e putrescente.

La porta si richiuse subito alle sue spalle e si trovò davanti due persone, un uomo e una donna. Probabilmente erano non-morti, ma non disse niente mentre, con poche cerimonie, lo perquisivano.

Si era nascosto la piccola croce in bocca e l'avrebbe sputata non appena avessero finito.

«Il nostro Signore ti aspetta» scandì la donna, quando smise di palpeggiarlo. Come previsto, le cose più pericolose che avevano trovato erano una grossa matita e il taccuino.

«Chi è il vostro Signore?» chiese Grady, pur temendo di conoscere la risposta.

«Nicholas Iscariot»

La paura lo pervase, gelida come una lama di ghiaccio, ma non lo diede a vedere, né ebbe alcuna esitazione. Doveva ammettere però, di sentirsi le gambe molli mentre percorreva il corridoio che l'avrebbe portato al cospetto di quello che, a detta di Max Denton, era il vampiro più potente del mondo.

A proposito di Max... Grady sperava ardentemente che Savina ricevesse il messaggio che le aveva mandato tramite un ragazzino in bicicletta, non avendo altro modo per contattare Denton, al momento. Aveva detto al giovane corriere di provare prima alla Biblioteca di Chicago e, se Savina non fosse stata lì, di lasciare il messaggio a casa sua. Di certo il Cacciatore dei Cacciatori avrebbe voluto essere messo al corrente quanto prima di quello che stava succedendo alla *Beedle*.

Cercava di rimanere concentrato mentre contava gli scagnozzi, probabilmente tutti vampiri, che superava o scorgeva passando. Almeno una decina, compresi i cinque che lo aspettavano insieme a Nicholas Iscariot. Ma certo ce n'erano altri a controllare tutte le vie d'accesso e di fuga.

«Non è neppure mezzogiorno e già ti presenti alla mia porta» lo accolse Iscariot, mentre si soffermava sulla soglia della stanza. «Morivi proprio dalla voglia di avere la tua storia, eh, signor Grady?»

Oltrepassò l'ampia porta e notò che suo zio aveva ragione: il vampiro si era sistemato nell'enorme refettorio dai soffitti altissimi e pensò che forse la sua idea di far saltare il tetto non era davvero niente male. Su un lato della stanza rettangolare erano allineate quattro enormi finestre coperte da quelle che parevano lenzuola, usate chiaramente per schermare il sole, letale per i vampiri.

Nonostante in fondo alla stanza, su un'enorme sedia, ci fosse il potentissimo vampiro e i suoi scagnozzi gironzolassero per la stanza, l'attenzione di Grady si rivolse in primo luogo agli ostaggi.

Le ragazze erano ammucchiate tutte insieme in un angolino e fu colpito da quanto fossero quiete: quel silenzio totale, senza neppure un singhiozzo o un singulto, era inquietante. Eppure erano tutte sveglie e vigili, dato che diverse paia di occhi atterriti e spalancati seguirono il suo ingresso. Nessuna faceva il minimo rumore.

Lo sguardo di Grady cercò allora il Signore dei vampiri, un uomo snello e pallido, i cui vestiti scuri facevano risaltare ulteriormente il candore della pelle. Al centro del panciotto aveva una specie di pendente che emanava una malevola luminescenza verdastra.

Metà del viso rimaneva in ombra ma, da quello che Grady poteva vedere, i tratti erano sottili e delicati come la sua corporatura. I capelli erano neri e lucidi e tanto folti che, pettinati all'indietro, rimanevano alti sopra la fronte. Al momento le pupille erano scure e non accese di rosso, ma Grady ebbe comunque cura di non fissarlo direttamente negli occhi e di non andarci neppure vicino.

«Non avevo ragione di rimandare. E comunque mi sorprende

che tu ricordi il mio nome» concluse accennando ai giornali che ancora aveva in mano, certo che i suoi accompagnatori non-morti non avessero ancora avuto la possibilità di riferirgli chi fosse.

Iscariot spalancò gli occhi, genuinamente sorpreso. «Credevi forse non ti avessi notato? Perché pensi abbia organizzato questa messinscena? Tu eri il messaggero perfetto ed ero certo che ti saresti assunto l'incarico. Lo scopo di tutto il resto...» proseguì indicando le ragazzine spaventate, «è solo... come dire? Puramente decorativo.»

«Cioè hai ordito tutto questo per parlare con me?» Grady credeva di essere arrivato lì preparatissimo, ma quella scoperta lo prese alla sprovvista.

«Beh, no, non solo per parlare con te, ma è uno dei vantaggi. Mi serve una cosa e tu puoi fare la tua parte per procurarmela.»

«Benissimo, allora dimmi cosa vuoi. Se sono qui è per raccogliere le tue richieste e fare del mio meglio perché vengano esaudite, ma magari, intanto, per dimostrare la tua buona fede, potresti rilasciare gli ostaggi e tenere me, in cambio.» Non credeva assolutamente che Iscariot avrebbe accettato, ma valeva la pena tentare.

Il signore dei vampiri rispose con una risatina bassa e malvagia. «Dimostrare la mia buona fede, tu che prendi il loro posto, rilasciare gli ostaggi... Parli come se credessi di avere tu il coltello dalla parte del manico.» Scosse il capo. «L'unica opzione che hai, perché le rilasci vive intendo, è che tu mi porti la Piramide di Rekk e la tua fidanzatina Macey Gardella.»

«La mia *fidanzatina*? E una piramide? Non so davvero di cosa tu stia parlando, né per l'una, né per l'altra cosa. Ma ciò non significa che non voglio collaborare» si affrettò ad aggiungere sollevando le mani.

Gli occhi di Iscariot si accesero di rosso e le zanne spuntarono da sotto il labbro superiore. Scattò in piedi e raggiunse Grady. «Non fare il furbo con me, mortale» sibilò, una volta che gli fu vicino. Una brezza gelida e un vago odore di marcio accompagnavano i suoi movimenti. «Ti ho *visto* con Macey Gardella.»

Ora che lo vedeva da vicino, lontano dall'angolo in ombra dove era seduto prima, Grady scorse la brutta cicatrice che gli deturpava una guancia. Il vampiro dovette notare che il suo sguardo era caduto sullo sfregio perché diventò furibondo.

«Sì è stata la tua amata a farmi questo» ruggì, le iridi accese di rosso e circondate da un alone di un azzurro intenso. «Ed è per questo che voglio annientarla, ma prima ucciderò tutti quelli a cui vuol bene. Potrei forse risparmiarne *uno*, se fosse disposto a collaborare.»

Grady aveva il cuore in gola ma si sforzò di rimanere saldo e lucido. Aveva ancora le mani sollevate e lasciò che tremassero appena, affinché il vampiro le notasse. Intanto però, cominciò a percepire come una forza che emanava da quella creatura i cui occhi brillavano di puro odio. Si sentiva come attratto, blandito, confuso, rallentato e…

Seppur a fatica riprese le redini dei propri pensieri e si rammentò di ficcarsi la mano nella tasca destra. Sentire la croce liscia sotto le dita gli dette subito conforto, e riuscì a ribattere.

«Di chi parli? Io…? La mia amata?» Parlare gli costava uno sforzo enorme, il potere del vampiro era sempre più forte. «Non so niente… neppure della piramide, io…»

«Macey Gardella me la pagherà» sibilò vicino a lui, troppo vicino, il pendente verde che quasi sfiorava il petto di Grady. «Me la pagherà molto cara.» Le zanne erano completamente snudate e Grady percepiva l'odore ferrigno del sangue nel suo respiro.

Dal punto in cui si trovavano gli ostaggi, qualcuno gridò di paura e, nonostante avesse la mente confusa, Grady percepì un movimento, come se le ragazzine cercassero ancora di più di stringersi fra loro e rifugiarsi nell'angolo.

Gli occhi di Iscariot erano vicinissimi e irresistibili, due fari gemelli e brucianti, che si muovevano, riempiendo il suo campo

visivo di una luce rossa e scura, che pareva inghiottirlo, avvilup-
parlo sempre di più in un sudario caldo e soffocante.

Sentiva quelle parole come se venissero da lontano, avvolgen-
dolo come le spire di un serpente. «Macey Gardella... tu la ami,
faresti qualsiasi cosa per lei e lei farebbe di tutto per salvarti, oh
sssì, tu...»

«No» sussurrò Grady, combattendo il terrore e la nausea che
minacciavano di sopraffarlo e trascinarlo giù, e concentrandosi
su quello che doveva dire. «Io... non... conosco... Macey...
Gardella... hai... sbagliato... persona... io... non... posso...»

Da lontano gli giungeva quella voce placida, viscida e sibi-
lante: «Suvvia, lasciati andare, vieni con me, rivelami i tuoi
segreti... Macey Gardella ha la piramide, dove la tiene?»

«Non... lo...» Parlare era difficilissimo ma doveva farlo,
doveva *combattere* per quelle ragazze, «... so.»

«E va bene» la voce proseguiva insistente, penetrando attraverso la cappa di fumosa nebbia rossa che lo avvolgeva. «Ho altri
modi per ottenere le informazioni che mi servono.»

Il vampiro doveva essersi allontanato, perché il richiamo si
fece meno pressante, ma poi delle mani possenti lo afferrarono
per le braccia e gliele legarono, quindi fu la volta delle gambe,
assicurate all'altezza delle caviglie con forza sovrumana. Grady
sbatteva le palpebre, sforzandosi di resistere a quel potere e di
rimanere lucido per prepararsi a quello che stava per accadere.

Tutto divenne un incubo fatto di dolore e oscurità, in cui brillavano occhi accesi come tizzoni ardenti e un'orribile luminescenza verde. Si sentì sollevare da terra e tirare, mente lo
appendevano a qualcosa. I non-morti avevano modi rudi e
violenti: le loro unghie gli laceravano i vestiti e la pelle, le corde
erano così tese che i suoi muscoli urlavano, mentre pugni impie-
tosi si abbattevano su di lui.

«Dimmi» riprese la voce, «dov'è Macey Gardella?»

«Non... la... conosco...» ansimò Grady, il corpo un bozzolo
di dolore. «No.»

«Benissimo» sussurrò quella voce viscida, molto, molto vicina al suo orecchio. «Vuoi proprio che faccia sul serio.»

Le zanne affondarono nella carne di Grady che si trattenne a stento dall'urlare. L'ultimo pensiero coerente che la sua mente riuscì a formulare, fu il rimpianto che l'acqua santa che aveva bevuto non avesse avuto il tempo di filtrare nel sangue.

Poi sprofondò in un abisso di dolore intenso.

Infine, calò il buio.

13

PRIMISSIMA PAGINA

Era mezzogiorno di lunedì e Iscariot non aveva inviato altri messaggi, né dato il benché minimo indizio di cosa avesse in mente.

«Deve esserci un posto più sicuro del pub dove riporre la piramide» disse Max con aria cupa mentre poggiava la balestra e la faretra coi dardi sulla tavola. Aveva l'aria di non aver dormito più di un'ora o due, nonostante alle quattro di mattina gli fosse stato offerto un letto.

«Gli anelli di Jubai li abbiamo messi nella sagrestia della chiesetta di St. Patrick, insieme al paletto e al rosario che furono di Giulia Pesaro» lo informò Macey. «Potremmo mettere lì anche la piramide.»

Max annuì. «È lì che è successo il tutto, vero, con Sebastian? Direi di sì, che dovremmo trasferirla in un luogo come quello, più sicuro.»

In quel momento Chas, che aveva fatto l'ultimo turno di guardia, fece il proprio ingresso nel pub, l'aria lievemente meno sbattuta di quando Macey l'aveva visto l'ultima volta. Non poté fare a meno di chiedersi se anche lei avesse la stessa brutta cera dei suoi colleghi maschi.

«Ho capito» esordì Chas, ma non sembrava affatto contento.

«Mi riferisco alla tua lingua del teschio dagli occhi di rubino» proseguì, guardando Temple.

«Non è mia, ma sputa il rospo, fratello» ribatté. «Cos'è e dove possiamo trovarla?»

«È quello il problema, non so bene cosa possiamo fare. Spero ci sia un'altra soluzione.»

«Dicci cosa hai scoperto» incalzò Max.

«Ieri notte mi sono coricato ripensando a una conversazione avuta con Macey, in cui lei ha citato delle fotografie di Parigi e delle sue catacombe, e mi sono ricordato di quando ci andai, nelle catacombe, dico. Stavo aiutando Narcise a sfuggire a suo fratello, Cezar Moldavi, e riuscimmo a scappare dal suo covo sotterraneo attraverso un passaggio poco conosciuto, proprio attraverso le catacombe.»

«Ha senso… e uno dei teschi nel muro aveva gli occhi di rubino?» chiese Macey. «Ma chissà se è ancora lì… e cosa si intende per la sua *lingua*?» La speranza che si era accesa, era già spenta.

Chas scosse il capo. «Non è così semplice. Il teschio non era nelle catacombe, comunque. Prima che io e Narcise riuscissimo a fuggire, ero stato sgradito ospite di Cezar per alcuni giorni. Non fu una bella esperienza, godere della sua cosiddetta ospitalità.» Si fece scuro in volto, lo sguardo turbato. Macey non sapeva dire se la causa fosse il ricordo di essere stato… cosa? torturato? morso? da Cezar o il semplice pensiero di Narcise che aveva amato e a quanto pareva, perduto.

«Ero in una delle stanze private di Cezar e mi trovai nella situazione di dovermi… come dire… concentrare su qualcosa per… ehm… non pensare troppo ai lunghi aghi incandescenti e agli spiedi con cui mi stavano trapassando il corpo per estorcermi informazioni…» Accennò un sorriso, ma non era molto convinto. Macey si sforzò di non rabbrividire.

«Ve l'ho detto, non è stata una bella esperienza, se non fosse stato per Narcise…»

Chas si interruppe e scosse la testa, come per riprendersi. «Ma nonostante avessi la mente offuscata, ricordo bene che in quella stanza c'era un teschio che aveva degli occhi di rubino, probabilmente due gemme inserite nei buchi delle orbite. Era facile concentrarsi su quelle pietre che riflettevano la luce delle candele. E tra i denti, il teschio aveva un pugnale.»

«Come una lingua!» esclamò Macey.

«Sembra quello» assentì Max. «Ma ora dobbiamo trovarlo… e immagino tu non abbia la più pallida idea di dove sia adesso?»

Di nuovo Chas scosse la testa. «Macché. Moldavi ha lasciato quel nascondiglio sotterraneo molto tempo fa, nel 1804, poco dopo che Napoleone era stato incoronato imperatore e quando io… me ne andai, era stato imprigionato da Narcise e Giordan Cale.»

«Ma Moldavi non era un vampiro? Perché non gli hanno trapassato il cuore con un paletto?» chiese Macey.

«Era un draculiano, un tipo di vampiro diverso da quelli generati da Giuda Iscariota, per quanto abbiano molte caratteristiche simili e no, Narcise scelse di non ucciderlo. Aveva le sue buone ragioni. In ogni caso, non si sa che fine abbiano fatto gli arredi del suo nascondiglio… di sicuro sono andati perduti e il posto stesso è stato distrutto.»

Macey sospirò. «Credo dovremmo cercare un altro modo per distruggere la piramide, sempre se esiste.»

«L'unica che potrebbe sapere dove trovare il teschio è Wayren» disse Chas. «Ma siccome non sembra voler intervenire quando ne ho bisogno *io*, magari il nostro illustre *Summas* può richiedere la sua assistenza?»

Macey scrutò il padre per vedere come avrebbe reagito a quelle parole irriverenti, ma l'uomo si limitò a guardare la porta con uno strano sorrisetto stampato in faccia.

«Ah! Wayren. Arrivi giusto in tempo per sollevare lo spirito di quel musone di Woodmore.»

Tutti si voltarono e videro la donna, magra e pallida, entrare nella stanza: pareva quasi volare come un fantasma, ma forse era solo perché i piedi rimanevano nascosti dalla veste in stile medievale che lambiva il pavimento. I lunghi capelli biondissimi le ricadevano sciolti sulle spalle, fatta eccezione per due treccine, trattenute da dei fermagli di metallo, che le incorniciavano il viso angelico. Attorno alla vita portava una catenella sottilissima, da cui pendeva un enorme mazzo di chiavi, che sembrava fin troppo pesante perché lo sostenesse. Aveva con sé anche una sacca molto voluminosa.

«Chas è musone e giù di corda? È forse una novità?» chiese, con uno strano brillio negli occhi.

Tutti risero, anche Chas, perché nonostante la situazione fosse grave, la presenza di Wayren dava sempre una carica di pace e ottimismo.

«È bello rivederti, Wayren» disse Macey emozionata. Si rese conto che, stranamente, le bruciavano gli occhi e che, per la prima volta da giorni, quello che avrebbe dovuto affrontare, non le pareva poi così insormontabile.

Wayren parve accorgersi di quanto Macey fosse confusa, perché le si sedette accanto e le prese la mano tra le dita sottili. Subito un'ondata di calore e pace la pervase.

«Anche io sono felice di rivederti, Macey. E tutti voi» soggiunse. «Anche chi ho visto da poco.»

Il sorriso pareva rivolto a Max il quale tuttavia, incrociò le braccia al petto come a voler tagliare fuori eventuali altre domande o commenti. «Il tuo tempismo è sempre impeccabile, Wayren» disse e poi le spiegò cosa Chas avesse ricordato a proposito della lingua del teschio dagli occhi di rubino e del problema che avevano a localizzarlo.

«Senza contare che dobbiamo starcene qui come dei cogl… come degli stupidi ad aspettare che Iscariot faccia la sua prossima mossa. È frustrante, caz.. *maledizione*.»

«Capisco» disse Wayren con aria cupa, più cupa di quanto Macey non l'avesse mai vista, tanto da farla sentire un po' meno ottimista e speranzosa. «Potrei aiutarvi a trovare il pugnale in questione, sempre se Chas se la sente, ovviamente.»

«Se me la sento?» L'espressione sospettosa di Woodmore si

trasformò in una maschera di paura e dolore. «Non vorrai riportarmi indietro. Lo puoi fare?»

Wayren si limitò a fissarlo, imperscrutabile.

«Certo che puoi, come no» borbottò lui. «Non puoi dirci chi è l'intrepido, non puoi distruggere Iscariot o l'intera stirpe dei vampiri, ma puoi piegare le regole del tempo e spedire le persone avanti e indietro, neanche fossero un caz... uno stupido pacco postale.» Sospirò e poggiò le mani grandi sul bancone, pronto ad alzarsi in piedi. «Beh, faremmo meglio ad avviarci allora. Almeno nella Parigi del 1803 potrò bere un buon Armagnac.»

«Legalmente, per giunta» intervenne Max, sollevando le mani per fermarli. «Ascolta, Woodmore, non sei obbligato ad andare, abbiamo altre opzioni, fra cui mettere la piramide nella chiesa qui, o portarla al Consilium. Posso occuparmene di persona quando avremo... finito.»

«Sempre se riusciremo a farla finita e se sopravvivremo. Vado, su questo non c'è dubbio. Nel Consilium sarebbe al sicuro, ma se possiamo sbarazzarcene saremo più sicuri ancora. Sono l'unico a sapere dove si trovi *la lingua ricurva del teschio dagli occhi di rubino*, o almeno dove si *trovava*, ed è il minimo che possa fare dato che sono stato io a... beh, diciamo che ho creato io il problema.»

«Il problema lo ha creato Sebastian Vioget» intervenne convinta Maccy. «Avrebbe dovuto consegnarla al Consilium.» Mentre lo diceva, si chiese cosa fosse, in effetti, questo *Consilium*. Di qualunque cosa si trattasse, aveva un nome evocativo.

«Come ti ho detto» riprese Wayren, «se te la senti, Chas, tu sei l'unico che può portare a termine questa missione. Una bella coincidenza che tu sia qui e ricordi dove si trova quello strano oggetto, proprio quando serve...» Lo guardò e l'espressione di Chas cambiò all'istante, tutta la tensione e il malumore sembrarono sparire.

«Una coincidenza, già» mormorò. «Suppongo si possa dire così. Bene allora, andiamo.» Guardò gli altri con un sorrisetto sghembo. «Vi porterò una bottiglia di roba buona.»

«Facciamo anche un paio, mi devi un risarcimento» ribatté Temple.

Chas ridacchiò e per la prima volta da quando Macey lo conosceva, parve sereno.

«Sta' attento» gli disse, alzandosi per dargli un bacio.

Chas la prese per i fianchi e la strinse a sé come a volergliene dare uno come si deve, forse più che altro per irritare Max, ma poi la lasciò andare.

«Tornerò» disse guardando Wayren, che come sempre non lasciava trapelare niente, «prima possibile.»

Macey lo guardò seguire l'eterea castellana fuori dalla stanza ed ebbe una strana sensazione, come se fosse l'ultima volta che lo vedeva. O come se sentisse che, qualora si fossero rivisti al suo ritorno, Chas sarebbe stato una persona diversa.

Si voltò e incontrò lo sguardo severo di Max. «Sei innamorata di Woodmore?» chiese a bruciapelo.

«No, e comunque la cosa non è affar tuo» rispose gelida, «come non lo era andare a parlare con Capone.»

«Va bene» disse e la mascella parve tremargli appena, mentre ponderava una risposta, ma all'improvviso la porta interna si spalancò e arrivò la zia Cookie.

Li raggiunse di corsa, sul volto un'espressione di puro terrore. «È appena uscita un'edizione straordinaria del *Tribune* che dovete assolutamente vedere.»

Max era il più vicino e le strappò il giornale di mano. Non ci fu bisogno che leggesse ad alta voce perché il titolo era talmente cubitale da prendere metà pagina: *Un uomo tiene in ostaggio delle studentesse e minaccia di ucciderle se le sue richieste non saranno esaudite.*

«Buon Dio» balbettò Macey alzandosi in piedi e sentendosi raggelare. «Ci siamo. È lui.»

Temple recuperò il biglietto di Flora e lo rilesse: *"Ogni ora di ritardo costerà un caro prezzo. Una dopo l'altra, dopo l'altra."*

«Andiamo!» disse Max, caricandosi in spalla la balestra.

LENTAMENTE, Grady riprese coscienza ma ebbe la presenza di spirito di non aprire immediatamente gli occhi.

Valutò con attenzione le proprie condizioni fisiche: si sentiva debole e dolorante, appiccicoso di sangue e sudore, ma niente di rotto. Bene.

Sentiva il duro pavimento di linoleum sotto di lui: anche quello era un bene, voleva dire che non era più appeso penzoloni al soffitto. E, altro dato positivo, i polsi, sebbene ancora legati così stretti che la corda gli incideva la carne, erano davanti a lui.

Sanguinava, però, da varie ferite in diversi punti del corpo e questo non era un bene. Gli doleva il fianco che poggiava sul pavimento, per la pressione sulle ferite che aveva sul bacino e il torso ma non osava ancora muoversi per paura di attirare l'attenzione.

Si ricordava vagamente che Iscariot aveva urlato ai suoi scagnozzi: «Deve rimanere vivo, per ora.» Anche quella era un'ottima cosa perché avrebbero potuto finirlo senza problemi o peggio.

Completata questa prima analisi, attese comunque ancora un po' prima di aprire gli occhi, cominciando a lavorare per liberarsi i polsi dalle corde, ma rimanendo in ascolto di quanto accadeva attorno a lui.

A sinistra, sentiva qualcuno parlare, forse Iscariot e i suoi, mentre da destra gli pareva di udire qualcuno singhiozzare e tirare su col naso. Il suo povero corpo martoriato si tese e fu preso dal terrore mentre rammentava il terribile destino che attendeva quelle povere ragazze, se non avesse trovato il modo di tirarle fuori di lì. Dovevano essere spaventate a morte.

Nessun altro suono gli dette una qualche indicazione su quanto tempo fosse passato né altro, ma proprio nel momento in cui stava per dischiudere gli occhi, quel tanto che bastava per dare una sbirciatina, da qualche parte nell'edificio, un orologio batté l'ora. Un singolo rintocco.

Era l'una, dunque. Bene: era rimasto svenuto per meno di un'ora.

Quando aprì gli occhi per sbirciare, fu ben lieto di accorgersi di essere rannicchiato e rivolto verso una parete laterale del refettorio: poteva dunque slegarsi tranquillamente, senza farsi notare, a meno che non ci fosse qualcuno lì vicino che lo sorvegliava. La stanza era illuminata da sole quattro lampade, alle due estremità dello spazio rettangolare, il che lasciava lui, lontano dalle fonti di luce, relativamente in ombra. Ottimo.

Senza smettere di lavorare alle corde, per assicurarsi che nessuno lo sorvegliasse, si dette anche uno sguardo intorno, addirittura sollevando un poco la testa, che gli doleva come quando si risvegliava al mattino dopo aver esagerato col whiskey.

Quando la mosse, inclinandola lentamente all'indietro, lasciando scorrere la guancia sul pavimento per sbirciare oltre la propria testa, vide che sul quel lato c'erano Iscariot e tre dei suoi, seduti a un tavolo a parlare. Si chiese che diavolo aspettassero, poi vide una ragazza riversa sul pavimento vicino a loro, con una vistosa ferita scura sul collo.

Oh no.

Quella vista lo spinse a impegnarsi di più con le corde, come se avesse avuto bisogno di motivazione e alcuni istanti dopo, aiutandosi anche con i denti, sciolse i nodi e si liberò i polsi.

Il ritorno della circolazione nelle mani gli causò un formicolio quasi doloroso, ma c'era abituato e passò subito a tirarsi le ginocchia verso il petto per liberare anche le caviglie, sempre senza perdere di vista i suoi aguzzini, e pronto a cogliere qualunque cambiamento nella conversazione o indizio che qualcuno avesse notato i suoi movimenti. Lavorò più velocemente possibile, sfruttando la copertura offertagli dal fatto di essere rivolto verso il muro.

Mentre si liberava, prese in esame le sue possibilità. Aveva già elaborato un mezzo piano, ma ora che era il momento di metterlo in atto, doveva pensare ai dettagli. Lungo il muro che aveva di fronte, si aprivano due dei quattro finestroni coperti con le lenzuola. Uno a era a circa un metro sulla sinistra, l'altro sulla destra, vicino agli ostaggi, il che, rifletté era un'ottima cosa.

Doveva muoversi rapidamente, sperando che il suo povero corpo martoriato cooperasse: avrebbe avuto un'unica possibilità di successo. Era l'una e il sole era dunque alto e splendente a quell'ora, anche perché, grazie a Dio, aveva smesso di piovere. Inoltre, siccome attorno all'edificio non c'erano alberi, la luce avrebbe inondato la stanza, come un dono del cielo.

Muovendosi con cautela, tolse il tacco della scarpa destra e prese in mano le quattro fiale ivi contenute, sempre con le orecchie tese a cogliere ogni minimo cambiamento nella conversazione. Il fatto che Iscariot e i suoi non facessero altro che starsene lì ad aspettare, lo turbava. Ad aspettare cosa, poi?

Gli vennero in mente diverse risposte a quella domanda, ma nessuna gli piaceva: era dunque tempo di far scattare il suo piano, sperando che tutto andasse per il meglio.

Aprì e chiuse più volte le dita, fletté i piedi, i polsi e le mani, stringendo i denti per il dolore e sperò ardentemente di non svenire a causa del sangue perso, una volta che si fosse messo in piedi.

Bene. Era tempo di entrare in azione.

Fissò l'orlo della tenda-lenzuolo più vicina, quella che stava tra lui e i vampiri: era a circa un metro e arrivava fino al pavimento.

Uno.

Due.

Tre.

Balzò verso la stoffa mantenendo il baricentro basso, la afferrò e qualcuno urlò, lui sospirò di sollievo e *tirò*.

Per un attimo il lenzuolo parve rimanere attaccato, ma Grady era forte e veloce e riuscì a strappare il tessuto, facendo cadere la tenda improvvisata.

Una luce bellissima invase la stanza, creando un'ampia striscia che quasi raggiungeva la parete opposta, ma Grady non si fermò, sì alzò in piedi e caracollò, rischiando di cadere, verso le ragazze e l'altro lenzuolo che penzolava sulla parete dietro di loro.

La reazione dei vampiri fu immediata e, nonostante il passaggio rimasto in ombra fosse molto stretto, non ebbero problemi a scansare i raggi del sole. Grady aveva sperato che la luce avrebbe tagliato in due la stanza, ma si era sbagliato e mentre se ne rendeva conto, si stava già gettando sul secondo lenzuolo. Purtroppo però le sue gambe, ancora deboli, lo tradirono, facendogli mancare l'obbiettivo e mandandolo a sbattere nel muro mentre tentava di rialzarsi.

Una delle ragazze più grandi, però, parve capire cosa stava succedendo e, aiutata da una compagna, si allungò per strappare la tenda dalla finestra. Altra luce invase la stanza, illuminando gli ostaggi e Grady stesso, che si stava rialzando appoggiandosi al muro.

«Uscite dalla finestra!» disse alla ragazza più vicina mentre si cercava in tasca le fiale. Gli tremavano le mani, le ginocchia lo sostenevano a fatica e doveva appoggiarsi al muro, ansante, sanguinante e tremante.

Mentre ne stava aprendo una, un vampiro si avventò su una delle ragazze più vicine al margine della polla di luce, la afferrò per una gamba, che rimaneva in ombra, e tirò.

Grady si voltò e lanciò il contenuto della fiala, acqua santa naturalmente, verso il vampiro, mentre un rumore di vetri infranti riempiva l'aria. *Sì, brave, fuggite!*

Il vampiro, bagnato dall'acqua benedetta, urlò e si allontanò barcollante, spandendo un tanfo di carne morta e bruciata, mentre la ragazza che aveva afferrato, tornava al riparo della luce.

Grady si frugò di nuovo in tasca e tirò fuori la grossa matita che aveva con sé. Dette un'occhiata alle ragazze, che stavano fuggendo dalla finestra più svelte possibile.

Gli girava la testa, ma tolse la gomma in cima alla matita a rivelare una punta affilata fatta di legno anziché di grafite, la sua personale versione di un paletto, e stappò una seconda fiala.

Tre vampiri erano impegnati ad afferrare quante più ragazze potevano senza esporsi alla luce. Grady bagnò di acqua santa la non-morta più vicina, che urlò di dolore, quindi le si avventò addosso brandendo il suo paletto artigianale.

Caddero a terra mentre lei ancora gridava e Grady riuscì, chissà come, a ficcarle la matita nello sterno.

Fu più facile del previsto perché le ossa parevano cedere sotto la punta di legno e il giornalista riuscì a costringere i propri muscoli indolenziti a spingere il paletto in profondità fino a trapassarle il cuore.

La donna si immobilizzò, il volto una maschera di terrore e gli occhi spalancati per la sorpresa poi, all'improvviso, scomparve. Grady cadde a terra quando quel corpo gli esplose in faccia.

Tossendo e sputando quella polvere disgustosa, che gli era finita anche negli occhi, accecandolo, fece per rialzarsi in piedi. Si era sollevato appena che due lucenti scarpe nere comparvero sul pavimento davanti a lui.

«Bravo» disse Nicholas Iscariot pestandogli con forza la mano sinistra in cui ancora stringeva il paletto. Vi calcò sopra tutto il proprio peso e Grady soffocò un lamento, mentre l'arma gli cadeva dalle dita. Si sforzò comunque di sollevare lo sguardo verso il suo aguzzino, stando però bene attento a non fissare quei potentissimi occhi. «Ma i tuoi sforzi saranno vani, mio coraggioso amico.»

«Le... ragazze... sono... salve...» riuscì a balbettare, mentre con la mano libera andava a cercare le ultime due fialette.

«Forse, ma non tu. E, a dirla tutta, il mio scopo è sempre stato questo.»

Sbatté le palpebre, cercando di rimanere concentrato, ma il vampiro lo afferrò per la camicia con le mani dotate di artigli affilati, sollevandolo da terra, ma non prima di avergli assestato un ultimo pestone. Grady udì un orribile schiocco e un fortissimo dolore prima alla spalla, e quando la mano scivolò via da sotto la scarpa di vernice nera, anche al polso. Riuscì a malapena a non urlare, e intanto aveva recuperato un'altra fiala di acqua santa e se la tenne vicina mentre Iscariot lo alzava da terra.

Il mondo attorno girava ma gli occhi di Grady caddero sull'orribile luce verdastra che emanava dal petto del vampiro, ipnotica e malvagia. Con un ampio giro del braccio, versò l'acqua santa sul viso del signore dei vampiri.

Iscariot urlò, ma non mollò la presa, piuttosto i suoi occhi arsero più vividi del solito e l'alone azzurro brillò di gelida rabbia. Snudò le zanne e sibilò: «In nome del diavolo, sei *morto*.»

Fece roteare Grady e lo sbatté contro il muro, tenendolo per la gola. Gli piantò gli artigli letali nelle spalle e spinse verso il basso. Grady sentì stoffa e carne lacerarsi e il sangue sgorgare.

La vista vacillò, ma riuscì a dare un'occhiata in direzione degli ostaggi e vide che la zona illuminata dal sole era vuota.

Allora chiuse gli occhi e si lasciò andare.

Era finita.

14

PUNTI CIECHI

*E*ra l'una quando Max e Macey raggiunsero la *Beedle*, dopo aver capito come arrivarci.

Si fecero strada tra la folla, diretti al cancello di quella specie di fortezza.

«Faccio un giro qua attorno» disse Max, la balestra in spalla. «Ci ritroviamo qui fra poco.» Si allontanò da solo, mentre Macey fece per avvicinarsi al capannello di poliziotti che stava vicino all'ambulanza e ad altre persone che avevano l'aria di essere funzionari pubblici, ma, con sua grande frustrazione, fu fermata al posto di blocco da due agenti troppo zelanti che la obbligarono ad arretrare, e così si soffermò a considerare le opzioni che aveva. Fare una scenata o tentare di forzare il posto di blocco non sarebbe servito, anzi, poteva finire con l'arresto suo o di Max, Cacciatori o non Cacciatori. Come poteva spiegare che erano loro le persone più adatte a intervenire in una situazione come quella, già di per sé estremamente delicata? Peraltro, né lei, né suo padre avevano idea di cosa stesse succedendo davvero, sapevano solo quanto riportato sull'edizione straordinaria: peccato che l'articolo non dicesse molto di più del suo roboante titolo, oltre a fornire informazioni sulla scuola stessa.

Poi però Macey scorse, in mezzo alle autorità, il detective

Linwood, lo chiamò e si avvicinò di nuovo al posto di blocco, sventolando una mano per attirare l'attenzione del poliziotto. Non sapeva se lo zio di Grady l'avrebbe riconosciuta, ma valeva la pena provare.

Sentendosi chiamare, l'uomo si voltò e, dopo un primo momento di sorpresa, le andò incontro e fece cenno agli agenti al posto di blocco di farla passare.

Macey corse verso Linwood ed ebbe subito un terribile presentimento: era molto serio e scuro in volto, e certo il motivo non era solo il recente attacco che aveva subito da parte dei vampiri e dal quale, probabilmente, non si era ancora ripreso del tutto.

«È lei, vero? Si chiama Macey, se non sbaglio.» Aveva l'aria confusa ma sembrava nutrire una vaga speranza.

«Sì. Sono qui, siamo qui, io e… il mio *collega*. Sta facendo un giro attorno all'edificio ma tornerà molto presto. Vede noi sappiamo… pensiamo di poter essere d'aiuto in questa particolare situazione. Conosciamo bene il colpevole e il suo… *modus operandi*.»

Linwood la guardava come se non sapesse cosa pensare. «Grady è là dentro.»

Macey sentì un vuoto allo stomaco e le budella contorcersi come in preda a un tifone. Il poliziotto la prese per un braccio. Non aveva barcollato, vero?

Ascoltava la spiegazione ma, al contempo, non riusciva a pensare ad altro che al suo peggior incubo diventato realtà. Iscariot aveva Grady e lei sapeva, se lo sentiva, che l'avrebbe usato per arrivare a lei. Rivide i corpi martoriati della signora Gutchinson, la sua padrona di casa, e della sua amica Chelle. Si sentì la testa vuota e fu presa dalla nausea.

L'unica cosa che non avrebbe mai voluto che succedesse e che aveva sempre cercato di evitare, fin da quando aveva scoperto chi era e cosa doveva fare, stava per accadere.

Come era successo a suo padre tredici anni prima.

Si voltò, portandosi una mano alla bocca per non singhiozzare, cercando di non perdere la testa mentre l'altra mano andava a cercare il liscio argento della *vis bulla*.

No.

Iscariot non avrebbe vinto, lui era la personificazione del male, la *radice malevola*.

E non avrebbe vinto.

Ma se avesse dovuto scegliere tra salvare Grady e consegnare la Piramide di Rekk ai vampiri, e sapeva che sarebbero arrivati a quello, cosa avrebbe fatto?

Come avrebbe potuto fare una scelta? E come avrebbe poi potuto convivere con quella scelta, qualunque essa fosse?

«Macey.» Si rese conto che Linwood e un altro poliziotto la guardavano e cercò di riprendere fiato. «Non avete saputo più niente da quando è entrato? Nessun altro messaggio? Da quanto è là dentro?»

«Più di un'ora, è entrato poco prima di mezzogiorno. Mi ha chiesto di tenergli questi.» Linwood aprì la mano tremante per mostrarle una catenella con un ciondolo a forma di croce e un anello, entrambi d'argento. «Non poteva portare dentro niente di metallico.»

È tutta una farsa, pensò Macey, *voleva Grady perché sapeva che sarei venuta a cercarlo.*

Guardò Linwood che, per fortuna, era stato distratto da qualcosa che stava accadendo al di là del cancello

«Va bene. Capisco. Dovete farmi entrare.»

«Impossibile» rispose Linwood, tornando a rivolgersi a lei. «Uccideranno tutti gli ostaggi se facciamo passare qualcuno, così hanno det-» Si interruppe e si voltò verso la scuola.

«Rumore di vetri rotti» suggerì l'altro agente di nome Barnett. «Veniva dal retro.»

Macey non aspettò che le dessero il permesso, né che Max la raggiungesse. Magari era già entrato. Cominciò a correre facendosi largo tra la gente e arrivò al cancello, proprio mentre uno stuolo di ragazzine spuntava di corsa da dietro l'edificio.

MAX PERCORSE A PASSO svelto il perimetro della scuola, alla ricerca del punto migliore per scavalcare la recinzione senza essere visto dai rapitori.

Non aveva la minima intenzione di stare ad aspettare che qualcuno gli dicesse cosa fare o quando e come entrare. Mentre si faceva largo tra la folla di curiosi, ne aveva sentite abbastanza per farsi un'idea generale di quello che stava succedendo. Non aveva più dubbi che là dentro ci fosse proprio Iscariot e che presto l'avrebbe trafitto con uno dei dardi di legno della sua balestra, o sarebbe morto provandoci.

Dovette percorrere più della metà del perimetro, costeggiando l'alta recinzione di ferro battuto, prima di trovare un posto adatto per scavalcarla. Sebbene nel cortile interno non ci fossero alberi che potessero offrire una copertura, c'era però un punto cieco, in corrispondenza dell'enorme canna fumaria principale che andava da terra fino al tetto, alla cui base si trovava una discreta entrata secondaria, probabilmente a uso del personale di servizio e dei fornitori. Tant'è vero che là davanti era parcheggiato anche un grosso camion che a sua volta, avrebbe fornito una certa copertura. Ipotizzò che quel veicolo chiuso fosse anche il mezzo usato dai vampiri per raggiungere l'edificio e avervi accesso.

C'era una porzione di muro larga oltre un metro priva di finestre, e l'apertura più vicina era oltre la sporgenza della canna fumaria: tutto quello di cui aveva bisogno, uno spazietto invisibile dall'interno.

Max studiò per qualche secondo l'angolo giusto, calcolando esattamente il punto dove poter scavalcare la recinzione senza essere visto. Si tolse dalle spalle la balestra e la faretra e le poggiò all'interno attraverso uno spazio tra le sbarre.

Con un sospiro pieno di sollievo e determinazione perché, finalmente, poteva fare qualcosa, piegò le gambe possenti e spiccò un balzo che gli permise di arrivare oltre la metà della recinzione, quindi si tirò su usando la forza delle braccia e l'appoggio delle scarpe con la punta di gomma, finché non strinse fra le dita le acuminate punte di ferro che stavano in cima. Si soffermò per un attimo per cercare l'equilibrio, puntellando le scarpe contro le sbarre e tenendo le braccia piegate per stare più vicino possibile alla sommità della recinzione.

Poi contò: uno... due... *tre!*

Si sollevò con un unico possente colpo di reni, girò il torso e tirò su le gambe di lato come un ginnasta, sfruttando il momento e tutta la forza che aveva nelle spalle e nelle braccia per sospingersi in alto oltre le punte di ferro, mandando avanti i piedi e descrivendo un ampio arco.

Dando un'ultima spinta per assicurarsi di superare la recinzione, staccò le mani e atterrò a piè pari e con un po' di affanno, nel cortile della scuola. Recuperò il proprio armamentario, ma non potette concedersi neppure un attimo per congratularsi con se stesso di non essersi affettato le chiappe su quelle punte acuminate: doveva nascondersi.

Sprintò verso l'edificio cercando di sfruttare al massimo il famoso punto cieco. Mentre si dirigeva verso la rientranza creata dalla canna fumaria notò che al piano terra c'erano quattro alte finestre che parevano coperte, a differenza delle altre che, pur essendo dotate di tende, non erano schermate completamente. Quell'indizio gli bastò per capire dove si fossero asserragliati i vampiri. Aveva raggiunto l'edificio e stava procedendo rasente al muro verso la più vicina delle finestre coperte, quando la tenda che oscurava la penultima cadde.

Max capì che qualcuno all'interno sapeva il fatto suo e aveva anche una mezza idea su chi potesse essere, e questo lo stimolò a entrare subito in azione e lanciarsi verso un'altra delle finestre coperte.

Dall'interno si udivano urla e grida e poi un'altra tenda venne giù, Max la raggiunse in fretta e vi guardò dentro. Scorse un gruppetto di scolarette a pochi passi da lui, adesso erano illuminate dal sole che le avrebbe protette.

«Attenzione!» gridò loro, vedendone un paio più vicine, che armeggiavano lì dietro, nel tentativo di aprire la finestra. Le fanciulle fecero un passo indietro, tenendo lontane le compagne e Max abbatté la propria balestra sul vetro, che si ruppe con un fragore che lo fece sospirare di sollievo, poi colpì di nuovo per creare un varco bello ampio. Infine, usando la faretra, ripulì il telaio dalle schegge e aiutò le ragazze a uscire più in fretta possibile.

Non riusciva a vedere cosa stesse succedendo all'interno ma sentiva grida e rumore di lotta. Moriva dalla voglia di correre da Iscariot ma la priorità era mettere in salvo quelle povere ragazze.

«Correte» disse a quelle che si erano fermate nel cortile guardandolo con occhi vacui e confusi. «Correte verso il cancello principale.»

«C'è un uomo là dentro. Ci ha aiutate, ma ora è messo male» lo informò una delle più grandicelle, che l'aveva anche aiutato a far uscire le più piccole.

«Mandate a chiamare un dottore» disse Max, sollevando un altro ostaggio. Quando anche l'ultima ragazzina disperata fu al sicuro nel cortile, lui entrò.

«Iscariot!» ruggì, si gettò nella stanza, incurante della sicurezza che la polla di luce avrebbe potuto offrirgli, e si guardò attorno.

La prima cosa che vide fu che un vampiro aveva una delle ragazze, che non era riuscita a fuggire. Max estrasse un paletto dallo stivale e con un enorme balzo l'andò a piantare nel cuore della creatura che tentò invano di farsi scudo con l'ostaggio.

Si guardò di nuovo intorno per fare il punto della situazione: c'erano almeno altri otto vampiri e… Iscariot, eccolo là che tratteneva contro il muro un uomo ferito; infine c'era una ragazza riversa a terra.

Per prima cosa, si lanciò fra la cenere di vampiro per prendere in braccio quella che aveva appena salvato.

Mentre raggiungeva la finestra, sentì un gran fracasso alle

proprie spalle e una voce femminile che gridava: «Iscariot! Dove sei, fatti vedere!»

Per poco l'ex ostaggio non gli scivolò dalle braccia quando si rese conto che si trattava di Macey. Buon Dio, la *sua* bambina era lì.

Quasi lanciò la ragazza fuori dalla finestra ma, per fortuna, c'era un poliziotto pronto ad afferrarla al volo. Ne vide molti altri spuntare di corsa da dietro l'angolo.

«Restate fuori» intimò all'agente che aveva ora la ragazza, «tutti quanti. Ci servirà un dottore ma non entrate.»

Poi si voltò, stringendo in mano il paletto, appena in tempo per vedere Iscariot mollare la presa e lasciar cadere l'uomo a terra. Max sentì un tuffo al cuore quando lo vide meglio: era svenuto e coperto di sangue, più morto che vivo, ma non c'erano dubbi che fosse proprio lui, Grady. *Dannazione.*

«Ma guarda un po' cosa abbiamo qui oggi. Ben due Cacciatori Gardella, padre e figlia che fanno squadra, dico bene?» li canzonò Iscariot, guardando a turno Max e Macey, mentre se ne stava al sicuro in una zona buia. «Non mi aspettavo di avervi entrambi miei ospiti, ma certo non me ne lamento.»

Max contò dieci vampiri, che si radunavano attorno al loro signore e rammentò di aver lasciato dardi e balestra fuori dalla finestra. Era ancora nella zona illuminata e avrebbe potuto tornare indietro a recuperarli, ma non osava volgere le spalle alla scena, non ora che Macey era lì.

La guardò e scorse della polvere di vampiro luccicare fra i capelli neri: doveva averne già fatto fuori uno, ben fatto.

Iscariot indicò quel misero ammasso di carne, sangue e ossa che era Grady. «Visto che il mio precedente ospite è ormai inservibile, devo prendere in cambio uno di voi, finché non mi verrà consegnata la piramide. Decidete pure: chi avrà l'onore di rimanere qui con me e chi va a prendermi la piramide?»

«Io avrò l'onore di ficcarti un paletto nel cuore» ringhiò Macey, muovendo qualche passo avanti. Impugnava l'arma da gran professionista, notò con sollievo Max.

Poi scorse un movimento dietro di lei e si sentì il cuore in gola, ma prima ancora di riuscire a gridarle un avvertimento, lei si era voltata agilmente a colpire l'incauto non-morto che aveva avuto l'ardire di attaccarla alle spalle.

Mentre il malcapitato esplodeva in una nuvola di polvere, Macey si avvicinò ancora a Iscariot e alla sua banda.

«Mi spiace che il tuo bel piano non abbia funzionato, Nicky» disse, procedendo verso di lui, ancheggiando un po', come se volesse essere guardata in *quel* modo.

Max la fissava, sentendosi al contempo orgoglioso, terrorizzato e divertito. In effetti, la scena era piuttosto spassosa da guardare e gli dette altresì la possibilità di osservare e pianificare la mossa successiva. Non era così stupido da pensare che fossero in una posizione di vantaggio e che avessero i non-morti alla loro mercé: in fondo erano pur sempre dieci, anzi nove, contro due e, sebbene fosse certo di valere almeno quanto tre di loro in combattimento, uno dei nove era pur sempre quel demonio potente e infido di Iscariot. Dove *demonio* non era un modo di dire.

Max non desiderava altro che ficcargli un paletto nel cuore e vedere il suo volto paralizzato dallo sgomento.

«Carino quel segno che hai in faccia, Nicky» intervenne, con voce suadente. «È una croce? Non avrai mica cambiato sponda? Che direbbe il tuo *dannato* paparino?»

Gli occhi del signore dei vampiri si accesero di rabbia mentre si voltava verso Max, che sentì immediatamente un'ondata di pura malvagità trapassarlo come un brivido gelido. «E sia. Allora decido io. Mi tengo lei mentre tu, Max Denton, te ne starai lì a guardare, visto che l'ultima volta che ho banchettato con una delle tue donne ti sei perso lo spettacolo.»

«Grazie per avermelo rammentato. Mi piace proprio, Macey. Nicky è un tipo così affascinate e giovanile... gli sta proprio bene.» Fece un cenno a sua figlia. Max pareva rilassato ma in realtà continuava a guardarsi intorno senza mai perdere di vista gli scagnozzi di Iscariot. Era chiaro che avevano pianificato tutto e che avevano in serbo qualche sorpresa. La domanda era solo quando sarebbero entrati in azione. «Come ti dicevo» proseguì il Cacciatore con voce gelida, «grazie per avermi rammentato cosa hai fatto a mia moglie. Non che me lo sia mai scordato.»

«Ce ne hai messo di tempo per venirmi a scovare, Denton. Quanti anni sono passati? Tredici? E cosa hai fatto nel frattempo? Hai cercato il coraggio per affrontarmi?»

Max sorrise. «Ho avuto piuttosto da fare negli ultimi tredici anni, mentre tu eri impegnato a nasconderti da me, rifugiandoti in caverne e città dimenticate, col terrore che ti trovassi, non appena ti fossi azzardato a mostrare la tua faccia in giro. E nel frattempo ho distrutto ogni luogo a cui tu potessi tornare. Non hai vie di fuga. Ho fatto anche delle ricerche su come uccidere i non-morti. Sai, esistono più modi di quanti tu possa immaginare.»

«Dimentichi che noi siamo già morti, mentre voi, per il momento, no. E ora che mi ci fai pensare, avevo una mezza idea di tenere tua figlia con me... *per sempre*. Non preoccuparti, Denton, avrò moltissima cura di lei, per un bel po' di secoli, almeno. È così carina e – ADESSO!»

Dal niente comparve un'enorme rete nera dotata di pesanti zavorre che gli cadde addosso, imprigionandolo. Non appena le corde lo bloccarono, i vampiri gli furono addosso.

Cercò di liberarsi dalla rete sollevandola, ma era troppo pesante e continuava a rimanere incastrato nella trama. Mentre cadeva a terra, vide che Macey veniva attaccata da tre vampiri, mentre Iscariot stava a guardare. La vide affondare il paletto e far esplodere uno dei suoi assalitori, ma subito un altro si gettò nella mischia e Macey scomparve dalla sua visuale, coperta da un intrico di membra e corpi.

Furibondo, Max rotolò verso la luce, mentre recuperava il coltello che teneva in una tasca sul davanti. Era ben affilato e tagliò facilmente le corde nere, ma un vampiro afferrò la rete prima che fosse completamente al sole e lo trascinò, ancora mezzo insaccato e impegnato a recidere le funi, lontano dalla luce gialla.

Quando lo misero in piedi, Max sventolò la lama, cogliendoli di sorpresa perché non immaginavano che si fosse quasi liberato del tutto. Colpì il più vicino dei suoi aguzzini al collo e poi proseguì a tagliargli la gola. Il sangue sgorgò copioso, e gli altri, rallentarono il loro attacco, tanto erano sbigottiti. Pur non essendosi ancora liberato del tutto dalle corde, continuò a stringere il coltello ricoperto di sangue e a tagliare fino a recidere completamente la testa del vampiro. Quando tranciò l'ultima vertebra, quello si disintegrò.

Ma era solo l'inizio.

Allontanò gli ultimi brandelli di rete e tirò fuori un paletto con cui colpì un altro vampiro, poi fece lo sgambetto a un terzo, spintonandolo verso la luce. Il secondo era però riuscito a scansarsi e il paletto lo aveva colpito soltanto al torso, non facendogli alcun male per cui, approfittando del fatto che l'affondo gli aveva fatto perdere l'equilibrio, riuscì ad afferrare Max e a scaraventarlo contro il muro.

Il Cacciatore batté forte la testa e scivolò a terra, ma raccolse le gambe al petto e, quando il vampiro lo raggiunse, lo respinse colpendolo con entrambi i piedi e spingendolo lontano con tutta la forza che aveva nelle gambe. La creatura fece un volo, finì in piena luce del sole e cominciò a gridare di dolore.

Max scrollò la testa e si rialzò faticosamente, ansante, galvanizzato e furibondo.

Poi si fermò.

Iscariot aveva Macey, in piedi di fronte a lui, col respiro affannoso e gli occhi accesi di rabbia, trattenuta da due vampiri, uno per parte. Disarmata.

Con la coda dell'occhio, Max scorse un movimento nei pressi della finestra rotta, un poliziotto idiota, anzi, due stavano entrando!

Dannati cretini, peggio per loro: non aveva tempo di occuparsene, adesso.

«Ma che bravo, Max Denton» canterellò Iscariot fissando Macey con occhi ardenti, «ma ora passiamo alle cose importanti.»

«L'unica cosa importante da fare è ridurre in cenere la tua anima perversa» ribatté Max.

«Il sentimento è reciproco, sai?»

Si voltò e scrutò Macey. «La morte è troppo semplice, troppo veloce, per quanto uno cerchi di prolungare l'agonia, come non mancherò di fare con te, Max Denton. Ma ci sono cose ben peggiori della morte, almeno *secondo te*.» Sorrise mostrando le lunghe zanne affilate. «Dico bene?»

Iscariot si volse di nuovo verso Macey ma stavolta non si limitò a guardarla, usò i suoi poteri per blandirla, chiamarla… Max poteva quasi sentire l'aria vibrare per via dell'incantesimo con cui il signore dei vampiri costringeva sua figlia a fissarlo.

La vide irrigidirsi, sollevare il viso, come in risposta a quel richiamo. Poi parve rilassarsi, le ginocchia che cedevano appena.

«Macey» gridò, nel disperato tentativo di tirarla fuori da quella sorta di ipnosi.

Lei si riscosse, come se cercasse di udirlo, ascoltarlo ma Iscariot fece un gesto secco, i due vampiri che la trattenevano mollarono la presa e lei avanzò verso il malvagio signore. Poi si fermò, tremante, come se stesse combattendo l'istinto di procedere. Max vedeva il petto della figlia alzarsi e abbassarsi, nello sforzo di inspirare a fondo, o forse di costringere il cuore e i polmoni a non perdere il proprio ritmo.

«Una vita peggiore della morte» mormorò Iscariot. «Qual è la peggior cosa che potrebbe accaderti, Max Denton? Spedirti nella tomba… sarebbe fin troppo facile. Ma distruggere qualcuno che ami, quella sì che è una bella idea. Allontanò il proprio sguardo da Macey, interrompendo il flusso di potere. C'era una sorta di folle eccitazione nei suoi occhi, quando li spostò su Max, che distolse i propri appena in tempo. «Guardarti mentre patisci l'ennesima perdita, sarebbe una cosa oltremodo divertente.»

«Tu provaci solo, Nicky…» sibilò. Il cuore era tornato a

battere regolarmente ora che Macey era momentaneamente libera. Eppure non si era mossa, era rimasta lì impalata. Max cercò il suo sguardo, per farle sapere che lui era lì, darle supporto e ricordare quanto fosse forte… ma lei guardava Iscariot. Un tremito di nausea lo scosse, e strinse ancora più forte il paletto in mano.

Il signore dei vampiri non era così stupido da posizionarsi in modo da essere un facile bersaglio: no, nell'angolazione che aveva al momento, Max non avrebbe mai potuto scagliare il proprio paletto per colpirlo. Non ancora, in ogni caso.

«Ma sai che ti dico? Ho un'idea ancora migliore» proseguì Iscariot. «È troppo bella per essere rinchiusa in una bara. E a volte mi sento così solo…» Sorrise a Macey. «Non ti piacerebbe essere la mia sposa?»

«Non credo proprio» ribatté Macey, e il cuore di Max riprese a battere.

«Ma sarebbe meraviglioso. Ho sempre avuto un debole per te, mia bella Macey. Fin da quando ti ho *assaggiato* la prima volta.» Iscariot tacque e la fissò. «Potrei persino perdonarti per avermi marchiato, in fondo anche io ho fatto lo stesso a te.» Un gesto rapido della mano di Iscariot e Macey abbassò lo sguardo, come una marionetta mossa da un filo.

Anche Max la vide: una sottile striscia rossa lungo la camicetta, seguiva la linea dei bottoni che la chiudevano. E una macchia sul seno.

«Tu vuoi la piramide» disse Max, nel tentativo di distrarlo.

«Sì, e l'avrò, non temere. Ma penso di volere anche questa splendida ragazza. E credo che lei verrà da me piuttosto volentieri… non è vero, Macey cara?»

«Io… credo di sì» mormorò, andando verso di lui.

15

IL NOSTRO SUMMAS FA UN ALTRO ERRORE
DI VALUTAZIONE

Macey non osava voltarsi verso suo padre: manteneva gli occhi rivolti verso Iscariot, senza guardarlo direttamente bensì focalizzandosi sul punto al di sopra del naso, dove le sopracciglia scure quasi si toccavano.

Stranamente la paura che di solito la pervadeva al solo pensiero di Iscariot, si era dissolta non appena aveva messo piede in quella stanza. Era come se, finalmente, avesse trovato uno scopo, come se avesse realizzato che era tempo di sfidarlo e di batterlo, per quanto potente lui fosse.

Mentre gli si avvicinava, fingendosi ammaliata dal suo potere, poteva percepire la sua eccitazione: sapeva di morte e oscurità e Macey moriva dalla voglia di ridergli in faccia e dirgli che puzzava.

Ma non ancora.

Max sembrava sconvolto, eppure lo aveva visto bene, poco prima, decapitare un vampiro con una lama poco più lunga di un pugnale e liberarsi di altri dando prova di possedere velocità e abilità straordinarie. Macey sapeva che Iscariot non aveva finito con lui, né con lei.

Intanto, fingendosi interessata alla sua proposta e comportandosi come se stesse per crollare, era riuscita a far sì che Iscariot ordinasse ai due vampiri che la trattenevano di lasciarla andare. Inoltre era riuscita a far credere a Iscariot di essere abbastanza soggiogata dal suo potere da considerare la sua offerta.

Si era anche rifiutata di guardare il corpo riverso sul pavimento, sotto alle finestre. Doveva essere Grady e da quel poco che aveva visto… non se la passava bene. Ma aveva scorto anche Linwood e un altro agente entrare e sperava con ogni fibra del proprio corpo che si sarebbero occupati di lui, di portarlo fuori al sicuro, anziché unirsi alla battaglia contro i non-morti.

Sebbene non avesse nessuna arma in mano, Macey aveva ancora un arsenale sotto la camicetta: non solo la sua grossa croce d'argento, ma anche due paletti, nascosti nelle cuciture laterali, sotto le braccia. Aspettava solo l'occasione giusta per usarli.

«Macey» la chiamò Max e c'era tensione nella sua voce, sapeva che si stava preoccupando nel vederla soggiogata dalla volontà di Iscariot. Si voltò lentamente verso di lui, come se la sua voce l'avesse richiamata, ma mantenne l'espressione vacua e lo sguardo perso. Non poteva rivelare neppure a lui che stava in larga parte fingendo: in larga parte, perché il potere di Iscariot era forte e se ne era sentita attratta più di una volta.

Ma concentrandosi sul peso della croce d'argento e sulle minuscole scintille di energia che le venivano dalla *vis bulla*, sentiva che la proteggevano come un bozzolo, e così riusciva a focalizzarsi su quella parte infinitesimale della sua mente che ancora era lucida. L'alimentava come una fiammella, anche quando si sentiva svenire e cedere, anche quando le ginocchia sembravano sul punto di tradirla.

«Hai sentito, Denton?» si pavoneggiò Iscariot. «Viene con me. Ci aspetta una vita lunga e lussuriosa piccola mia, e quando avremo anche la Piramide di Rekk non regneremo solo sui vampiri.» Le porse una mano scheletrica e lei l'afferrò, sforzandosi di non mostrare ribrezzo nel toccare quella carne secca e gelida.

Max scattò e qualcosa fendette l'aria. Ma Iscariot fu veloce a trarla a sé in un abbraccio appassionato. Per usarla come scudo.

Macey strillò quando il paletto diretto al cuore del vampiro le si conficcò nella schiena, all'altezza della spalla e udì un altro grido di rabbia e orrore provenire da Max, seguito da rumori di lotta.

«Guarda cosa hai combinato, Denton! Hai ferito *tua figlia*! Non c'è da meravigliarsi se preferisce stare con me e non con te. Se sceglie una vita immortale invece che una fatta di fallimenti come la tua.»

Il dolore le faceva girare la testa: suo padre aveva una forza sovrumana e una mira infallibile: la nausea le strinse lo stomaco, quando si rese conto che il paletto le aveva trapassato la parte molle della spalla e che la punta spuntava vicino alla clavicola. La camicia aveva ora una terza chiazza rossa.

Non le restava molto tempo, si sentiva la testa leggera e un tremore che veniva da dentro la stava soverchiando. Si appoggiò a Iscariot, facendo di tutto per non rabbrividire, sentendo sul proprio corpo la pressione dei muscoli rinsecchiti e di altre parti di lui a cui preferiva non pensare.

«*Macey*» la chiamò di nuovo suo padre e stavolta era disperato.

Non riusciva a vederlo ma, dai rumori che sentiva, capì che stava lottando per la propria vita e forse a quel punto era anche disarmato. Avrebbe tanto voluto poterlo guardare, fargli un cenno, dargli una speranza, fargli capire che stava bene.

Ma non stava bene, si rese conto: era confusa e sanguinante, e se stava in piedi era soprattutto perché Iscariot la sorreggeva. La vista le veniva meno, i muscoli protestavano e quando Iscariot sogghignò vicino al suo orecchio, rabbrividì a stento.

«Non vedo perché perdere altro tempo» le sussurrò. «Ti do il benvenuto nella tua nuova vita, Macey Denton.»

E le affondò le zanne nel collo.

16

PAURE E RIMPIANTI

Max lottava come un pazzo, cercando di scrollarsi di dosso i quattro non-morti che lo trattenevano, incapace di distogliere lo sguardo da Iscariot che stringeva sua figlia in un abbraccio appassionato e poi la mordeva.

Macey. Buon Dio. Macey...

Come aveva potuto mancare il bersaglio?

Come aveva potuto crederla forte abbastanza da affrontare Iscariot?

Come aveva potuto commettere un errore del genere?

Non avrebbe dovuto lasciarla da sola tanto a lungo. Avrebbe dovuto esserci quando lei riceveva la *vis*, quando aveva saputo chi era davvero. Il compito di affrontare Iscariot sarebbe dovuto spettare a *lui*, non a sua figlia.

Non a *sua figlia*.

E ora era troppo tardi. Ora che ne aveva quasi causato la morte, anzi la *non*-morte. A meno che non riuscisse a strapparla dalle grinfie di Iscariot prima che lui le bevesse tutto il sangue, sostituendolo con quello suo di vampiro.

Max aveva ancora un paletto, solo uno, nell'altro stivale, ma non riusciva a raggiungerlo.

Era così infuriato da vedere rosso, scalciava e smanacciava

come un ossesso. Ma quei quattro mostri erano forti e cattivi e gli conficcavano i lunghi artigli nella carne, anche se nessuno era ancora riuscito ad avvicinarsi abbastanza da morderlo.

Rovesciò la testa all'indietro di scatto, per colpire il vampiro alle sue spalle e poi finse di collassare, lasciandosi cadere a peso morto fra le braccia degli altri. In quel brevissimo istante in cui uno dei suoi assalitori gli afferrava la testa per morderlo, Max fece appello a tutta la forza e scaltrezza che gli erano rimaste e all'energia divina della *vis bulla*. E chiese aiuto.

Quando questo giunse, fu come una luce accecante che lo trapassò, esplodendogli nelle braccia e nelle gambe. All'improvviso, ebbe la forza di alzarsi in piedi con un balzo e lanciarsi verso l'area illuminata dal sole. I vampiri, che ancora lo trattenevano, non potettero far altro che seguirlo mentre, barcollando, cadeva nella luce.

Gridarono e lo lasciarono andare appena prima di essere colpiti, a parte uno che lo fece subito dopo. Non aveva bisogno di altro: aveva già il paletto in mano e, piroettando come un derviscio, li trafisse mentre erano ancora agonizzanti.

Un allungo, una stoccata, un *affondo*.

Puff, puff, *puff*.

Max si voltò, passandosi una mano sugli occhi per allontanare i capelli e il sudore e vide Iscariot e Macey ancora avvinti in quell'orrido abbraccio. Lei si agitava, cercava di allontanarlo ma aveva le braccia intrappolate fra il proprio corpo e quello del vampiro e perdeva copiosamente sangue dalla ferita alla spalla infertale dallo stesso Max.

Cercò di respingere il senso di colpa e autocommiserazione, ci sarebbe stato tutto il tempo di preoccuparsene dopo, e scattò verso di loro.

Li aveva quasi raggiunti quando l'ultimo scagnozzo, spuntato da chissà dove, lo afferrò. Era alto e robusto e Max imprecò, cercando di liberarsi di quella seccatura: doveva arrivare lì, per Dio, lì dove avrebbe potuto ficcare il paletto nel cuore di Iscariot.

Procedeva a fatica, cercando di scrollarselo di dosso, lottando, senza però smettere di avanzare.

Scartava e smanacciava, dimentico del vampiro che cercava di trattenerlo e che gli aveva anche azzannato la spalla. In mente aveva un solo obbiettivo, un solo bersaglio: la schiena di Iscariot. Le mani forti del suo avversario lo stringevano da dietro, tirandogli i capelli e trattenendo il braccio con cui impugnava il paletto, che Max non tentò neppure di rivolgergli contro. Si girò e rigirò, mirò finché finalmente non si trovò nel punto giusto.

Eccola lì, la schiena di Iscariot: trapassandola, gli avrebbe infilzato il cuore.

Con un movimento rapido e fluido, passò l'arma dalla mano trattenuta dal vampiro a quella libera e colpì all'indietro, prendendolo alla sprovvista e centrandogli la faccia. Il non-morto urlò e allentò la presa, ma non mollò, mentre Max si preparava a cogliere la sua ultima possibilità.

Vide Macey sollevare faticosamente la testa, come se stesse dicendo qualcosa a Iscariot, che si ritrasse appena per risponderle. Quindi scagliò il suo paletto, un lancio teso e preciso, dritto verso il lato sinistro della schiena del vampiro.

Dopodiché spinse l'ultimo scagnozzo verso la luce del sole.

17

TALE PADRE, TALE FIGLIA

*P*er quanto dolorante e confusa a causa della ferita, Macey riuscì a sfilare un paletto da sotto la camicetta.

Iscariot era tanto occupato a deridere suo padre e a morderla, da non aver notato che si divincolava. O magari aveva pensato che stesse solo cercando di liberarsi.

Aveva la vista offuscata e sentiva il sangue fluire via, anche e soprattutto dalla ferita alla spalla, ma strinse quel benedetto pezzo di legno sottile, in attesa di trovare il momento giusto, la posizione e la forza per usarlo.

Aveva udito il grido disperato di Max quando Iscariot l'aveva morsa e poi l'aveva sentito combattere corpo a corpo. Di lì a poco l'aria si era riempita dell'inconfondibile puzza di vampiro incenerito e non aveva potuto fare altro che sentirsi orgogliosa e sollevata.

Il paletto era in posizione, ora doveva solo usarlo.

«Nicholas caro» disse con una vocina debole debole che le veniva molto naturale, data la situazione, «vorrei farti una domanda.»

Lui si staccò e si allontanò un poco da lei, come se fosse davvero intenzionato a risponderle. Dagli angoli della bocca gli colava un rivolo di sangue e aveva gli occhi socchiusi per il piacere. La guardò con un sorriso.

Non le serviva altro: Macey si spostò, dette un colpetto verso l'alto e poi *spinse*.

Il paletto andò a segno e Iscariot sussultò e ricadde su di lei e la sua arma, come se, nello stesso istante, qualcosa lo avesse colpito anche da dietro.

Macey sbirciò oltre le spalle del vampiro e vide suo padre... e un altro paletto conficcato nella schiena di Iscariot.

Gli dette una spinta e barcollò all'indietro mentre la *radice malevola*, il perfido signore dei vampiri la fissava, gli occhi pieni dello shock di essere stato infilzato, non una ma due volte, in contemporanea, da due Cacciatori, padre e figlia.

«Ciao ciao, Nicky» riuscì a esalare, tremante e sanguinante com'era. Poi le ginocchia le cedettero, qualcuno, Max naturalmente, la prese al volo e un istante dopo si ritrovò stretta tra le sue braccia.

Il suo papà, quello che per tredici anni non aveva mai toccato né abbracciato, ora la stringeva a sé e aveva il volto bagnato di lacrime, o forse era sudore e nonostante fosse un omone grande e forte, tremava. Forse piangeva.

Stava sognando? Era morta?

«Macey, mio Dio, quanto mi dispiace!» le disse, contro i capelli. «Ci serve un cazzo di dottore!» le urlò praticamente nell'orecchio.

«Che dottore?» farfugliò Macey. Non mi serve un dott-ahia!»

Spalancò gli occhi e gridò mentre qualcosa, dell'acqua santa salata, le bagnava le ferite. E poi svenne.

DOPO AVERLA IRRORATA BEN BENE di acqua santa salata, Max consegnò Macey, seppur controvoglia, al super efficiente Dottor Fintucket e al suo staff.

Respinse però l'insistente richiesta di salire a sua volta sull'ambulanza per farsi medicare.

Ma figuriamoci.

Se fossero stati a Roma, sua figlia, magari insieme a lui, sarebbe stata portata al Consilium per essere curata dal medico dei Cacciatori, un discendente del grande Ylito che aveva salvato la vita di Victoria Gardella e non solo.

Lì Max doveva confidare nella cosiddetta *medicina moderna*, almeno all'inizio. Dovevano quantomeno rimuovere il punteruolo del cazzo, che lui stesso le aveva scagliato contro, e darle qualche punto. Nel frattempo lui avrebbe provveduto a rimpinguare le sue scorte di acqua santa salata e dell'unguento che i Cacciatori usavano di solito per favorire ulteriormente il loro già accelerato processo di guarigione.

Ce l'avrebbe fatta, grazie a Dio.

Grazie a Dio.

E, cosa quasi altrettanto importante, Nicholas Iscariot era morto. Stentava quasi a crederci.

«Max!» si voltò e vide Savina corrergli incontro per gettarsi tra le sue braccia, incurante del fatto che fosse tutto sporco di sangue e sudore. «Max, sia ringraziato il cielo! Sei sano e salvo!»

Max la strinse forte, perdendosi nel profumo dei suoi capelli, così fresco e pulito, ben diverso dall'afrore di sangue e violenza che aveva respirato per più di un'ora.

Anche lei stava bene e Max esalò a stento un sospiro di sollievo.

«Anche Grady.» soggiunse Savina. Al Cacciatore non sembrò il modo migliore per ricongiungersi e allentò la stretta. «Ce la farà. Lo stanno portando all'ospedale, ma è vivo.»

«Che bella notizia» rispose, conscio di quanto le sue labbra fossero tese nel pronunciare quelle parole e dello strano gelo che sentiva dentro. All'improvviso si chiese perché mai stesse abbracciando in quel modo Savina, che il giorno prima aveva visto accoccolata sul divano accanto al suo amico.

Ma neanche riusciva a lasciarla andare, forse perché, fino a quel momento, non si era accorto di aver temuto che Iscariot potesse averla presa di mira per arrivare a lui. «Anche mia *figlia*» soggiunse, gelido, «anche lei si rimetterà, nel caso te lo stessi chiedendo.»

Savina si scostò appena per guardarlo e si tolse un boccolo dal viso. «Lo so, me l'hanno detto. Sia ringraziato il cielo. E tu come stai? Non dovresti andare in osp–»

«Non scherziamo.» E stavolta fu lui a staccarsi. «Mi hanno sfiorato appena. E poi ho del lavoro da fare… altro lavoro da fare. Troppe persone hanno visto più del dovuto, oggi.»

«Certo, naturalmente.» Lo guardò incuriosita. «Non sapevo che avessi il disco dorato, insomma… che ne avessi uno, quantomeno.»

«Ho qualcosa di simile.» Nonostante il dubbio che lo lacerava dentro, non poteva fare a meno di guardarla, di mangiarla con gli occhi, come se fosse l'ultima volta che la vedeva.

A differenza della maggior parte dei presenti, Savina non era affatto scarmigliata, anzi, sembrava appena uscita da un locale di Parigi, se non fosse stato per la macchia di sangue che le aveva lasciato sulla camicetta color crema. A meno che non fosse stato Grady a sporcarla, magari quando lei l'aveva abbracciato con lo stesso trasporto riservato a lui.

Non riusciva neanche a pensarci.

«Non accompagni Macey in ospedale?» gli chiese Savina aggrottando la fronte.

Si alzò. «Ho un sacco di cose da fare…»

Savina scosse il capo e distolse lo sguardo, mentre le labbra s'incurvavano in un'espressione di disgusto. «Tu hai sempre da fare, Max. Ma forse è giunto il momento che ti prenda un po' di tempo per fare il padre, invece che il Cacciatore. Per una volta in tredici anni.»

Max s'irrigidì, lo sguardo che andava allo spazio vuoto dove, fino a pochi istanti prima, si trovava l'ambulanza. Ripensò a cosa i presenti avessero visto, a quello che sarebbero andati a raccontare in giro, andando ad accrescere il livello di paura e paranoia in una città già sconvolta dalla violenza dei gangster. Pensò anche agli incubi che quelle scolarette di certo avrebbero fatto, al loro terrore.

Il suo dovere non consisteva solo nel proteggere i mortali dagli attacchi dei non-morti, ma anche nel contenere la paura e la consapevolezza sulla loro esistenza.

«Non mi ci vorrà molto, Macey capirà.»

Savina sospirò avvilita, triste, delusa e nel cuore già prostrato di Max parve battere un rintocco funebre.

«Certo Max, devi fare quello che ritieni più giusto.» Avrebbe voluto aggiungere qualcosa, ma non ce la fece. Si fissarono per alcuni istanti, poi Savina allungò una mano verso il suo viso sporco e la barba di qualche giorno. Sembrò un addio, specie quando lei soggiunse: «Spero tu riesca a trovare la pace, ora che Iscariot non c'è più.» Poi gli sorrise e si voltò per andarsene chissà dove.

«Aspetta, Savina.» La afferrò per un braccio e fu lieto di vedere che si fermava, voltandosi per guardarlo con quei suoi occhi enormi e traboccanti di un'emozione che non sapeva definire. Mollò la presa e cercò disperatamente qualcosa da dire, qualcosa che potesse trattenerla ancora un po'. «Come sai che Iscariot è morto?»

«Uno dei poliziotti me lo ha detto, lo zio di Grady. Ha visto la scena e... sa. Sapeva qualcosa fin da prima. Lo zio, intendo.»

Max sussultò. «Ok.»

Lei lo fissò per un po'. «Dovresti farti una doccia. Che tu vada all'ospedale o a far visita alle ragazze o in qualsiasi altro posto, non puoi farlo in queste condizioni: sembri appena uscito da una rissa in un bar.»

«Hai ragione, ma ho tutta la mia roba da Grady.»

«E quindi?» Lo guardò inclinando la testa come un uccellino curioso, ma con uno sguardo di sfida. Che diavolo voleva? Era così sfinito e confuso... eppure avrebbe dovuto essere entusiasta all'idea che Iscariot fosse morto e Felicia finalmente vendicata. Ora che la radice malevola era stata estirpata e l'ultimo dei figli di

Giuda Iscariota era stato distrutto, forse poteva concedersi un po'
di riposo.

Savina incrociò le braccia al petto. «Suvvia, Max! Non avrai
davvero creduto stesse succedendo qualcosa fra me e Grady,
quando ci hai visti, ieri?» Gli occhi erano duri come l'acciaio,
scuri come olive e splendenti come l'onice. Le labbra erano
serrate e dritte come una linea su cui apporre una firma.

Max non rispose subito perché quella speranza improvvisa gli
aveva chiuso la gola. Savina lo fissava, tamburellando col piede,
metaforicamente, non sul serio.

«Grady è giovanissimo, potrebbe essere mio *figlio*!»

«Oh, sì, se lo avessi partorito a *otto* anni» riuscì infine a
dire lui.

Savina tacque un attimo come se stesse facendo i suoi calcoli.
«Sì vabbè ma comunque… quanto sei ottuso, Max?»

Il Cacciatore sentì un calore salirgli alle guance e lanciò uno
sguardo a un gruppetto di tre poliziotti che li osservavano incu-
riositi. Ma bene, avevano pure un pubblico. «Ascolta, Savina,
maledizione! Avevo avuto una giornata di merda, ero bagnato
fino alle ossa e di pessimo umore e non desideravo altro che… e
invece ho visto voi due lì, tranquilli sul divano e–»

«Grady aveva appena finito di dirmi quanto sia lampante che
tu mi ami.» Le brillavano gli occhi? O era un'impressione? Che
fossero *lacrime*?

«Ed è vero, Savina. Tantissimo.» Le afferrò una mano e gliela
strinse forte, traendola di nuovo verso di sé. «Sai che ti amo, te
l'ho detto.»

«E allora perché fai il coglione?»

«E che ne so! Mica lo faccio apposta!»

Savina scoppiò a ridere, le si formarono delle pieghette così
adorabili agli angoli degli occhi e il suo sorriso era talmente
gioioso, che le ginocchia di Max quasi cedettero di fronte a
tanta bellezza… e riprese a sperare che almeno una delle due
donne della sua vita forse gli avrebbe perdonato di essere un
coglione.

«Vieni con me, andiamo a casa, così ti darai una ripulita e poi deciderai cosa vuoi fare.»

Sapeva bene cosa voleva fare cazzo, quello che qualsiasi uomo avrebbe voluto fare, una volta uscito vittorioso da una guerra in cui aveva fatto fuori il proprio arci-nemico e una dozzina dei suoi, e con una donna bellissima che gli sorrideva, felice e innamorata.

Ma per quello, probabilmente, avrebbe dovuto aspettare.

CHAS SCOPRÌ a sue spese che andare indietro nel tempo faceva meno male che andare avanti, almeno fisicamente. Ma per il cuore e la mente era una tortura.

Dal suo punto di vista, non tornava a Parigi da più di dieci anni ma, sul calendario si trattava di un secolo addietro.

Non c'erano automobili e per strada dovevi solo stare attento a non pestare la cacca di cavallo. Non c'erano né la luce elettrica né tantomeno gli aeroplani. La moda femminile era, beh, sorprendentemente simile a quella degli anni Venti, dato che le gonne erano dritte, leggere e semplici, prive di guardinfanti, crinoline e corsetti. Solo che nella Parigi napoleonica gli orli sfioravano le scarpe e non le ginocchia e nessuna donna si sarebbe fatta cogliere in fallo coi capelli tagliati a caschetto.

Ma a Chas non importava, perché era lì per una sola cosa, fatta la quale sarebbe scappato di nuovo, da Parigi e da quel secolo.

Wayren lo aveva riportato a Marais, dove Cezar Moldavi si era rifugiato in un'enorme villa. In realtà viveva sotto di essa, in un dedalo di stanze e gallerie che ricordavano gli alloggi connessi al *Silver Chalice* di Chicago, dato che, essendo un vampiro, doveva stare al riparo dal sole.

«Che giorno è?» chiese a Wayren mentre la carrozza si fermava di fronte alla casa di Moldavi. Chas era rimasto colpito dal fatto che Wayren utilizzasse i mezzi pubblici. L'edificio pareva serrato e deserto, ma era normale per le abitazioni dei vampiri, i quali non utilizzavano mai i piani principali. «Quello che vorrei sapere è–»

«… cosa troverai là dentro? Loro sono appena andati via e intendo *appena*. Vedi quella carrozza laggiù?» proseguì accennando a un carro prigionieri coi vetri oscurati che si allontanava. Non c'erano solo il cocchiere e un uomo seduto con lui a cassetta, ma anche un robusto servitore che li seguiva a cavallo. «Sta portando Cezar Moldavi verso il suo nuovo rifugio, in una località segreta sui Pirenei che gli ha trovato Narcise. La casa è completamente deserta.»

La tensione che gli stringeva il petto diminuì: non avrebbe incontrato né Narcise né Giordan Cale.

Avrebbe certo incontrato i suoi ricordi, ma nessuno in carne e ossa.

«Vieni anche tu?»

«No, almeno che tu non lo desideri.»

«No.» Preferiva affrontare i suoi fantasmi da solo. «Non ci metterò molto.»

No, non ci avrebbe messo molto, perché per quanto il tempo passato a godere dell'*ospitalità* e delle *amorevoli cure* di Cezar Moldavi fosse stato un inferno di dolore e angoscia, era comunque inciso indelebilmente nella sua testa, fin nei minimi dettagli. Una volta entrato nella casa, avrebbe saputo esattamente dove andare per trovare le scale che portavano al livello sotterraneo e davano accesso agli alloggi privati di Cezar.

Ovvero alla sua sala delle torture.

Quando Chas la raggiunse, fu sommerso da un'ondata di ricordi: non solo del dolore che Moldavi gli aveva inferto, ma anche della prima volta che aveva incontrato Narcise, una valente guerriera che gli puntava la spada alla gola, e dei giorni seguenti. Giorni passati a Parigi, nascondendosi dal fratello di lei, finché Chas non si fu rimesso abbastanza in forze da tentare la fuga.

Erano stati fra i momenti più belli e difficili della sua vita.

Era molto agitato, ma sorprendentemente, fu meno difficile di quanto si aspettasse. La stanza dov'era stato torturato era identica ad allora e ritrovò subito il teschio dagli occhi di rubino e la sua cosiddetta lingua.

Il pugnale conficcato nel teschio in modo che la lama spuntasse tra i denti era ancora lì, per fortuna. Quando lo prese in mano, Chas si accorse che il coltello era fissato al cranio e decise quindi di portare via tutto.

Ci avrebbero pensato dopo a come usare la lama o a come tirarla fuori per poi–

«Chas?»

Il teschio rischiò di cadergli di mano, quando udì la voce di Narcise. *No.* Passò un'eternità prima che il cuore rallentasse e Chas si voltasse per trovarsela davanti.

Dannazione, non era un'allucinazione. Era davvero lì, bella ed enigmatica come sempre.

Cazzo. Wayren gli aveva mentito? Ma non andava contro le regole?

«Narcise.»

«Io pensavo... mi avevano detto che eri partito per l'America.»

«Sì.» L'aveva fatto eccome. Se solo avesse saputo quanto aveva viaggiato per allontanarsi da quel posto del cazzo e poi per tornarci. Ma, agli occhi di lei, erano passate solo poche settimane dalla loro ultima fuga da Moldavi e da quando lui era partito da Parigi.

«Mi è dispiaciuto che tu non sia passato a salutarmi.» *Ma lo capisco.* Non pronunciò quelle parole, ma trasparirono dal tremore nella sua voce.

«Io non credevo– Cosa ci fai tu qui? Pensavo che te ne fossi andata per accompagnare Cezar in... Spagna?»

Non riusciva a staccarle gli occhi di dosso, era sempre stupenda, con quella cascata di capelli nerissimi e gli occhi azzurri più puri e incredibili che avesse mai visto. Aveva un viso meraviglioso, un corpo perfetto eppure... c'era qualcosa di diverso.

Non in lei, ma in lui. Era lui a essere cambiato.

«Volevo controllare un'ultima cosa.» Anche lei sembrava non riuscire a smettere di fissarlo. «Perché poi non ho intenzione di tornarci mai più, qui.»

«Anche io sono dovuto tornare per una cosa. Spero non ti dispiaccia se prendo questo?» Le mostrò il teschio.

Rise, ma c'era amarezza nella sua risata. «Una delle cose di Cezar? Prendi quello che vuoi. Non voglio avere niente a che fare con la robaccia di mio fratello.»

«Grazie. È che... ecco... mi tornerà utile.»

«Chas.» Pareva addolorata, pareva si volesse scusare, anche se lui proprio non capiva perché dovesse scusarsi per non aver mai smesso di amare Giordan Cale.

Funziona così, l'amore... si rese conto all'improvviso.

La vampiressa cercava disperatamente qualcosa da dire, ma lui sollevò una mano per fermarla. «Narcise, tu sai che io ti amerò per sempre e che non dimenticherò mai i giorni trascorsi insieme a Parigi, ma... è finita. Tu sarai felice e io ho... io starò bene.» Mentre pronunciava quelle parole, che soltanto pochi giorni prima avrebbe creduto una bugia, si accorse che in realtà erano sincere.

Aveva di fronte la donna più bella, forte e coraggiosa che avesse mai conosciuto, per quanto non-morta, una donna che aveva amato come mai gli era successo nella vita, prima o dopo, ma non gli faceva più male. Non la *bramava* più.

In qualche modo, a un certo punto negli ultimi dieci anni, o forse era davvero passato un secolo, l'aveva lasciata andare. Nonostante avesse continuato a crogiolarsi nell'autocommiserazione, era andato avanti.

«Se non fosse stato per te, io...» mormorò Narcise con voce rauca e rotta. Si guardò intorno, accennando con una mano a quella stanza. Chas sapeva cosa voleva dirgli: *se non fosse stato per te, sarei ancora qui.*

Le rispose scuotendo la testa, perché ora sapeva la verità. «No, non è vero. Cale sarebbe venuto a salvarti.»

Gli occhi azzurri si riempirono di lacrime e tutto fra loro parve, all'improvviso, sistemato. Niente più sofferenza, dolore e rimpianto. Non più disagio e tensione.

«Grazie, Chas. Grazie per... quello e per... tutto.»

Gli si gettò tra le braccia e Chas si irrigidì appena, come preparandosi, quando la strinse a sé. Ma non sentì più l'antico e disperato desiderio di *averla*. Quella brama di possesso era scomparsa.

Ora la stringeva, capace di affondarle il viso tra i capelli e darle un bacio sulla testa senza desiderare niente di più. Quando la lasciò andare, sorrise addirittura, come se finalmente si fosse tolto dalla mente e dal cuore un gravoso fardello.

Finalmente, si sentiva libero.

18

COME SPRECARE DEL BUON BRANDY

Grady aprì gli occhi e vide diverse persone attorno a lui, ma nessuna di loro era la donna alta e bionda vestita come una castellana medievale che era certo di aver visto di recente... o forse l'aveva solo sognata nel corso della sua penosa alternanza di coscienza e incoscienza.

Riposati e guarisci, gli aveva detto, sfiorandogli la fronte con una mano: un tocco dolce e rassicurante, mentre si sentiva avvolgere da una luce bianca e calda.

Quelle persone non erano né angeli, né, grazie a Dio, demoni. A quanto pareva era ancora vivo.

Ma aveva male dappertutto.

«Bentornato tra noi» lo salutò Linwood: era suo il volto più vicino. «È un po' che ti aspettiamo.»

Grady si sforzò di sorridere per controbilanciare il tono brusco dello zio. «Le star si fanno sempre attendere» mormorò.

Poi dette un'occhiata alle altre persone riunite attorno al suo letto d'ospedale, riconoscendo quattro colleghi di Linwood, tutti in divisa. Dietro di loro c'erano altri letti, ma tutti vuoti, cosicché la stanza era tutta a sua disposizione.

«Volevamo assicurarci che te la cavassi» sorrise l'agente Barnett. «Sei praticamente un eroe.»

«E io che volevo solo tirarci fuori un buon articolo» rispose Grady, facendo ridere tutti. Cercò di ridere a sua volta ma gli faceva male *tutto*. «Gli altri... stanno bene?»

«Le studentesse stanno tutte bene, tranne una che è ancora in prognosi riservata, ma stanno facendo tutto il possibile per lei. Il Dottor Fintucket è il migliore quando si tratta di *quel* tipo di ferite.»

Grady si fece serio. *Maledizione.*

«Sarebbe finita molto peggio se tu non fossi intervenuto» proseguì Barnett. «facendole uscire dalla finestra in quel modo e–»

Linwood si intromise prima che iniziassero le domande inopportune: «Anche gli altri che ti sono venuti in aiuto stanno bene.»

Grady annuì ma il movimento gli fece pulsare dolorosamente la testa. «Quanto ai... sequestratori?»

«Morti. Tutti quanti.»

Tutti? Anche Iscariot? Possibile?

«Una cosa stranissima» commentò Barnett. «Ero proprio dietro Linwood... un attimo prima erano lì e poi–»

«Ehilà Grady.»

Tutti si voltarono verso il nuovo arrivato, un bell'uomo dall'aspetto curato con penetranti occhi neri e capelli corvini che cominciavano a ingrigirsi sulle tempie. Si posizionò ai piedi del letto, alto e imponente nel suo elegante completo gessato con cappotto nero, e in mano il borsalino. Passò in rassegna i presenti e poi lanciò uno sguardo eloquente a Grady.

«Lui è Max Denton» spiegò quest'ultimo, proseguendo con un rapido giro di presentazione degli agenti.

«Molto piacere, signori. Vorrei scambiare qualche parola con Grady adesso, ma dopo mi piacerebbe invitarvi per una birra... mannaggia! dimentico sempre che qui è illegale, maledizione. Facciamo che vi offro un giro di caffè, allora? Credo abbiate diverse storie interessanti e io non vedo l'ora di sentirle.» Rivolse loro un sorriso affabile e nessuno negò di avere *storie interessanti* da raccontare.

Gli agenti gli diedero appuntamento di lì a qualche minuto e capita l'antifona, si allontanarono con discrezione.

Solo Linwood indugiò, guardando Max con sospetto. «È il signore che incontrai al Gold Coast, Linny. Abbiamo delle cose di cui parlare.»

Ma lo zio sembrava non volerne sapere di andarsene, si decise solo dopo che Max gli ebbe rivolto uno sguardo calmo e deciso. «Ne riparleremo dopo davanti a un caffè delle vostre *cose*.»

Non appena furono soli, Max si sedette accanto al letto e tirò fuori una serie di oggetti dalle tasche. «Acqua santa salata, usala senza parsimonia, finché non ti viene da urlare. E poi versane ancora un po'. A quel punto sarai certo che funzioni. E in questo barattolo c'è un unguento che favorisce la guarigione, ha un buon odore, ma appiccica da morire. Hai ancora l'anello d'argento? Anche quello ti aiuterà.»

Grady gli mostrò l'anello che aveva rimesso al dito, e il ciondolo a forma di croce che Linwood aveva preso in consegna quando lui era entrato nella scuola. «Il dottore mi ha già irrorato di acqua santa salata. Bruciava come se mi stessero spellando vivo, ma graffi e morsi hanno già iniziato a guarire.»

«Davvero?» Max smise per un attimo di aprire il barattolo di unguento. «Come sapeva di doverlo fare?»

«Glielo ho detto io. A proposito, Max. Volevo parlarti di ieri, io e Savina–»

«Lascia perdere.» Lo fermò, sollevando una mano. «Non è stato niente… insomma io… lascia perdere. Sono venuto qui solo per portarti questo impiastro e informarti, qualora non lo sapessi già, che Iscariot è morto, infilzato da due paletti. Esploso in una nube di polvere nauseabonda.»

«Questa sì che è una buona notizia, cazzo. E anche se forse non ha molta più importanza ora che Iscariot è morto, ho una cosa per te.» Con grande sforzo, perché era veramente malandato e ogni volta che si muoveva sentiva dolori e scricchiolii dappertutto, per non parlare della testa che gli girava, recuperò dal «comodino la scatola con tutti i suoi effetti personali.

Nonostante si muovesse lentamente e ci avesse messo una vita a portarsi la scatola in grembo, Max ebbe il buon gusto di non mostrarsi impaziente, né di offrire il proprio aiuto per fare prima. La scatola conteneva diversi oggetti personali, come il portafogli, le chiavi di casa e della macchina, ma anche altre cose.

Prima di tutto, uno smeraldo quadrato, il pendente che Iscariot indossava ed emanava quell'orribile luce verdastra.

Max lo guardò sconvolto. «L'amuleto di Rasputin! Come cazzo hai fatto a prenderglielo?»

Grady non poté trattenere un risolino soddisfatto anche se, dopo lo sforzo sovrumano di recuperare la scatola, persino sorridere gli dette la nausea. «Gliel'ho sfilato quando ha deciso di usarmi per fare merenda. Distrarre e confondere, un vecchio trucco da mago che dovresti ricordare dalle nostre chiacchierate con Harry.»

«Sai com'è, mi interessava più imparare a liberarmi di un paio di manette che non a borseggiare la gente» ribatté Max con un sorrisetto sghembo, mentre prendeva con sé l'amuleto.

«Avevo anche bevuto dell'acqua benedetta prima di entrare» mugugnò Grady. «Ma non ha avuto abbastanza tempo per entrare in circolo e rendermi meno appetitoso.»

Max annuì. «Però ti aiuterà a guarire. È un vecchio trucco inventato da Max Pesaro... tu non ne hai mai sentito parlare ma è una leggenda e io porto il suo nome, anche perché era il mio bisnonno. Comunque, è successo anche a Savina una volta... non ha lasciato passare abbastanza tempo da farla entrare in circolo prima di essere... morsa. Fu un momento piuttosto difficile.»

Poi tornò a guardare la pietra verde. «Non so come tu ci sia riuscito, ma grazie. La perdita del pendente lo ha certamente indebolito, facilitando il nostro compito.»

«Nostro?»

«Mio e di mia figlia Macey. Magari un giorno vi incontrerete. Lei era... adesso è qui ricoverata anche lei. Io...» L'espressione di

Max si fece sofferente, poi distante. «Si rimetterà presto, comunque. Bene, allora, grazie di nuovo, Grady.»

«Ho *borseggiato* sia lui che tre dei suoi scagnozzi più vicini. Ma non so se c'è qualcosa di importante.» Grady fece spallucce mentre Max gli lanciava uno strano sguardo di sbieco. «Le vecchie abitudini sono dure a morire.»

Finse di controllare le proprie tasche e di avere ancora l'orologio, ma i suoi occhi brillavano di orgoglio. «Sono contento che stiamo dalla stessa parte, amico.»

Grady tirò fuori le altre cose recuperate dai vampiri: non gli pareva ci fosse niente di interessante, ma stava a Max giudicare.

«Chiavi, monetine, pezzetti di carta» elencò frugando nel mucchietto. «Non li facevo tipi da pagare la roba, ma questo sembra uno scontrino. Prendo tutto, magari troviamo qualche indizio per scoprire dove si nascondono gli altri. Grazie di nuovo.»

«Non occorre che mi ringrazi. Chiunque farebbe lo stesso al mio posto, se sapesse…»

Max scosse il capo, il viso serio. «No, non tutti lo farebbero. Credimi, lo so.»

«Cosa succede adesso che Iscariot è morto?»

«Che per la prima volta da trent'anni, stanotte mi farò una bella dormita» sorrise Max, alzandosi in piedi. «Adesso riposati. Devo vedere i tuoi amici sbirri e assicurarmi che nessuno ricordi quello che ha visto oggi.»

«Potresti risparmiare almeno Linwood? È da un po' che sa, ma è più che capace di tenere la bocca chiusa. E può tornare utile avere, tra le fila della polizia, una persona a conoscenza dei fatti, in caso di incidenti di questo tipo.»

Max assentì e si alzò. «Bene. Spero ti dimettano presto.»

«Non più tardi di domani. Ho un articolo da scrivere.» Sorrise debolmente.

Max si calcò il borsalino in testa e ne sfiorò la tesa, poi lasciò la stanza, rapido e silenzioso com'era venuto.

Grady prese l'unguento e cominciò a spalmarselo: Max non

scherzava, era appiccicoso come melassa, ma profumava di fresco e pulito.

Prima si fosse rimesso in sesto, prima sarebbe uscito da quel postaccio.

MAX AVEVA GIÀ RIMANDATO fin troppo. Il momento era giunto.

Aveva fatto visita a Grady, cancellato ogni ricordo di canini appuntiti e libagioni di sangue dalle menti di poliziotti e ragazzine, e l'intervento per rimuovere il paletto e ricucire sua figlia era finito. Non aveva più scuse.

Che vergogna: aveva le mani sudatissime, mentre si avvicinava alla porta della camera di Macey. Aveva richiesto una stanza privata e pagato volentieri il prezzo non esiguo di quel privilegio. Il St. Joseph era un ospedale cattolico e quindi c'erano croci, crocifissi e altri deterrenti per vampiri ovunque e a ogni ingresso e Macey sarebbe stata quindi al sicuro da visite sgradite, fin quando fosse rimasta lì.

Entrò nella stanzetta e si chiuse la porta alle spalle. Macey aveva gli occhi chiusi e il respiro pareva regolare. Max si lasciò sfuggire un silenzioso sospiro di sollievo. *Dorme.*

Poteva tranquillamente andarsene e riferire a Savina che era andato nella stanza di Macey e che l'aveva vista senza dire una bugia.

Si voltò, allungando la mano verso la maniglia, poi si bloccò.

Ma che cazzo gli prendeva? Non aveva alcun timore ad affrontare un intero battaglione di vampiri, ma gli cedevano le ginocchia al pensiero di restare solo con sua figlia?

Certo l'aveva quasi uccisa, ma…

Come se avesse udito quei pensieri, Macey aprì gli occhi: erano lucidi e limpidi.

«Te ne vai già?» chiese.

Fanculo. Era sempre stata sveglia.

«No. Si avvicinò al letto e la guardò. Sembrava così piccola, magra, fragile e pallida, fra le coperte e quello che poteva vedere della fasciatura che le avvolgeva la spalla ferita. Ma Max sapeva che non era così. «Come ti senti?»

«Iscariot è morto, come mi sento secondo te?» sorrise, seppur a fatica, e Max si sentì felice e orgoglioso.

Aveva ragione, Iscariot non c'era più.

«Ottimo lavoro» le disse, guardando la sedia accanto al letto.

Macey se ne accorse e lo invitò: «Siediti pure, sono troppo acciaccata per nutrire istinti vendicativi.»

Gli ci volle un attimo per capire. «Cristo, Macey, mi dispiace così tanto.» Il mezzo sorriso che gli era salito alle labbra scomparve e un groppo gli strinse la gola. «Stavo per ucciderti.»

Cristo, aveva quasi ucciso *sua figlia.* Era un pensiero orribile di cui non riusciva a liberarsi.

«Non è la prima volta che sfuggo a un tentativo di omicidio, Max. Mi sa che sono fortunata.» Lo guardò e Max fu lieto di leggere compassione nei suoi occhi. «Non potevi prevederlo e al tuo posto, avrei fatto la stessa cosa. Solo che hai una forza portentosa: mi hai trapassato anche da quella distanza.»

«Volevo polverizzare quel bastardo» sibilò fra i denti.

«Anche io.»

«È stato significativo che ci siamo riusciti insieme» disse, azzardando un nuovo sorriso, «e contemporaneamente. Neanche se ci fossimo messi d'accordo!»

«Quante possibilità c'erano?» rispose, poi dopo un attimo chiese: «Che mi dici degli altri? Le ragazze? C'era qualcun altro? Stanno tutti–»

«Le ragazze stanno tutte bene, a parte una. L'uomo che era là dentro, un giornalista di nome Grady, anche lui è ricoverato qui al St. Joe ma sta benino. Sopravvivrà. Quella ragazzina invece… ancora non sappiamo se ce la farà.»

Macey sospirò e cadde il silenzio.

Max sapeva bene che c'erano un sacco di cose che avrebbe dovuto dire, cose che si teneva dentro da troppo tempo, cose sepolte così profondamente nella sua anima, che non ci pensava da oltre dieci anni.

Ma le parole non erano pronte a uscire, così intanto, si rovistò nelle tasche per tirare fuori altra acqua salata benedetta e un altro barattolo di unguento appiccicoso.

«Lo so che grazie alla *vis bulla* guarisci in fretta, ma questi» soggiunse porgendole il tutto, «ti aiuteranno ad accelerare ulteriormente il processo e combattere il dolore.

«Grazie.» Aprì il barattolo e annusò. «Uhm, niente male.» Lasciò ricadere le braccia, sempre stingendo tra le dita il contenitore e il suo coperchio e fissandoli. «Sono felice che tu fossi qui, non so come avrei fatto, da sola.»

Max sentì un calore sbocciargli dentro. «Sei stata fantastica, Macey, fin nei dettagli. C'è stato un momento in cui avrei voluto solo mettermi lì e stare a guardare cos'altro avresti fatto, godendomi lo spettacolo. Sarai un'ottima *Summas* Gardella.»

«Non corriamo troppo, il *Summas* in carica è ancora vivo e vegeto.» Un sorriso le incurvò le labbra, mentre abbassava timidamente lo sguardo. «Grazie, comunque. Detto da te vuol dire molto.»

«Macey» cominciò a parlare fitto fitto, perché sentiva che… ora o mai più. «Vorrei dirti quanto mi dispiace per–»

Ma lei lo fermò con un gesto della mano. «Per favore, Max, non ne parliamo adesso. Io… non voglio. Senti, sono lieta che tu sia venuto qui, perché non so se sarei mai stata in grado di occuparmi di Iscariot da sola, senza neppure Chas e Sebastian. Ma a parte questo… non sono ancora pronta a pensare che tu sei qui anche per altri… motivi. Mi spiego?»

Il calore si spense. «Sta bene. Ho capito.»

Vacci piano. Savina glielo aveva sempre detto, *vacci piano ma prenditi le tue responsabilità.*

Dannazione. Quello non era il genere di cose in cui era bravo, che sapeva comprendere e gestire. Donne… figlie, amanti, castellane… tutte loro, a meno che non avessero le zanne o che non fossero già nel suo letto, e anche in quel caso non era sicuro, per lui non erano che fonte di dolore e confusione. «Vorrei solo che tu sapessi» insistette, testardo, «che rimpiango molto gli ultimi tredici anni.»

Lei lo guardò con gli occhi castani pieni di lacrime. «Anche io.»

TORNARE ALLA CHICAGO DEL 1926, solo poche ore dopo essere partito, gli causò un mal di testa davvero... epocale.

Wayren lo aveva messo in guardia, proponendogli di trascorrere almeno un giorno nella Parigi del secolo precedente, ma lui non aveva voluto. Prima fosse tornato con il teschio e la sua lingua affilata, prima avrebbero potuto distruggere la piramide.

Mentre percorreva la strada che lo riportava al *Silver Chalice*, si sentiva le ginocchia molli e il cervello in pappa, ma niente che un bel bicchiere di ottimo Armagnac non avrebbe curato, pensò con un sorriso, accarezzando la sacca che portava a tracolla e conteneva ben quattro bottiglie di quell'ambrosia. Temple sarebbe stata felicissima, perché gliene avrebbe regalate non due, ma tre.

Aveva anche preso in considerazione l'idea di chiedere in prestito la sacca di Wayren, quella in cui potevi infilare un intera biblioteca senza che risultasse mai voluminosa o pesante, per portarsi via tutta una cassa di Armagnac, ma poi ci aveva ripensato.

«Edizione straordinaria della sera!» gridava un giovane strillone, mentre gli passava accanto. «Leggete tutte le ultime notizie sulle ragazze prese in ostaggio!»

Incuriosito e preoccupato, Chas investì un nichelino in quello che si rivelò essere poco più che un volantino di una sola pagina.

Il titolo, che ne occupava una buona metà, recitava: *Le ragazze sono salve!*

Chas si fermò nel bel mezzo della strada per proseguire a

leggere l'occhiello: *L'emergenza ostaggi presso la* Beedle *si è risolta senza vittime e con i colpevoli morti o arrestati.*

Nella foto accanto si vedevano un gruppetto di poliziotti e tra loro, Max Denton.

Chas imprecò e coprì di corsa la distanza che lo separava dal *Silver Chalice*, le bottiglie che tintinnavano rumorosamente nella sacca. Se Temple era lì, magari sapeva qualcosa in più.

Superò di slancio la colonnina col calice e le scale che portavano al piano interrato, rallentando solo nel vedere la porta socchiusa.

Sentì il collo formicolare, ma era un presentimento diverso da quello della presenza dei non-morti.

Aprì la porta e la sacca gli cadde di mano e con essa le quattro bottiglie di Armagnac, che andarono in mille pezzi.

19

DOVE LA NOSTRA EROINA PERDE COMPLETAMENTE IL CONTROLLO SULLA PROPRIA VITA

oglio andarmene da qui, sto bene» annunciò Macey spezzando l'imbarazzante silenzio che era calato nella sua stanza d'ospedale, che fu poi interrotto di nuovo dall'arrivo di un'infermiera, venuta per controllare i segni vitali e a cambiarle le bende. Rimase molto sorpresa dalla velocità con cui le ferite stavano guarendo (*È sicura che l'abbiano operata solo poche ore fa? È una specie di miracolo!*).

Ma quando la donna si fu richiusa la porta alle spalle, la tensione tornò a permeare l'aria della stanzetta senza finestre.

Max occupava la sedia accanto al letto e sebbene non accennasse ad andarsene, pareva a disagio come un gatto in una vasca da bagno. Sembrava anche a corto di cose da dire. «Se il dottore è d'accordo, non vedo perché tu non possa...»

«Hai sentito cos'ha detto l'infermiera? Non riusciva a credere che stia guarendo così in fretta.» Si mise seduta sul letto. «Vedi? Riesco persino a muovere il braccio, e la spalla quasi non mi fa più male.»

Non che Max avesse il diritto di dirle cosa poteva o non poteva fare, si ripeté Macey: poteva anche essere suo padre, ma lei prendeva da sola le proprie decisioni.

«Mi servono dei vestiti.» Se ne rese improvvisamente conto:

tutti quelli che aveva erano andati distrutti, e non poteva certo andarsene con quel camice aperto sul retro, che le avevano dato in ospedale. «Maledizione.»

Max non ebbe tempo di rispondere perché la porta si spalancò.

«Chas!» esclamò Macey con più calore del dovuto. Era felice di vedere una faccia nuova. «Sei riuscito a recuperare quel– Ma che hai?»

Solo quando fu all'interno della stanza Macey notò quanto fosse serio e sconvolto.

«Vengo adesso dal pub. Si tratta di Temple. È… morta.»

«Che cosa?» Max scattò in piedi e Macey si staccò dai cuscini con un grido di dolore e sorpresa. «Cos'è successo?»

Chas sembrava confuso. Macey lo prese per un braccio e lo fece sedere sul bordo del letto, in attesa di sentire quello che aveva da dire.

«Sono tornato dal mio viaggio e sì, ho ritrovato l'oggetto in questione e l'ho portato via con me.» Si guardò intorno, come ad assicurarsi che nessuno potesse udirlo. «Quando sono andato al *Silver Chalice*, ho trovato la porta socchiusa. Sono entrato e–» Scosse la testa portandosi una mano alla fronte. «Una carneficina. Come quando…» Scosse ancora la testa e parve pericolosamente sul punto di vomitare. «C'erano Temple e un uomo che non ho riconosciuto. Erano entrambi morti. Le hanno sparato e poi l'hanno fatta letteralmente a pezzi. C'era così tanto sangue… come fossero rimasti lì per un po', forse per ore.» Inspirò a fondo. «E come se non bastasse, la Piramide di Rekk è sparita.»

«Sparita?» esalò Macey.

«Lo sportello della cassaforte era aperto e c'erano cocci di bicchieri e bottiglie dappertutto.»

«Temple voleva portare la piramide in quella chiesa. Magari lo aveva già fatto e chiunque sia andato lì per prendersela, non l'ha trovata e si è incazzato.»

Chas fece cenno di no. «È stata la prima cosa che anche io ho pensato… sperato. Ma sono andato alla chiesa per controllare e non c'è.»

Max imprecò fra sé e serrò i pugni. «Chi sapeva che si trovava nel pub? Iscariot e i suoi scagnozzi, ovviamente, ma erano piuttosto impegnati con noi e–»

«Flora» mormorò Macey, la voce roca per il terrore.

La guardarono e all'improvviso capirono.

«Lei non c'era nella scuola. Non l'ho vista da nessuna parte. Muoviamoci.» Si liberò delle coperte senza pensare che aveva le gambe e le cosce scoperte. «Dammi il cappotto» disse a Max. «Non posso uscire vestita così.»

Poi si bloccò. «Chas, la zia Cookie?»

Era ancora scuro in volto ma la rassicurò: «Sta bene. L'ho portata con me in chiesa e poi l'ho messa su un taxi diretto alla stazione. Le ho dato denaro sufficiente per tornare a New Orleans e sistemarsi lì.»

Almeno quello, pensò Macey con un sospiro. Non c'era ragione che qualcuno inseguisse la vecchietta, Flora non l'aveva neppure mai incontrata.

Poco dopo, stavano già correndo lungo il corridoio, diretti all'uscita, quando Max disse: «Ci ritroviamo al pub. Devo fare una cosa, prima.» E si diresse verso un'altra ala dell'ospedale.

«Davvero Temple è morta?» chiese Macey, afferrando Chas per un braccio, le lacrime che le bucavano gli occhi. Come?

L'uomo si limitò a scuotere di nuovo la testa, l'espressione tetra.

ERANO le nove di sera quando raggiunsero il *Siver Chalice*.

«Sta' attenta che sulla porta ci sono quattro bottiglie di brandy rotte. E… non ho chiamato la polizia» la ammonì Chas, aprendo la porta. «Non ancora, volevo che prima tu e Max vedeste…»

Macey entrò e fu travolta dal pungente tanfo di sangue e

morte, mescolato al profumo del brandy. Chas aveva coperto i cadaveri con dei lenzuoli, probabilmente presi dagli appartamenti sul retro.

Macey sentiva gli occhi gonfi di lacrime e il cuore pieno di orrore mentre si inginocchiava vicino al tessuto intriso di sangue che copriva il corpo più piccolo. Lo scostò e si trovò davanti il corpo martoriato di Temple. Non si erano limitati a ucciderla: le avevano sparato al petto, ma poi le avevano strappato la carne in vari punti e aperto l'addome come se avessero usato quattro coltelli. Anche il viso era deturpato dai segni lasciati da lunghi e letali artigli da vampiro.

Non sembrava l'avessero morsa per nutrirsi del suo sangue, era come se avessero voluto solo ucciderla, ma nel modo più brutale e violento possibile.

«Macey.» La voce roca e bassa di Chas veniva dall'altro lato della stanza.

Si alzò, ma prima di allontanarsi da Temple, la ricoprì e mormorò una breve preghiera per la sua amica e mentore. Con le viscere strette in una morsa, si avvicinò a Chas.

«Oh, mio Dio, no.» Il grido le rimase intrappolato nella gola mentre riconosceva l'uomo riverso in quella pozza di sangue rappreso. «Mio Dio. È il dottor Sevin, il dottor Joseph Sevin... lui era... lui e Temple erano... *no*...» L'ultima parola era ridotta a un sussurro.

Si asciugò rabbiosa le lacrime: erano così felici insieme, Temple e il suo affascinante *amico di famiglia*. Non aveva mai visto la sua Comitator così contenta e radiosa come negli ultimi giorni.

«Con lui sono stati più magnanimi» osservò tetro Chas. «Sembra si siano limitati a tagliargli la gola dopo avergli sparato. Invece di...»

«Temple avrà opposto resistenza, magari ha cercato di proteggerlo. Forse hanno usato lui per costringerla a dire loro dove fosse la piramide... o forse... ben altro.» Un brivido orribile le percorse la schiena.

Se aveva ragione e Flora era stata lì… Temple non le era mai andata a genio. Era gelosa dell'amicizia fra Macey e la sua mentore.

Quell'accanimento su di lei, persino sul volto, dava l'idea di qualcosa di personale. Macey fece qualche passo indietro, guardandosi attorno.

Davvero Flora era capace di tanta violenza? La monella pel di carota, così alta e dinoccolata, così buffa e spensierata?

Evidentemente sì: in fondo adesso era un vampiro, una non-morta, un demone senz'anima destinato all'inferno.

Macey scosse la testa, sentendosi uno schifo. *Che cosa ho combinato?*

Se lei e Flora si erano allontanate, era stato a causa della decisione da parte di Macey di seguire la propria vocazione e diventare una Cacciatrice. E dopo aver ottenuto un buon lavoro presso la biblioteca Harper dell'università, aveva spinto Flora a trovare qualcosa di altrettanto stimolante e ben pagato, facendola sentire tanto inadeguata da accettare un lavoro al *Blood Club*, un locale di cabaret frequentato da vampiri.

Era colpa di Macey se Flora si era sentita tanto sola e perduta da farsi facilmente abbindolare dall'offerta di un potente vampiro, il Conte Alvisi, di diventare immortale a sua volta… e tutto per poter competere con lei, o essere altrettanto speciale.

Macey riusciva a malapena a respirare. Sentiva una morsa stringerle le viscere, le mani sudate e la testa improvvisamente leggera.

«Che c'è?» Chas la prese tra le braccia, stringendola forte, come per proteggerla dall'orrore che li circondava e persino dai suoi pensieri.

«Lei odiava Temple» singhiozzò Macey, affondando il viso nella camicia dell'uomo, «a causa mia.»

La porta esterna si aprì e Max entrò, fermandosi alla vista dei cadaveri coperti. «Che Dio abbia misericordia» sospirò, dopo aver guardato sotto il sudario di Temple.

«Non c'è furia all'inferno peggiore di una donna delusa» citò Macey, sollevando il capo dal petto di Chas.

«Credi sia stata la tua amica Flora?»

Macey annuì.

Max imprecò, scuotendo la testa. Poi riposizionò il lenzuolo, si alzò in piedi, osservò la stanza. E imprecò di nuovo.

Quindi, come si fosse improvvisamente ricordato di qualcosa, si voltò verso la porta, indicandola. «C'è una persona che vorrei si unisse a noi, alla nostra squadra. Lo conosco da anni e sa fare un sacco di cose che potrebbero rivelarsi utili.»

Macey si staccò quasi in automatico da Chas, curiosa di vedere chi fosse la persona portata lì da suo padre per aiutarli. Come se Max Denton ne avesse bisogno, d'aiuto... o sì? Si trattava forse di un altro Cacciatore? Uno venuto da Roma?

Quando una figura familiare oltrepassò la soglia, sentì la testa vuotarsi e il viso sbiancare.

«Vi presento un mio vecchio amico conosciuto a Londra, Jameson Grady, ma chiamatelo Grady» lo presentò Max. «Non dite James o Jimmy e neppure Jameson.»

«A meno che non vogliate ordinare del whiskey» disse Grady con un sorrisetto furbo, guardando a turno lei e Chas e salutandoli con un cenno del capo. «Salve.»

La testa di Macey girava e dentro vi vorticavano centinaia di domande. Suo padre conosceva Grady? Grady conosceva suo padre? E da quanto si conoscevano? Che ci faceva lui lì? Com'era possibile?

E come poteva essere già in piedi, dopo quello che aveva subito nella scuola? Anche se, guardandolo meglio, pareva molto pallido e affaticato, un po' impedito nei movimenti, come se cercasse di ignorare il dolore, e si appoggiava al muro.

«... mia figlia Macey.» Max stava proseguendo le presentazioni.

«Oh, la conosco!» rispose Grady. Il cuore di Macey si fermò e le salì in gola, avrebbe voluto dire qualcosa, ma non sapeva cosa, i suoi battiti erano così forti che, per un attimo, credette di svenire.

Che diavolo stava succedendo? Si sentiva come se fosse appena scesa da un giro in giostra durato molte ore, con il mondo che continuava a vorticare.

Ma Grady proseguì: «Ci siamo incontrati sabato sera alla mostra fotografica.» Le rivolse un sorriso affabile ma distaccato, com'era giusto fare con la figlia di un amico.

L'accenno alla mostra le riportò alla mente anche Sabrina Ellison e pensare a lei le dette un'altra stretta al cuore. Proprio quello che ci voleva: ritrovarsi fra i piedi un Grady che aveva già trovato una nuova ragazza.

«Non credo sia opportuno tirare dentro altra gente in questa merda, Denton» intervenne Chas, facendo un passo verso Macey. Era l'unico, oltre a lei, a capire la piega assurda che aveva preso la situazione e Macey era profondamente grata che fosse lì. «Soprattutto un civile. Soprattutto uno che ha subito ferite gravi e si regge a malapena in piedi.»

Il sorriso di Max si fece duro e gelido: era chiaro che il *Summas* non intendeva tollerare obbiezioni. «Davvero? Ebbene, Woodmore, si dà il caso che quando è successo quello che è successo, non c'eri tu bensì Grady. È stato fondamentale per aiutare quelle ragazze a fuggire, oggi. E durante tutto il faccia a faccia con Iscariot» proseguì calmo, «è stato *intrepido* e ha salvato molte vite.»

Macey trasalì e si voltò verso il padre, che le rivolse un brevissimo cenno di assenso. *Non è possibile.* Anche Chas trasalì, altrettanto stupito e sconvolto, ma Macey manco se ne accorse, perché aveva la netta sensazione che il pavimento le franasse sotto i piedi.

Tutto stava cadendo a pezzi, tutto quello che sapeva, in cui credeva e confidava... tutto le appariva confuso.

Com'era possibile? Grady non era neppure un Cacciatore... giusto? Certo che non lo era, l'aveva visto *nudo* e non portava la *vis bulla*.

«Permetti una parola, *padre*?» chiese, atona.

Il sopracciglio di Max si sollevò in un'espressione sardonica ma Macey non sapeva se fosse perché l'aveva chiamato *padre* per la prima volta e con un certo sarcasmo, o per il semplice fatto che osava contraddire il *Summas*. Non lo sapeva e non gliene importava un fico secco.

Tuttavia Max accettò, dimostrando un certo rispetto verso di lei.

«Ma sei impazzito?» lo aggredì non appena furono nel retro del pub. «Trascinare un civile dentro una cosa del genere? Posto che *l'intrepido* sia davvero lui, Iscariot è morto e non ne abbiamo più bisogno.»

«Lo conosco da anni. È bravissimo e–»

«Ma lo siamo anche tu, io e Chas! Non ci serve il suo aiuto! Hai visto cos'ha fatto Flora a Temple?» Le bruciavano gli occhi. Follia. Era pura follia. «Un uomo come lui non ha i mezzi–»

«Quell'uomo oggi è entrato in quella dannata scuola da solo e ne è uscito vivo... ed è stato solo per merito suo» ribatté Max con un gesto perentorio della mano. «Meglio averlo con noi che correre il rischio che faccia qualcosa di avventato di sua iniziativa. Senza contare che è molto bravo con una serie di–»

«Non eri tu che dicevi che dobbiamo ignorare la profezia e fare solo quello che dobbiamo?» La voce le tremava, maledizione, e stava per piangere, lo sentiva.

«Lui lavorerà con noi» decretò Max, col tono di chi vuole l'ultima parola.

Ma porca puttana! Era proprio quella la situazione che aveva disperatamente cercato di evitare, sia per sé, sia per Grady. Anzi, era persino peggio, perché Grady non si ricordava di lei.

Credeva di non conoscerla, eppure era lì, immerso fino al collo in una pericolosa caccia al vampiro.

Merda.

STORIE DI FAMIGLIA E SVENIMENTI

Macey avrebbe quasi preferito dover affrontare di nuovo Iscariot che non la situazione che si andò a creare nelle ore successive.

«Nessuno di noi rimarrà qui» sentenziò Max, riferendosi non solo al *Siver Chalice*, ma anche alle stanze a esso adiacenti. «Questo posto è già stato visitato dai vampiri, per sbaglio, immagino, forse Temple non sapeva che Flora fosse una non-morta e l'ha fatta entrare.»

Macey scosse la testa. «Temple conosceva Flora e non l'avrebbe mai fatta entrare.»

«Sono stato io» bofonchiò Chas. «L'altra volta.»

«Ok» rispose Max, ma non c'era critica nel tono della sua voce. Era invece chiaro quanto Chas si sentisse in colpa: la sua incapacità di opporsi alla vampiressa aveva portato altri guai.

Macey gli prese la mano per stringerla con affetto e si accorse che Grady li guardava. «Aveva calcolato tutto e ha agito proprio mentre noi eravamo impegnati con Iscariot alla *Beedle*.»

«Hanno usato la tecnica del distrarre e confondere, proprio come fanno gli illusionisti e gli escapologi» soggiunse Grady guardando Max.

«Esatto» assentì il *Summas*. «Comunque, abbiamo diversi

buoni motivi per non rimanere qui e Grady si è offerto di ospitarci a casa sua per un po'.»

Macey stava per protestare, una voce dentro di lei gridava *oh no!*, ma il padre la fermò con un'occhiata gelida. «Io alloggio già lì: è un luogo sicurissimo, grande abbastanza per ospitare tutti e dotato di telefono.»

«Macey può dormire nel mio appartamento» si offrì Chas. «È altrettanto sicuro e anche lì c'è il telefono.»

Max si voltò di scatto verso Woodmore. «Voglio Macey vicino a me.»

Chas parve sul punto di ribattere, ma un altro sguardo di Max zittì anche lui, che si limitò a serrare la mascella, in silenzio. Non senza però, avergli lanciato a sua volta un'occhiataccia.

«Scusate se mi intrometto, eh, ma non credete che possa decidere io dove stare?» riuscì a stento a controllare la rabbia che le faceva tremare la voce. «Io–»

«Non ora. Ci sono troppe forze in gioco ed è bene che rimaniamo più uniti possibile.» Max la guardò e fu chiaro che a parlare era il *Summas* e non il padre che s'immischiava nella sua vita amorosa, inesistente peraltro.

Almeno così sperava.

***

Quando i quattro giunsero a casa di Grady era quasi mezzanotte.

Macey non fece in tempo a varcare la soglia di quella casetta accogliente, che un'ondata di ricordi ed emozioni la travolse e dovette sforzarsi di non guardare Grady, nella vana speranza che anche lui rammentasse qualcosa.

Ma sapeva bene che non era così e la cosa fu ancora più chiara quando, qualche istante dopo, entrarono nel soggiorno.

Macey ebbe un tuffo al cuore nel vedere Sabrina Ellison, bellissima anche coi capelli sciolti e senza trucco. Era accoccolata sul divano a leggere una rivista, avvolta in una vestaglia di spugna e con una teiera fumante accanto. Come fosse a casa sua.

Forse lo era.

Oddio.

Macey indugiò sulla porta del soggiorno, combattuta tra il salutarla e il non farsi riconoscere, perché, se l'avesse salutata, poi avrebbe dovuto essere carina e conversare con quella fotografa *più grande* di lei. E di sicuro non voleva vederla accogliere calorosamente Grady…

Non voleva pensare a loro due che salivano su, verso la stessa camera che aveva diviso con Grady, mentre lei dormiva sul divano. Al piano di sotto.

La nausea le risalì lo stomaco di fronte alle immagini generate da quei pensieri e dovette deglutire a fatica per respingere la bile. Come se non ne fossero già successe abbastanza quel giorno…

Sarebbe dovuta rimanere in quel cazzo di ospedale. O da qualsiasi altra parte che non fosse casa di Grady.

Qualsiasi altra parte: persino al cospetto di quel demone di Iscariot si sarebbe sentita meglio, perché almeno, in quel caso, avrebbe potuto combattere, agire.

«Macey.» A tirarla fuori da quel vortice di pensieri, facendola sussultare, fu la voce di Max, che suonò strana, quasi nervosa.

Maccy si voltò verso il padre e vide che Sabrina si era alzata in piedi e la guardava con aria strana, a metà tra l'incertezza e l'impazienza.

«Questa è la mia… ehm… è Savina Eleiasa» la presentò Max.

Fu a quel punto che notò che *suo padre teneva la mano della donna tra le sue*, e non poté fare a meno di voltarsi verso Grady per studiarne la reazione: ma lui era andato in cucina a recuperare la bottiglia di whiskey che teneva sotto le assi del pavimento. Non si era accorto di niente o non gliene importava.

«Tu mi conosci come Sabrina Ellison» specificò la fotografa, avvicinandosi a Macey con un sorriso incoraggiante. «È un piacere conoscerti… di nuovo.»

«Quindi vi eravate già incontrate» disse Max, lo sguardo che andava dall'una all'altra, a disagio tanto quanto Macey era confusa.

«Sì, certo, alla mostra» spiegò Sabrina, Savina o come diavolo si chiamava. Gli lanciò uno sguardo intenso e gli dette una pacca sulla mano come a confortarlo. «Tranquillo, Max, è tutto a posto. Non abbiamo affatto parlato di te. Non ancora.»

Il cervello di Macey stava iniziando lentamente a fare due più due. Sbatté le palpebre mentre le cose cominciavano a chiarirsi e sussultò di nuovo quando, all'improvviso, Grady si materializzò al suo fianco porgendole un bicchierino di whiskey. Prima che potesse ringraziarlo, era già andato da Chas per offrire un bicchiere anche a lui, quindi era tornato in cucina a recuperarne altri due per Max e la fotografa.

«Dopo la giornata di oggi, direi che ci voleva qualcosa di un po' più forte del tè» fu il superfluo commento del padrone di casa.

Macey sorseggiò il forte liquido ambrato, una gradita scusa per non parlare. Le cose avevano molto più senso, adesso: Max aveva detto di alloggiare lì e probabilmente lo stesso valeva per Sabrina o come si chiamava. Il che spiegava anche perché stesse scendendo le scale in vestaglia quando, il giorno prima, Macey aveva bussato al portone di Grady.

Buon Dio… era accaduto soltanto il giorno prima? Sembrava fossero passati dieci anni.

«Non ti piace, amico?» chiese Grady a Chas, che aveva appoggiato il proprio bicchiere sul tavolo.

«No, no. È che al momento, non mi va di bere.»

Macey si girò di scatto verso Chas: non l'aveva mai sentito dire che non gli andava di bere, diciamo piuttosto che di solito era il primo chiedere il secondo giro.

«Non ho alcun motivo per rimanere qui. Ti ringrazio per l'invito, Grady, ma mi sembra che siate un po' stretti e io ho il mio bell'appartamento» concluse guardando Max, quasi sfidandolo a ribattere.

Max, in piedi accanto alla sua… qualsiasi cosa fosse Sabrina per lui, si limitò a fare spallucce. «Fa' pure.»

A quanto pareva, non gli importava poi molto che fossero *tutti insieme*, quanto piuttosto avere con sé sua figlia. Macey digrignò i denti, ben decisa a non farsi trattare come una bambina o come una donnicciola.

«Accomodatevi, prego» li invitò Grady, mentre Chas recuperava cappotto e cappello.

«A dire il vero, vorrei andare a letto» disse Macey, finendo il proprio whiskey. Almeno non avrebbe dovuto pensare a Grady e Sabrina\Savina insieme, né preoccuparsi di poterli sentire.

Solo che ora doveva cercare di *non* pensare neppure a quella bella quarantenne insieme a suo padre… e per quanto ancora non riuscisse a vedere davvero Max come il suo papà, ciò non toglieva che lo fosse.

Cavolo.

«Spero non vi dispiaccia se abbandono il gruppo» disse guardando il divano e sforzandosi intanto di far sembrare che non avesse idea di dove avrebbe dormito perché non era mai stata in quella casa.

Ma come cazzo era venuto in mente a Max di raggruppare tutti quanti lì?

«Avrai certo bisogno di riposo» intervenne Sabrina, passando il proprio bicchiere a Max, «dopo una giornata come quella di oggi! Tutti quanti dovreste riposare» soggiunse rivolgendo all'uomo un sorriso piuttosto gelido. «Accompagno su Macey e la faccio sistemare.» Si voltò verso di lei: «Divideremo la stanza. Spero non ti dispiaccia, ma purtroppo c'è una sola camera da letto. Max può dormire per terra, tanto c'è abituato.» Lanciò al Cacciatore un'occhiata eloquente, lui sembrò sul punto di ribattere ma poi si limitò a tracannare ciò che rimaneva del whiskey di lei. «Anche tu devi riposare, Grady, quindi prenditi il divano. Sei così pallido…»

Quasi senza rendersene conto, Macey si ritrovò su, sempre fingendo di non sapere dove andare né dove fosse il bagno, con Sabrina che andava di qua e di là sistemando coperte e cuscini.

«Mi scusi» la richiamò Macey, costringendola a fermarsi un attimo.

«Sì?» Sabrina la guardò con quella stessa espressione curiosa e diffidente al contempo, mentre stringeva tra le mani un guanciale.

«Io… ecco… stiamo per dormire nello stesso letto eppure non so come chiamarla… se signorina Ellison o Elei… non ho ben capito il suo cognome.»

Sul suo volto si allargò un sorriso bellissimo. «Mi devi dare del tu e chiamarmi semplicemente Savina, è questo il mio vero nome. Sabrina Ellison è solo uno pseudonimo… la mia copertura quando sono in missione… beh, per i Cacciatori.»

«Tu lavori per i Cacciatori? Cioè sei una Cacciatrice?» chiese Macey, lasciandosi ricadere sulla sedia in un angolo.

Quella sì che era una sorpresa. Le uniche Cacciatrici donne di cui aveva sentito parlare, per quanto la sua conoscenza della storia dei Cacciatori fosse a dir poco lacunosa, erano sue parenti, eredi dirette della stirpe dei Gardella ed erano morte da tempo. Come dire che se Savina era una Cacciatrice, era probabilmente una sua zia o cugina.

«No, non sono una Cacciatrice, ma sono cresciuta in mezzo a loro. Conosco tuo padre fin da quando ero una ragazzina, perché mio padre lavorava a Roma al Consilium prima di… morire.» Per un attimo si adombrò.

«Capito.» Macey stava facendo del suo meglio per incamerare tutte quelle interessanti e sorprendenti novità, ma aveva avuto una giornata letteralmente infernale. Un po' per quello, un po' per il bicchiere di whiskey, la sua mente vacillava.

Savina poggiò il guanciale sul letto, sprimacciandolo. «Vai pure a darti una rinfrescata e a cambiarti, ho visto che ti sei portata la camicia da notte. Dopo posso cambiarti le fasciature e parliamo un altro po'. Sono certa che hai un sacco di domande e io sarò contenta di risponderti, per quanto potrò.

Fu solo quando arrivò ad asciugarsi il viso, di là nel bagno, che Macey rammentò la foto che aveva catturato la sua attenzione alla mostra. Cos'è che le aveva detto Savina in quell'occasione?

Per scattarla ho corso un pericolo mortale come col cobra, perché il soggetto è ancora più pericoloso e non si è accorto che lo stavo fotografando.

Macey si bloccò: si riferiva a Max. Fissando il vuoto riappese la salvietta al portasciugamani. Savina poi le aveva chiesto *Hai mai amato un uomo che era più sicuro non amare?*

Certo parlava di nuovo di suo padre.

Sapeva che lei era sua figlia? Se loro due erano... qualsiasi cosa fossero... di certo Savina sapeva di Macey. Era per questo che l'aveva cercata e le aveva parlato in modo tanto confidenziale?

Sospirò: non c'era altro da fare che chiederglielo, dato che sembrava intenzionata a risponderle.

«Diamo un'occhiata alle bende» le disse Savina, non appena rientrò nella camera, la stessa in cui aveva fatto l'amore con Grady. Cercava di non ripensare a quel giorno, ma era pressoché impossibile. Il solo fatto di trovarsi lì, vedere le sue cose le faceva tornare in mente il modo in cui l'aveva adagiata sul letto e si era poi inginocchiato di fronte a lei...

Quel giorno aveva commesso un grosso errore. O forse no? Se l'era chiesto molte volte da allora... quel giorno non aveva pensato che, vedendola nuda, Grady avrebbe realizzato che i suoi sospetti sul fatto che lei fosse una cacciatrice di vampiri, e che quindi quelle creature esistessero, erano fondati? Che metterlo a parte del suo segreto più grande avrebbe cambiato per sempre le cose tra loro?

Confessò a se stessa che sì, ci aveva pensato e aveva lasciato comunque che accadesse.

La reazione di Grady alla vista della *vis bulla* che le pendeva dall'ombelico era stata stupenda e... giusta. Ne era rimasto affascinato ma affatto intimidito, le aveva persino chiesto quanto quell'amuleto la rendesse forte e lei gli aveva risposto *potrei scaraventarti dall'altro lato della stanza.*

Lui non aveva fatto una piega, anzi le aveva rivolto un lunghissimo, dolcissimo sorriso e poi si era inginocchiato e le si era avventato addosso, l'aveva baciata, l'aveva presa, beandosi di lei, dimostrandole quanto l'amava. Quanto amava *tutto* di lei.

Dannazione. Quanto era stata cretina.

«Ti ho fatto male?» Savina smise di fare quello che stava facendo e la guardò preoccupata.

«No, no, sono solo un po' dolorante, ma credo sia un miracolo, con quello che ho passato. Anzi, grazie» rispose, sbattendo le palpebre per ricacciare indietro le lacrime.

«Max me lo ha raccontato. Era sconvolto. Sa che ti ha quasi– Ma, grazie al cielo, guarirai presto. Certo che sarebbe stato proprio uno scherzo crudele… impalare la propria figlia il giorno seguente a quello in cui l'ha ritrovata, dopo tredici anni…»

Pur sentendosi triste, Macey non poté fare a meno di ridere. «Questo episodio sarebbe certo finito negli annali dei Cacciatori… povero Max! Sarebbe passato alla storia in un modo un po' diverso dal suo omonimo Max Pesaro…»

Savina sorrise a sua volta e poi sospirò, con occhi sognanti: «Ah, Max Pesaro! Basta pronunciare il suo nome in presenza di qualunque donna conosca la storia dei Cacciatori e quella sviene o va in fibrillazione.»

Macey rise ancora. «Davvero?»

«Oh, era un bel tipino. Arrogante da morire, voleva sempre aver ragione su tutto, anche se, a quel che si dice, Victoria era piuttosto brava a tenergli testa… per lui tutto era o bianco o nero ed era la persona più sincera, fiera e leale di questo mondo. Ed è stato un grandissimo Cacciatore, capace persino di levitare!»

«Impossibile!» esclamò Macey, ma era intrigata da quella storia.

«No, no. Si tratta di un'antica tecnica di lotta cinese chiamata *qi gong* che lui padroneggiava.» Savina arrossì. «Sono cresciuta ascoltando storie su di lui, Victoria, Sebastian Vioget, Lady Cat e Andreas… ma Max Pesaro mi ha sempre affascinato più di tutti.

Nella mia mente è una specie di eroe perfetto, il mio capitano Noel Chavasse...»

«Ma era severo e arrogante.» Macey aveva sentito tante volte Sebastian criticare il suo bis-bis nonno per sapere quanto fosse pieno di pecche e idiosincrasie, ed era illuminante sentire anche un'altra campana. «E chi erano Lady Cat e Andreas?»

«Certo, Max Pesaro aveva i suoi difetti, nessuno lo nega. Ma aveva un cuore morbido e dolce come zucchero filato, quando si trattava di sua moglie e delle figlie. Non ha mai avuto un erede maschio, sai? Solo femmine. Una volta Bellitano, che è il *Summas* reggente presso il Consilium perché tuo padre... beh, è stato preso da altro... comunque, una volta lo sentii dire che Victoria Gardella andava dicendo che gli stava bene, a Max, di aver avuto solo figlie femmine, perché aveva un gran bisogno di imparare a trattare con le donne forti.»

Macey la guardava sbattendo le palpebre e desiderando disperatamente di non essere così stanca, perché quelle storie erano davvero appassionanti, era un lato della sua famiglia e del mondo dei Cacciatori di cui nessuno le aveva mai parlato. Savina le mostrava una prospettiva assai diversa, e molto più interessante, rispetto al cinico Sebastian o al sarcastico Chas.

Quanto a Temple, che Iddio avesse pietà della sua anima, si era concentrata sull'insegnarle a combattere e a difendersi, passandole informazioni su tutto ciò che sapeva sui non-morti, i loro poteri e le loro debolezze. Ma non le aveva mai raccontato quel genere di pettegolezzi.

«E chi erano Lady Cat e Andreas?» domandò di nuovo, desiderosa di estraniarsi ancora un po' dalla realtà. Ne aveva avuta anche troppa di realtà per quel giorno...

Finito che ebbe di sistemarle le bende, Savina si accoccolò ai piedi del letto, appoggiandosi a un mucchietto di cuscini. «Lady Catherine Gardella. È da lei che vengono i capelli rossi nella tua famiglia... li aveva anche Isabella Pesaro, sai, la figlia minore di Max. Comunque, Cat viveva alla corte dei Tudor, ai tempi della regina Elisabetta. Non so come facesse a combattere indossando gorgiere, bustini e crinoline, peraltro non so neppure come facessero soltanto a camminarci o a passare dalle porte… fatto sta che era fiera e focosa come il colore dei suoi capelli. E Andreas…» sospirò. «È il mio secondo Cacciatore da svenimento. Un uomo molto misterioso… pensa che all'inizio Lady Cat non conosceva neppure la sua vera identità!»

Macey si appoggiò alla testiera e ai cuscini, lottando per rimanere sveglia e ascoltare tutte le storie che Savina aveva in serbo. «Anche Andreas era un Cacciatore?»

«In un certo senso» rispose Savina con un sorriso furbetto. «Pare che quella di Cat e Andreas sia una storia piuttosto drammatica, sullo sfondo della corte elisabettiana… Dovrei dire a Paolo di raccontartela–» Si interruppe. «Sei stanchissima, devo lasciarti dormire.»

Macey non si oppose perché le si chiudevano gli occhi e si sentiva esausta e acciaccata.

Ma proprio quando stava per sdraiarsi e abbandonarsi al sonno, spalancò gli occhi. «Quella foto alla mostra… quell'uomo era mio padre, vero?»

Savina non esitò. «Secondo me l'hai percepito in qualche modo… sennò perché l'avresti trovata così speciale?»

Macey annuì. Poi la guardò. «Il titolo era *Una lettera a lungo rimandata*. Perché?»

«Credo tu sappia anche questo.»

Annuì di nuovo, la testa che sfregava sul guanciale. Già, aveva decifrato abbastanza la lettera da capire che poteva… che *c'era* scritto il suo nome.

Mia carissima Macey…

«Però io non ho mai ricevuto una lettera da parte sua.» La rabbia, che ancora covava, tornò a vibrarle dentro. «Non l'ha mai spedita.»

«L'ha fatto. Ne ha mandate diverse, in effetti. Solo che non ti sono mai state consegnate. Dovrei lasciare che sia lui a dirtelo, a dire il vero, ma… visto che siamo entrate nel discorso… è colpa di Al Capone. Non te le ha mai date.»

«Che c'entra Capone?» D'improvviso era ben sveglia e furibonda. «Perché mai mio padre si è fidato di uno come lui?»

«Alphonse è... o meglio *era* un Cacciatore e Max è il suo *Summas*. Perché non avrebbe dovuto fidarsi?»

Macey si lasciò ricadere sui cuscini: conosceva Capone abbastanza bene da capire cosa fosse andato storto. E ora comprendeva anche perché suo padre avesse sentito il dovere di fargli visita. Se il gangster aveva deciso, per qualche assurdo motivo, di non fare qualcosa che il *Summas* gli aveva richiesto, come consegnare una lettera a sua figlia, quella era una ragione più che sufficiente per una bella ramanzina o per qualcosa di peggio.

«Non sto cercando di difendere tuo padre, Macey. Sapessi quante volte gli ho ripetuto che è un pessimo genitore, un codardo.» Con uno sbuffo simile a una mezza risata, Macey si disse d'accordo. «E uno stronzo, a volte. Ma è il più coraggioso, letale e intelligente cacciatore di vampiri del mondo. Ha sacrificato la sua vita, e non solo, dedicandosi alla difesa dei mortali e alla guerra ai non-morti. Senza di lui... beh, il mondo potrebbe essere un posto ancora più pericoloso. Ma certo non è perfetto, nessuno di noi lo è.» Sembrava parlare tanto a se stessa quanto a Macey.

«Sei sua moglie?»

Una risatina amara. «No.» Si alzò dal fondo del letto e portò il proprio cuscino vicino alla testata, come fosse intenzionata a mettersi a dormire. O forse solo per evitare di rispondere. «Non credo abbia in programma di risposarsi. E a me non importa. Ha già tante cose a cui pensare.»

Ma Macey non le credette: c'era qualcosa nella voce e negli occhi di quella donna che tradiva un dolore profondo.

«Alla mostra, quando mi hai chiesto se avevo mai amato qualcuno che era più sicuro non amare... ti riferivi a lui, immagino.»

Savina sospirò e fece una pausa, scostò le lenzuola sul suo lato e s'infilò a letto. «Certo.» Poi lanciò uno sguardo penetrante a Macey. «Hai risposto di sì.»

All'improvviso, Macey trovò il ricamo a punto nodini del copriletto particolarmente interessante. «Già.»

«Chas Woodmore?»

Macey alzò la testa. «No, non si tratta di lui.»

Savina parve sollevata. «Credo sia un bene. Mi sembra un tipo incasinato quanto Max Denton.»

«Sì, anche se siamo molto… intimi. Per quanto lo si possa essere con lui» concluse, con una risatina amara.

«Eh sì, sembra un tipo un po' malinconico.» Savina si coprì e si voltò verso Macey. «Grady è stato molto gentile a lasciarci il suo letto. È un uomo eccezionale.»

Macey annuì, ma poi si ricordò che, in teoria, non avrebbe dovuto conoscerlo abbastanza da poterlo affermare. «Io… sai quando vi ho visti insieme alla mostra credevo foste… insomma…» Fece spallucce e un mezzo sorriso.

«Non solo tu» sbuffò, scuotendo la testa. «Ma no, affatto. Per me c'è solo tuo padre, Macey. Non ci sarà mai nessun altro, qualsiasi cosa accada.»

Una dolorosa fitta di rimorso colse Macey di sorpresa e fece preoccupare Savina. «Ti fa male qualcosa? Vuoi ancora un po' di quell'unguento appiccicoso?»

«No, non è quello. È che…»

Socchiuse gli occhi. Era stata a tanto così da raccontare tutto a Savina ma no, non era una buona idea. Lei era gentile e simpatica e sembrava sincera… ma a cosa sarebbe servito dirle di Grady?

«Buonanotte, Savina. È stato… piacevole parlare con te.»

«Anche per me. Sono tanto tanto felice di averti incontrata… finalmente.»

Macey chiuse gli occhi, ma i pensieri la tormentavano più del dolore fisico.

L'indomani avrebbe dovuto fare di nuovo i conti con la realtà di un mondo in cui quella che un tempo era stata la sua migliore amica, aveva brutalmente ucciso due persone e rubato uno dei manufatti più maligni e potenti al mondo.

Sogni d'oro, Macey, si augurò.

IN CUI IL SUMMAS SI BECCA UNA BELLA LAVATA DI CAPO

Macey e Savina andarono su e Woodmore augurò loro la buonanotte, mentre Max e Grady finivano il loro whiskey.

L'irlandese era pallido e sembrava febbricitante, e Max si rese conto di essere stato un pazzo a pretendere così tanto da uno che non era un Cacciatore dotato di *vis bulla* e neppure un Comitator. Non aveva gli stessi poteri e poche ore prima, aveva letteralmente visto la morte in faccia.

«Esco» annunciò all'improvviso: se si sbrigava, poteva raggiungere Woodmore. L'orrore della carneficina al *Silver Chalice* gli aveva quasi fatto dimenticare il messaggio che doveva riferirgli. «Potrei non tornare fino a domattina.»

Uscì senza lasciare a Grady il tempo di fargli domande, e si avviò rapido verso la direzione che, in teoria, il collega doveva aver preso se davvero stava tornando a casa sua.

Scorse quasi subito la figura dalle spalle larghe, perché l'uomo procedeva lentamente, come perso nei propri pensieri, anziché camminare svelto verso una meta precisa.

«Woodmore» lo chiamò mentre gli si avvicinava: con tutto quello che aveva già passato quel giorno, non gli andava di doversi pure difendere da un Cacciatore che veniva sorpreso alle spalle.

«Denton. Avevo capito che saresti rimasto a casa stanotte, *tutti insieme.*»

Il tono sarcastico fece irritare Max. «Ho un messaggio per te, se vuoi sentirlo.»

«Non lo so. Dovrei?»

Max digrignò i denti. Gli venne quasi voglia di menarlo, quel bastardo: quello non aveva alcun diritto di toccare sua figlia in quel modo, e certo non aveva il diritto di essere tanto maligno e pungente solo perché, da buon padre, aveva rovinato i loro piani per una seratina romantica. Macey aveva bisogno di un po' di riposo, porca puttana.

E Chas Woodmore non era un bene per nessuno, almeno non per una donna. Era decisamente troppo bello, da togliere il fiato: a Max non era certo sfuggito che anche Savina lo avesse notato. Anzi lo aveva molto più che notato, a giudicare dal modo in cui i suoi occhi avevano scrutato da capo a piedi il suo corpo da zingaro, scuro e muscoloso.

Sua figlia non avrebbe potuto essere attratta da qualcuno di diverso? Magari un tipo come Grady. Gentile, divertente, pieno di virtù e abbastanza educato, a parte quel suo viziaccio di ficcare le abili mani in tasca alle persone. Ma, quantomeno, lui e il suo vecchio amico avevano lo stesso punto di vista su svariate cose.

«Allora?» incalzò Woodmore.

Non si era fermato, anzi, aveva accelerato il passo, costringendo Max a seguirlo lungo il bordo del marciapiede, che non era ampio abbastanza per due persone, e a scansare ora un cespuglio, ora un albero, ora una cassetta della posta o un altro ostacolo lungo la via. Questo non contribuì ad aumentare la sua simpatia verso il collega, specie quando, a causa del buio, inciampò in una radice rischiando di cadere.

Fanculo.

«Prima di tutto» disse Max, perdendo la pazienza. «Hai una storia con mia figlia?»

Woodmore sbuffò: «E che te ne frega?»

«Rispondi e basta e risparmiati i commenti, se non ti dispiace. Forse a te la cosa non piacerà, cazzo, forse non piace neppure a lei... ma non solo sono suo padre, sono anche il *Summas*. Devo saperle queste cose. Lei è un'erede legittima dei Cacciatori.»

«Non abbiamo una storia.»

Max si sentì immediatamente sollevato, ma poi la rabbia tornò: «E allora che cazzo ci facevano le tue manacce sul suo vestito?»

Woodmore lo guardò malissimo. «Continuo a non vedere come questi possano essere affari tuoi, visto che sei tanto un padre, quanto un *Summas,* di nome ma non di fatto.»

Max serrò la mascella e sentì uno scricchiolio in bocca: sperò di non essersi spezzato un dente, maledetta super forza dei Cacciatori. «Forse io e le mei decisioni non ti andiamo a genio, ma me ne sbatto. Voglio solo sapere mia figlia felice e al sicuro–»

«E allora dove cazzo sei stato per tredici anni? Lei pensava, come tutti noi, che fossi *morto*. E perché diamine l'hai portata a casa di Grady stanotte?» Si bloccò, voltandosi verso Max, che si fermò giusto in tempo per non sbattergli contro.

«Che intendi?»

«È innamorata di lui, coglione borioso che non sei altro. È per questo che volevo portarla da me stanotte. Solo per questo. L'ultima cosa che le serviva ora era altra sofferenza.»

«Ma cosa vai farneticando? Non si erano mai visti prima, tranne alla mostra.»

Woodmore scosse il capo. «Ti sbagli. Si conoscevano. Ma lei ha chiesto a Wayren di usare il disco d'oro per cancellargli i ricordi di loro due. Tale padre, tale figlia» soggiunse sprezzante. «Giocate a fare Dio e prendete decisioni anche per gli altri, solo per semplificarvi la vita.»

Max avrebbe tanto voluto assestargli un bel pugno in faccia, e lo avrebbe fatto se non avesse ritenuto di aver bisogno dell'uomo che aveva recuperato la lingua del teschio dagli occhi di rubino.

«Per questa volta non punirò la tua impudenza» sentenziò

Max, e l'altro sbuffò ancora. Quando strinse di nuovo i denti, il *Summas* pensò di essersene davvero spezzato uno, ma proseguì: «Perché apprezzo che tu me l'abbia detto».

E mentre le pronunciava, comprese il vero significato di quelle parole. Ora avrebbe dovuto avercela con Grady… e invece, maledizione, quel tipo gli piaceva.

Ma Macey gli aveva alterato la memoria e quindi Grady non ricordava niente della loro storia.

Ottimo.

«Qual era il messaggio, Denton?» chiese Woodmore riprendendo a camminare.

«Giusto. Te lo manda Bell dal Consilium. Cezar Moldavi è scappato dalla sua prigione in Siberia e nessuno sa dove sia andato.»

Adesso fu il turno di Chas di vacillare. «Impossibile. L'abbiamo progettata insieme, io, Narcise e Cale. È impenetrabile e Moldavi c'è rimasto dentro per più di un secolo… come ha fatto a scappare?»

«Ti capisco, ma i fatti stanno così. È scappato. E siccome sei quello che lo conosce meglio, il compito di ritrovarlo è affidato a te.»

Woodmore imprecò, ma fece cenno di sì. «Bene. Andrò in Siberia.»

«Prima vorrei che finissimo qui» disse Max e fu molto sollevato quando l'altro accettò: aveva bisogno di tutto l'aiuto possibile, finché non si fossero liberati della pericolosa ex amica di Macey.

CON MOLTA FATICA, Macey si tirò fuori da quel sogno e rimase sdraiata, debole, ansante, madida di sudore e con il cuore che le martellava nel petto.

Le occorse un attimo per raccapezzarsi e capire dove si trovasse, chi era la persona che dormiva al suo fianco… poi finalmente il terrore dell'incubo scomparve e al suo posto rimase solo un acuto rimpianto.

Avrebbe dovuto esserci Grady lì accanto a lei.

Rimase a fissare il soffitto per un po', conscia delle fitte di dolore e delle proteste del suo corpo che, neanche ventiquattro ore prima, aveva subito orribili torture. Era più facile concentrarsi sul dolore fisico, che non pensare alla sua ex amica che aveva fatto a pezzi due persone, e al suo ex ragazzo che dormiva al piano di sotto.

Fra le miriadi di emozioni che la facevano sentire triste e confusa, tuttavia, fu il suo stomaco a farsi sentire. In effetti non ricordava neppure quand'era stata l'ultima volta che aveva mangiato qualcosa, forse una brodaglia in ospedale? Quando lo stomaco muggì per la seconda volta, sgusciò fuori dalle coperte e poggiò i piedi a terra.

Savina dormiva della grossa e non si mosse neppure mentre Macey scendeva silenziosa per le scale. Un'occhiata al divano le disse che anche Grady dormiva ancora, una figura lunga e massiccia coperta da un lenzuolo. Non vide suo padre, né per terra né su una sedia e le venne da chiedersi dove si fosse sistemato, ma poi accantonò il pensiero con un'alzata di spalle.

Max sapeva il fatto suo, almeno quando si trattava di dare la caccia ai vampiri.

Macey si avventurò nell'oscurità, rischiarata solo dalla luce dei lampioni che filtrava dalla finestra e riuscì a scovare un pacchetto di cracker. Fece una smorfia quando l'incarto scricchiolò e di nuovo quando il bicchiere, che aveva recuperato da un mobile, tintinnò. La pompa del lavello gemette e poi produsse una leggera vibrazione mentre l'acqua scorreva dal rubinetto, ma alle orecchie di Macey parve il rumore di un elefante che si trascinava per la stanza.

La casa rimase tuttavia immobile e silenziosa e dopo qualche istante, Macey tornò a respirare normalmente. In piedi vicino alla finestra, osservava il parco giochi di fronte. Le altalene pendevano, vuote e ferme, e le foglie degli alberi si cominciavano a intravedere appena contro il cielo grigio scuro. L'alba incombeva e con essa un nuovo giorno di sfide e lotte.

Sfiorò col dito le croci d'argento intarsiate sul davanzale mentre masticava i cracker duri. Erano rinsecchiti e sapevano di polvere e riuscì a mandarli giù solo accompagnandoli con dell'acqua. Ma al suo stomaco brontolone andava bene lo stesso.

«Trovato quello che cercavi?»

Il bicchiere rischiò di caderle di mano mentre si voltava verso Grady. «Sì. Scusami. Non volevo svegliarti.» Aveva il cuore in gola, nessun cracker sarebbe più andato giù e si sentiva come se qualcuno stesse ballando il charleston nel suo stomaco.

Avvolto dalla luce che veniva dalla strada, appariva ancora scarmigliato e mezzo addormentato. I capelli scuri erano sparati in tutte le direzioni e un ricciolo gli ricadeva sulla fronte. Gli occhi rimanevano in ombra, mento e guance erano ricoperti dalla barba che iniziava a spuntare e sembrava brillare nella penombra. Indossava una maglietta sottile, che sottolineava i muscoli torniti del petto e le spalle larghe, ma lasciava anche intravedere le voluminose fasciature che coprivano le ferite più gravi. I piedi, sottili ed eleganti, spuntavano nudi dagli ampi pantaloni del pigiama.

«Non mi hai svegliato.»

Non aggiunse altro e Macey non poté fare a meno di cercare il suo sguardo nel buio, nella speranza di… sperava di scorgere un qualche segnale di riconoscimento, un collegamento, qualcosa che le dicesse…

Che le dicesse cosa? Che non gli aveva fatto niente di orribile? Che per qualche strano motivo il disco d'oro di Wayren non aveva funzionato?

Che l'amava ancora?

Deglutì a fatica e accennò al pacchetto di cracker. «Spero non ti dispiaccia, avevo fame.»

«No, no…»

«Beh, allora… buona notte.» Ma lui non si spostò dalla porta per farla passare quindi Macey soggiunse: «Chiedo scusa» e fece per superarlo.

«No.» disse Grady, afferrandole il polso con le dita forti, facendola fermare in quello spazio angusto, proprio accanto a lui. Era così vicino… vicinissimo… così caldo e con quel profumo così buono e familiare. Il cuore di Macey galoppava come un cavallo imbizzarrito e sentiva lo stomaco pieno delle proverbiali farfalle.

«Non posso farlo, Macey» sussurrò, con la voce che si era fatta dura e gelida. «Non posso scusarti. Non posso *perdonarti*.»

Macey trasalì e sentì lo stomaco sprofondare, mentre sollevava lo sguardo verso di lui. La luce dei lampioni faceva brillare gli occhi blu, accusatori e arrabbiati, e illuminava l'espressione dura sul suo volto.

Lui la conosceva.

La conosceva.

Oddio… la testa le girava e la nausea le stringeva la gola.

Oh, Grady.

Macey avrebbe voluto parlare o anche solo deglutire, ma lui mollò la presa di scatto e si voltò verso la finestra, dandole la schiena, ampia e tesa.

Disperata, Macey allungò la mano e gliela poggiò sulla spalla. Grady si irrigidì e lei avvertì una leggera vibrazione sotto le dita, oltre al solido calore della sua pelle… e capì che una persona poteva davvero vibrare di rabbia e dolore.

«Io sono qui e tu sei qui, solo perché me lo ha chiesto Max» proseguì sempre con quell'orribile voce di ghiaccio e il corpo rigido come l'acciaio. «Solo per questo.»

Macey si ritrasse, il braccio le ricadde lungo il fianco e lo stomaco fece un'altra capriola.

«Ma non temere» continuò, «quando non avrà più bisogno di me, le cose torneranno a essere come vuoi tu. Come se non ci fossimo mai incontrati.»

«Grady» sussurrò, sorreggendosi al bancone della cucina perché le ginocchia le cedevano.

«Buonanotte Macey.»

Ma suonò come un addio.

La gola le bruciava e anche gli occhi, pieni di calde lacrime d'angoscia. Si voltò e quasi corse su per le scale.

Aveva voluto la bicicletta? Ora doveva pedalare.

COSA CI SI ASPETTA DA UN AMICO

*S*avina era a conoscenza di un segreto che, lo sapeva, avrebbe fatto agitare non poche persone. Non sapeva quando e come sarebbe venuto fuori, non sapeva neppure *se* sarebbe mai venuto fuori e dunque, al momento, non poteva far altro che covarlo e aspettare, come una chioccia col suo uovo.

E considerando il fatto che ora la Piramide di Rekk era nelle mani dei non-morti, era meglio aspettare per quello, che non per le cose terribili che sarebbero potute piovere su Chicago.

Quando si svegliò, Macey dormiva profondamente al suo fianco. Il sole illuminava la stanza e quando controllò l'orologio, si accorse che erano quasi le undici. Per Savina era un po' tardi, ma era felice che quella povera ragazza si fosse goduta un po' del meritato riposo di cui aveva bisogno. Con i suoi geni da Cacciatrice e i trattamenti usati da Max, il giorno seguente, sarebbe stata come nuova.

Savina sgusciò silenziosamente fuori dal letto per non svegliarla e si rammentò di prendere la vestaglia da mettere sopra alla leggerissima camicia da notte, per uscire dalla stanza. Quando fu nel corridoio, per un pelo non andò a sbattere contro Max, che usciva dal bagno.

Si era appena fatto la doccia ma non si era ancora rasato.

Ed era coperto solo da un asciugamano.

Era sempre un po' arrabbiata con lui e aveva mantenuto le distanze: certo, fra loro c'era qualche problema ma... come aveva potuto pensare, anche per *un solo minuto* che lei e Grady fossero... beh, qualsiasi cosa avesse pensato.

Però trovarselo lì, in quel corridoietto angusto, pulito e bagnato, i muscoli in bella mostra e quel profumino fresco e stuzzicante... senza contare l'aria tronfia e arrogante e quell'affascinante pizzico di diffidenza...

Persino avvolto in un semplice asciugamano, con gli occhi stanchi, segnati da pesanti occhiaie e il corpo cosparso di morsi e cicatrici, pareva pronto a conquistare il mondo, anche con una mano sola.

Ma dannazione, era anche per quello che si era innamorata di quel maledetto cretino, no? Per *quello* che faceva e per *come* lo faceva, e perché, mentre lo faceva, era così maledettamente bello e affascinante da star male.

«Buongiorno» bofonchiò, accarezzandola con lo sguardo.

Savina sentì ogni sua zona erogena mettersi sull'attenti, calda e vibrante di passione. *Accidenti a loro.*

«Spero tu abbia dormito bene» soggiunse, ma il sottotesto era *avresti dormito meglio insieme a me.*

Era vero maledizione, ma che fosse dannata se lo ammetteva.

Era il massimo che poteva fare per trattenersi dal lanciarsi su di lui e bearsi di quella pelle calda, liscia e umida, del suo abbraccio possente, delle sue labbra dappertutto...

«Alla fine sì» rispose, con un sorriso caloroso e la voce ancora arrochita dal sonno. «Ma prima io e tua figlia ci siamo fatte una bella chiacchierata.»

L'arroganza nei suoi occhi vacillò. «Ah.» Ma si riprese subito e l'afferrò fissandola. «Neanche io riuscivo a dormire» proseguì, avvicinandosi. «Ho camminato a lungo per la città, sono tornato solo verso l'alba.»

Il profumo di Max, misto a quello del sapone che aveva usato le solleticò il naso e le ginocchia avevano ceduto appena, quando l'aveva afferrata. «Con Macey abbiamo parlato fino a notte fonda» ribadì, la voce più tremante di quanto avesse voluto. «Di un sacco di cose.»

Ma stavolta la frecciatina non funzionò, e lui era così vicino che sentiva il calore del suo corpo umido e la forza con cui la stringeva contro il proprio petto.

«Max» sospirò, scansandolo, quando chinò il capo per baciarla. «C'è tua figlia che dorme nella *stanza accanto*!»

Lui si allontanò, voltandosi verso la porta della camera. «Te l'ho detto cosa l'ho beccata a fare?» borbottò, le dita che indugiavano sulle spalle di lei, giocherellando con le punte dei capelli. «Con quel porco di Woodmore?»

Savina lo spinse via, poggiando le mani su quel suo petto ampio, caldo e solido... e non si mosse da lì. *Sei una debole*, si disse, prima di costringersi a spostare le mani. «No. Ma questo non significa che voglia farmi beccare a mia volta in una situazione... compromettente.»

«E invece io *voglio* metterti in una posizione compromettente» sussurrò, riavventandosi su di lei.

«*Max*» ripeté lei, ma sembrò più un gemito che una protesta. Aveva trovato proprio quel punto sensibile sul lato del collo, appena sopra la spalla... quando la baciava lì, con quella sua bocca morbida e calda, una miriade di sensazioni roventi le attraversavano il corpo e le ginocchia minacciavano di cedere. «Non qui» riuscì a dire.

«Ai suoi ordini.» E in men che non si dica, Savina si ritrovò con la schiena contro le mattonelle del piccolo bagno di Grady. Era pieno di vapore e la condensa le bagnava il retro della vestaglia mentre Max la baciava con passione e lei lo ricambiava, passandogli le mani sui muscoli torniti delle spalle e del petto.

A un certo punto, Max aveva lasciato andare l'asciugamano e ora era il suo intero corpo, duro, liscio e bagnato ad appoggiarsi contro di lei.

Le mormorò qualcosa di sensuale mentre le toglieva la vestaglia e faceva scivolare le spalline della camicia da notte, liberando i seni da quella costrizione. Savina dovette puntellarsi con un piede contro il lato della vasca da bagno per non scivolare lungo il muro bagnato, quando lui si chinò per baciarle un capezzolo.

La sua bocca era meravigliosa, calda e sensuale, la sua lingua delicata mentre scorreva ad assaggiarle la pelle addormentata, le labbra forti e sicure mentre la succhiavano e lambivano. Savina gli passava intanto la mano tra i capelli, stringendoli come ne andasse della sua vita.

Max sussurrò il suo nome, allontanando le labbra per poi affondarle il volto nell'incavo del collo, spingendola ancora di più contro il muro e premendo il proprio bacino contro il suo. «Se non te la togli, la strappo.»

Savina ridacchiò e gli allontanò le mani dal tessuto delicato. «Meglio di no, è l'unica che mi sono portata dietro.»

«Puoi dormire senza» suggerì, passandole le mani sul torso e poggiandogliele sui seni, mentre lei si liberava della camicia da notte, Questa non fece in tempo a raggiungere la vestaglia sul pavimento umido ai loro piedi che Max sollevò la donna.

Savina gli mise le gambe attorno al bacino, mentre lui, con le dita, cercava il suo centro, caldo, bagnato, voglioso. *Oh sì*, pensò lei, rovesciando la testa all'indietro, contro il muro, mugolando. *Sì.*

Spalancò gli occhi quando Max si spostò appena e la penetrò. Entrambi ansimarono per un piacere troppo a lungo rimandato, e Savina gli strinse più forte le gambe attorno alla vita, gli affondò il viso tra i capelli, tenendosi saldamente alle sue spalle mentre lui spingeva.

Quando venne, si morse le labbra per soffocare un grido che, altrimenti, avrebbe messo in allarme tutto il caseggiato. Poi si inarcò, preparandosi a godersi completamente l'ultimo poderoso affondo, mentre Max gemeva di piacere.

Rimase lì, la testa contro il muro, ansante, umida, sorridente e appagata. Max la sorreggeva ancora contro la parete scivolosa, cingendole la vita con un braccio. Anche il suo respiro era affannato mentre l'aiutava ad allontanare le gambe dal suo busto e la rimetteva a terra.

«Beh…» disse Savina, che all'improvviso si sentiva *davvero* alla grande. Con la mano gli sfiorò i pettorali e gli addominali scolpiti, quindi andò a cercare i glutei sodi. «Ora sono sveglia.»

Max ridacchiò, molto soddisfatto di se stesso, e le allontanò un ciuffo dal viso. «E io mi sento meno stanco, sai?»

Si allontanò e l'espressione da boriosa si fece cupa e diffidente. «E così tu e Macey avete parlato, ieri sera.»

Savina raccolse la camicia da notte e se la rinfilò. «Già.»

«E lei… insomma… ti ha detto qualcosa su di me?»

Le emozioni che si rincorrevano sul volto del Cacciatore le dettero un colpo al cuore. «Non molto, a dire il vero.»

«Mi odia, vero? Sparisco per tredici anni e come ci rincontriamo… la pugnalo» sbuffò disperato. Non c'era da sorprendersi se la notte prima non era riuscito a dormire. Ma Savina resistette all'istinto di dissipare tutto quel dolore e quell'incertezza: solo lui poteva farlo, con l'aiuto di Macey, e certo ci sarebbe voluto del tempo.

In fondo, anche le sue emozioni nei confronti della relazione con Max erano confuse. Era innamorata di lui che, da parte sua, l'amava e rispettava… anche se qualche volta si comportava da cretino. Ma era solo spaventato.

Ebbene sì, il grande *Summas* Gardella, fiero e cattivo, aveva paura di lasciarsi andare… perché sapeva che i sentimenti potevano travolgerlo. Sapeva anche che potevano essere usati contro di lui… ed era soprattutto quest'ultima possibilità, e Savina lo sapeva, la vera ragione per cui era così riluttante ad affezionarsi o impegnarsi con qualcuno.

La sua decisione di incontrare finalmente Macey, seppure un po' forzata dalla scoperta che Nicholas Iscariot era in possesso dell'amuleto di Rasputin, era comunque un passo in avanti, nella giusta direzione.

«Devi darle tempo» sussurrò Savina, carezzandogli il viso. «D'altronde, per tredici anni ti ha creduto morto… cosa ti aspettavi, che ti corresse incontro e ti abbracciasse urlando di gioia e chiamandoti *papà?*»

«Certo che no» rispose, scuotendo la testa. «Ma neppure... insomma... mi chiama *Max*. Si rifiuta di parlarmi e non fa altro che lanciarmi sguardi arrabbiati.»

«Dalle tempo. Te l'avevo detto, no, di andarci piano e di aspettarti una certa dose di rabbia e freddezza? Cosa è successo la prima volta che vi siete visti?»

Distolse lo sguardo e, imbronciato, sospirò.

«L'ho beccata che... baciava Woodmore.»

A Savina venne da ridere. «E ti stupisci pure che non fosse felice di vederti? Ah, Max...» Scosse la testa. «E... lasciami indovinare... tu l'avrai presa benissimo, vero? Li hai visti così e sarai di certo stato educato e caloroso nell'esprimere tutta la gioia di rivedere tua figlia per la prima volta da quando aveva otto anni.»

«Ma porca miseria, Woodmore sembrava sul punto di... è mia *figlia*, cazzo.» Max serrò i denti. «Devo darle tempo, lo so, spero solo che sopravvivremo abbastanza.»

L'amante era scomparso ed era tornato il guerriero, ma Savina c'era abituata e non le importava: non sarebbe stato l'uomo che era senza quella cieca dedizione alla sua missione.

Si sollevò in punta di piedi per baciarlo. «Ora vorrei farmi una doccia.»

Lui ricambiò il bacio ma non si mosse. L'espressione sul suo viso era di nuovo cambiata, sembrava che volesse dire qualcosa ma non ci riuscisse.

«Max!»

Ad un tratto, l'uomo parve crollare, all'improvviso l'afferrò e la strinse in un abbraccio soffocante. «Dio mio, Savina» le mormorò tra i capelli, «non mi... lasciare... mai.»

Savina spalancò gli occhi scioccata e le ciglia gli sfiorarono il collo. Aveva sentito bene? Cercò di liberarsi, ma lui la stringeva troppo forte. E *tremava* un po'...

«Max» ripeté, comprendendo che *lui* aveva finalmente realizzato di aver bisogno di qualcosa da lei. Qualcosa che formulava a parole per la prima volta, qualcosa che lo terrorizzava, mentre a Savina dava una sensazione travolgente, quanto incerta, di gioia e felicità.

«Io non sono mai andata via.» *Eri tu quello che non riusciva a rimanere.* Ma non c'era bisogno di dirlo.

Si scostò quanto bastava per guardarlo e prendere quel volto amato tra le mani. «Non ti lascerei mai, Max Denton. Lo sai. Saresti nei casini senza di me.»

Max annuì e accennò un sorriso, che svanì subito, riassorbito dall'espressione cupa e diffidente degli occhi. Si ammorbidì appena quando abbassò lo sguardo su di lei. «Sposami, Savina.»

Lei si bloccò, respinse con decisione l'enorme sorpresa e la felicità, cercando di essere realistica. «Non... non so, Max, guarda dove siamo.»

«Già, in un cesso... lo so, non è il posto migliore per fare una proposta ma–»

«No, voglio dire... la situazione. Tu ti senti vulnerabile per la storia di Macey e–»

«E per gli sguardi che lanciavi a Woodmore» soggiunse, la voce dura come acciaio.

«Woodmore?» ridacchiò. «Ma andiamo! Certo è bello come un angelo oscuro, ma non fa per me. Anche se non mi dispiacerebbe fotografarlo... comunque, in ogni caso, non mi pare una buona ragione per sposarsi. Perché tu pensi che io concupisca Woodmore. Maledizione, Max, guardo sempre gli altri uomini ma questo non significa–»

«Che fai tu?» la guardò confuso. «Tu... quando?»

Savina rise. Che razza di cretino. Aveva un ego così smisurato, da credere che lei non avesse occhi che per lui... e quindi non gli avrebbe confessato che era l'unico uomo che avesse mai degnato di un secondo sguardo...

«Riparliamone più tardi, Max. Siamo in un bagno. Io ho un appuntamento alle due e tu devi andare a salvare il mondo.» Il sorriso di Savina vacillò: sarebbe sempre stato così, con lui che doveva salvare il mondo e che rischiava la vita una settimana sì e l'altra pure.

«E va bene. Ma... non è stata una decisione improvvisa. È un po' che ci penso... e la notte scorsa... beh, ne ho avute di cose su cui rimuginare... e mi sono reso conto di essere uno schifo come padre e un vigliacco come amante e...» Fece spallucce. «Non mi dici niente?» chiese speranzoso.

«Max...» Rise ancora e scosse il capo. «Che sei un padre orribile te l'ho detto più di una volta, ma stai cercando di rimediare. Quanto all'amante... beh, sto sorridendo, no?» Gli dette un bacetto sulla guancia, gli restituì l'asciugamano e continuò: «Ti amo, Max.» Poi aprì la porta del bagno e lo spinse fuori... quasi addosso a Macey.

Oh mamma. Che situazione!

Savina ridacchiò e richiuse la porta prima che lui potesse rinfilarsi dentro.

Che si arrangiasse. Sarebbe stato un fantastico momento padre-figlia.

Ridacchiò di nuovo e aprì l'acqua della doccia.

MAX ARROSSÌ VISTOSAMENTE mentre lo sguardo di sua figlia andava dalla porta del bagno chiusa a lui, per poi allontanarsi imbarazzato dal suo torso nudo.

Grazie mille, Savina.

«Buongiorno.» La salutò cercando di riprendersi e non pensare che: uno, la sua proposta di matrimonio era appena stata respinta; due stava uscendo da un bagno dove era chiaramente stato nudo insieme a una donna; tre era coperto solo da un asciugamano.

Davanti a sua figlia.

Grazie di nuovo, Savina.

Macey lo fissava in silenzio, poi arrossì a sua volta, si voltò e tornò di corsa nella camera che aveva diviso con Savina, la stanza che *lui* aveva diviso con Savina.

Usurpata da sua figlia, però…

Più di un'ora dopo, comunque, Max era passato oltre quel momento imbarazzantissimo, o almeno aveva fatto finta, e si trovava con gli altri, Woodmore incluso, riuniti attorno al tavolo della cucina di Grady.

«Stamattina devo andare in ufficio, al *Tribune*» disse il padrone di casa, che non sembrava ancora in piena forma: aveva pesanti occhiaie, la spalla dolorante, ma allo stesso tempo appariva meno impedito nei movimenti, rispetto al giorno prima. Guardò l'orologio e aggrottò la fronte. «Oh, cavolo, ormai non è più mattina, mi devo anche sbrigare. Ho un'esclusiva da mandare in stampa, dopotutto» sorrise soddisfatto.

«Non c'è molto da fare al momento» disse Max, cupo. «Voglio tornare al *Silver Chalice* e vedere se trovo qualche indizio utile. Macey, non hai nessuna idea su dove potrebbe nascondersi Flora?»

«Immagino sia nello stesso nascondiglio usato da Iscariot e che non siamo mai riusciti a scovare.» Fece una faccia disgustata, forse per la situazione o forse ripensando a suo padre nudo come un verme.

Max cercò di togliersi dalla testa quell'incidente. «Ieri, per raggiungere la scuola senza esporsi alla luce del sole, devono aver usato un mezzo di trasporto coperto e io credo si trattasse del camioncino bianco parcheggiato vicino all'ingresso di servizio. Voglio andare a esaminare anche quello e cercare di capire da dove provenga. Magari, in questo modo, riusciamo trovare qualche traccia.»

«Vado io al *Chalice*» si offrì Woodmore, «e vedo se trovo qualcosa.»

«Dov'è quel maledetto pugnale-lingua?» chiese Max all'improvviso. «Se troviamo Flora, ne avremo bisogno. E poi sappiamo come usarlo, quando troviamo la Piramide di Rekk?»

«Darò un'occhiata agli appunti di Temple mentre sono al

pub» rispose Chas, «magari trovo qualche informazione in più. Altrimenti, spero ci darà una mano Wayren.» Le sue parole sembravano meno astiose, quel giorno. Forse il pensiero di dover andare in Siberia a dare la caccia a Cezar Moldavi aveva placato la sua rabbia. «E comunque il pugnale ce l'ho io. Lo terrò con me per tutto il tempo.»

«Benissimo» assentì Max e notò con piacere che i tratti del volto di Woodmore si erano rilassati, di fronte a quella dimostrazione di fiducia e sostegno. Quell'uomo era una risorsa preziosa… purché tenesse le sue manacce lontane da Macey.

D'istinto guardò prima Grady e poi, con nonchalance, sua figlia.

Era vero quello che gli aveva detto Woodmore? Macey era innamorata dell'irlandese? Se anche fosse così, a lui non pareva.

E perché mai, all'improvviso, aveva tutto questo interesse a scoprire chi era innamorato di chi e chi andava a letto con chi? Avevano del lavoro da sbrigare, porca puttana.

Guardò di nuovo sua figlia che appariva, se possibile, ancora più stanca e affaticata del giorno prima. Come se quella notte non avesse chiuso occhio. «Macey, lo so che non sarai d'accordo ma… vorrei che oggi tu rimanessi qui per un po'. Per riprenderti e» si affrettò ad aggiungere prima che lei gli si scagliasse contro, «essere qui nel caso qualcuno di noi abbia bisogno di aiuto, come fosse il nostro quartier generale… c'è un telefono e se ci troviamo a dover chiamare è bene che qualcuno risponda. Solo per poche ore, finché Savina non torna.»

«Dov'è Savina?» chiese Macey, con uno sguardo ribelle negli occhi. Max sentiva che se ne sarebbe pentito, ma come padre e *Summas*, soprattutto come padre a dire il vero, voleva davvero che si prendesse ancora un po' di tempo per riposarsi e guarire, prima di affrontare l'ennesimo terribile scontro che avrebbero dovuto sostenere. Perché sapeva che era alle porte e temeva anche di sapere quanto sarebbe stato orribile.

«Ho un appuntamento per un pranzo tardivo col sindaco» rispose l'interessata, raggiungendoli proprio in quel momento.

«Infatti sto uscendo. Dobbiamo vederci alle due ed è già l'una passata.»

«Un appuntamento con Dever? E perché?» incalzò Macey, ancora un po' arrabbiata ma soprattutto incuriosita.

Savina era davvero un bocconcino appetitoso: con quel completo rosa che le sottolineava il culetto in maniera spettacolare e delle scarpe che esaltavano le sue belle gambe, era un monumento di fascino e compostezza. «Vorrebbero farmi l'onore di darmi le chiavi della città... è solo un primo incontro, immagino vogliano valutare se ne sono degna.»

«In bocca al lupo» mormorò Max, incapace di staccarle gli occhi di dosso e di non ripensare a quel meraviglioso interludio in bagno.

Savina lo guardò e Max avrebbe giurato che le sue guance si fossero fatte di un rosa appena più acceso di quello del fard. «Credo sarà questione di due o tre ore al massimo, è solo un pranzo, in fondo.»

Seppur con riluttanza, Macey accettò di rimanere per un po' a casa di Grady, anche se non risparmiò a Max uno sguardo gelido. L'ennesimo da aggiungere alla lista.

Mentre, in taxi, si dirigeva verso il suo appuntamento, Savina rabbrividì appena ripensando all'interludio, letteralmente *caldo*, di quella mattina nel bagno.

Poi esalò un sospirone, considerando la proposta di matrimonio: era una donna moderna e non riteneva fondamentale sposarsi. Inoltre non aveva mai pensato alla possibilità di farlo con Max. Credeva che, essendo già stato sposato, non avesse intenzione di riprovarci.

Ma quella mattina l'aveva sorpresa, e lei aveva avuto molto tempo per pensarci, mentre si preparava per il pranzo. Forse, dal punto di vista di Max, il matrimonio era l'unico modo per dimostrare il proprio impegno nella loro relazione. Forse era il suo modo per farle capire che non si sarebbe più allontanato.

Se le motivazioni erano quelle, sarebbe stata lieta di accettare.

Sorrise, sentendosi improvvisamente emozionatissima, mentre scendeva dal taxi. Si stava per sposare!

Mise però da parte tutti i pensieri su Max e le loro nozze imminenti, che lei avrebbe insistito fossero celebrate da qualche parte a Roma, mentre entrava ne *La Petite Café*, un ristorantino all'interno del centro commerciale *Marshall Fields*. Era stata sorpresa e felice di ricevere quell'invito dall'ufficio del sindaco Dever, la mattina prima, mentre supervisionava allo smontaggio della parte di mostra a lei dedicata.

Aveva scelto un completo elegante e alla moda, una gonna longuette stretta di colore rosa pallido col giacchino abbinato, una camicia bianca con un bel fiore appuntato sulla gola e uno splendido cappello blu e crema comprato a Parigi. I guanti erano bianchissimi e le scarpe blu dal tacco basso erano state ben lucidate per l'occasione. A giudicare da come l'aveva guardata, Max pareva aver gradito molto la sua mise.

Entrò nel locale, che era elegante quanto il *Sainte Antoine* di Parigi: su ogni tavolo, coperto dalla tovaglia, c'era un lungo vaso nero con dentro una rosa rossa e le sedie erano rivestite di tessuto. Su una parete spiccava una stampa di Alphonse Mucha e vari altri mobili e oggetti rimandavano all'Art déco.

Da un tavolo d'angolo, una donna le fece un cenno di saluto e Savina rammentò di averla vista il sabato prima alla mostra, in compagnia del sindaco Dever. Doveva essere la signorina McGillicut, che le aveva fatto recapitare il messaggio. Se prima Savina si era sentita un po' nervosa per paura che l'idea di omaggiarla con le chiavi della città fosse un errore o uno scherzo, adesso si era tranquillizzata.

Attraversò la sala e salutò la signorina mentre la raggiungeva al tavolo. «Temevo di essere in anticipo» disse con un sorriso, porgendole la mano guantata per stringere la sua.

«Anche io sono appena arrivata» rispose la signorina McGillicut. «Si accomodi qui, prego, da questo tavolo c'è una splendida vista sulla strada.»

Savina si sedette accanto alla donna e si sfilò i guanti, che poggiò sul tavolo accanto alla borsetta. «Devo dire che mi ha sorpreso ricevere il suo messaggio, ieri.»

L'altra sorrise. «Sono stata contenta che il corriere l'abbia trovata in biblioteca. Il sindaco Dever non sapeva dove alloggiasse qui a Chicago, ma io gli ho detto che di sicuro avrebbe sovrinteso all'imballaggio delle sue meravigliose foto per evitare che subissero qualche danno.»

«Esatto. Viene anche il sindaco?» chiese Savina guardando la porta. Dal messaggio aveva capito che ci sarebbe stato anche lui, ma magari aveva frainteso. «O sarà una cosa tra donne?» soggiunse: non voleva certo lasciar intendere che la signorina McGillicut non fosse abbastanza.

«Il sindaco mi ha mandato, per così dire, in avanscoperta. Spero non le dispiaccia.» Sfoderò un bellissimo sorriso e si sistemò i capelli rosso acceso dietro un orecchio.

«Certo che no» rispose Savina guardandosi attorno. «È proprio un bel posticino... un angolino di Parigi qui nel bel mezzo dell'America!»

«Vero? A me piace particolarmente quella stampa laggiù... la vede?» Indicò la litografia di Mucha che anche Savina aveva notato. «Conosce il titolo?»

«Oh, no davvero» rispose Savina, mentre la cameriera portava due tazze e le riempiva di caffè.

«S'intitola *Amicizia*. Bella cosa, l'amicizia. Ha qualche amica del cuore, signorina Ellison?»

Savina trasalì appena nel rammentare che sia la sua commensale, sia il sindaco la conoscevano col suo pseudonimo... chissà quale avrebbero inciso sulle chiavi, se il suo vero nome o quello d'arte. Chissà se le avrebbero concesso di decidere.

«Amica? Purtroppo nel mio lavoro non ho molte occasioni di coltivare amicizie femminili... sa io... viaggio molto» rispose, mettendo due zollette di zucchero nel caffè.

Però sperava, nel profondo del suo cuore, che prima o poi lei e Macey potessero diventarlo. Sarebbe stata una boccata d'aria, avere finalmente qualcuno, a parte il suo compagno, in grado di comprendere lo stile di vita suo e di Max.

Sarebbe stato divertente avere un'amica con cui discutere di come nascondere un paletto sulla propria persona o come riporre delle fiale di acqua santa in una giarrettiera o ancora, se delle crocette d'argento indossate come orecchini potessero tener lontani i vampiri... o anche, semplicemente, di quanto fosse scemo il suo compagno. Nonostante Max fosse suo padre, aveva il sospetto che, ora come ora, sarebbe stata d'accordo con lei.

Sorrise tra sé mentre mescolava il caffè e sollevava lo sguardo incontrando quello della signorina McGillicut che l'osservava da vicino.

«E lei?» si affrettò a ribattere Savina, recuperando il filo del discorso, anche se non capiva bene cosa c'entrasse quello con le chiavi della città. A meno che il sindaco non stesse cercando di scoprire che tipo di persona fosse, prima di decidere, e avesse mandato la sua assistente per valutarla. «Ha molte amiche donne? Immagino di sì, vivendo in una città come Chicago. Scommetto che frequenta cabaret e jazz club e che va sempre a ballare... ho ragione?»

L'espressione della signorina McGillicut si fece, stranamente, più seria. «Ne avevo una ma poi... è cambiata. È diventata una persona diversa e non ha avuto più tempo per me. Ha trovato altri amici e ha preso a dedicarsi ad altre cose. Lei aveva un buon lavoro mentre io non riuscivo a trovare che posti come cucitrice sottopagata.»

Savina non sapeva cosa dire. «Mi dispiace molto... dev'essere dura perdere un'amica.»

«Soprattutto perché lo siamo state per tanti anni, fin da quando eravamo ragazzine. Ci siamo trasferite in città a pochi mesi di distanza l'una dall'altra. E poi lei mi ha... messa da parte.» Si voltò per prendere qualcosa nella borsetta.

«Dev'essere stato un brutto colpo per lei.»

«Molto. Ma ora, come può vedere, ho una posizione migliore della sua» disse, con stampato in faccia un sorriso gelido. «Non sa cosa si perde.»

«Capisco» soggiunse Savina, cominciando a sentirsi a disagio per la piega presa dalla conversazione: di certo non era volontà del sindaco trasformare quell'incontro in una diatriba personale. «E in cosa consiste il suo lavoro per il sindaco?»

«Il mio lavoro… oh, ma certo. È un lavoro molto gratificante, davvero molto, molto gratificante. La mia *carissima* amica dovrebbe essere invidiosa di me e forse temermi anche un po', a dirla tutta. Ho molto potere nelle mie mani.»

A quel punto Savina era molto a disagio. «Insomma» attaccò cercando disperatamente di cambiare argomento una volta per tutte, o meglio, di eludere quella situazione senza tuttavia perdere la sua occasione col sindaco.

«Rimpiangerà quello che mi ha fatto. Capirà che avrebbe dovuto–»

«Senta, signorina McGillicut… mi fa molto piacere essere qui con lei, ma ora devo proprio andare» recuperò i guanti e cominciò a infilarli. Neppure per avere le chiavi della città avrebbe sopportato oltre quella situazione assurda.

La donna sorrise di nuovo e si avvicinò a Savina, che sentì qualcosa di duro premerle contro il fianco. Quando abbassò lo sguardo, si rese conto che era la canna di una pistola Derringer a premere minacciosa contro il tessuto della gonna.

«Oh, no non se ne parla neppure. Abbiamo ancora tantissimo di cui parlare, Sabrina. Non ti dispiace, vero, se ti chiamo Sabrina? Tu chiamami pure Flora.»

UNA TELEFONATA CRIPTICA

Macey non lo avrebbe ammesso, neppure con una pistola puntata alla tempia, ma aveva davvero bisogno di qualche ora da sola per potersi distendere e riposare.

Anche perché quella notte, dopo aver parlato con Grady in cucina, non era poi riuscita a dormire molto.

Grady la conosceva e sapeva cosa aveva fatto o meglio, *tentato di fare*.

Come fosse riuscito a nascondere l'odio e la rabbia che chiaramente covava, era un mistero, anche se a Macey non era sfuggito un accenno di stizza, nello sguardo che le aveva lanciato, la prima volta che si erano rivisti durante la mostra fotografica. Dopo lo aveva sempre mascherato bene, ma la prima volta l'aveva notato. Solo che lei, sul momento, non ne aveva compreso il significato.

Quel pensiero la rattristò ancora di più: Grady la odiava, ma probabilmente non quanto lei odiava se stessa.

Adesso che tutti se ne erano andati e si ritrovava a vagare da sola per casa sua, si rese conto di quanto fosse doloroso sedere su quel sofà e sentire il suo odore sul cuscino, vedere le foto che riempivano la mensola del caminetto e sapere che, forse, non avrebbe mai più rivisto Linwood. E ancora, scorrere la selezione di libri sui vampiri, di cui avevano parlato durante il loro primissimo incontro. Non ce l'avrebbe mai fatta a superarlo.

Ripensare alla rabbia gelida sul suo viso le fece contorcere lo stomaco. *Lo hai evirato. Castrato.*

Averla in casa sua doveva essere un inferno, così come lo era per lei. Eppure eccolo lì che si esponeva a enormi pericoli per aiutare i Cacciatori. Per aiutare Max.

Ma la cosa che Macey non riusciva a togliersi dalla mente, su cui continuava a rimuginare, era se davvero potesse essere lui l'intrepido. Cosa lo rendeva tale? Cosa lo rendeva speciale e chi era la sua *metà*? Max? O forse lei stessa?

Oh, quello sì che sarebbe stato un brutto colpo, una tragica ironia, aver distrutto il loro amore solo per ritrovarsi a lavorare insieme.

Chiuse gli occhi e reclinò la testa all'indietro sul bracciolo della poltrona. Le lacrime scendevano dagli angoli degli occhi mentre ripensava alle scelte insensate ed egoiste che aveva fatto.

«Ma l'ho fatto per lui» si disse ad alta voce. «Non volevo facesse la stessa fine di mia madre.»

Né io finire come mio padre.

Eppure era già successo.

Macey se ne stava lì, sdraiata sul divano, rimpiangendo dolorosamente le scelte che aveva compiuto.

Devo scegliere solo per me, non per gli altri.

Ma ormai era troppo tardi: Grady, l'uomo che aveva amato e conosciuto, non esisteva più, se n'era andato per sempre.

E nel giro di pochi giorni, a un certo punto, avrebbe dovuto uccidere la sua migliore amica.

Doveva essersi appisolata perché lo squillo del telefono la svegliò. Macey aprì gli occhi e la prima cosa che vide, nella penombra della stanza, fu l'orologio sulla mensola del caminetto.

Erano le sette passate.

Si alzò di scatto e si guardò intorno. Savina aveva detto che sarebbe tornata nel giro di due o tre ore ed era uscita poco dopo l'una: o il pranzo era andato meglio del previsto o si era trattenuta a fare un po' di shopping al *Marshall Field*.

E dov'erano Chas e Max? Nessuno aveva chiamato per tutto il pomeriggio?

Macey scese dal divano e caracollò verso il telefono che continuava a squillare fastidiosamente. Forse era Savina che spiegava il perché del suo ritardo, o forse Chas... o Max per fornire qualche informazione.

«Pronto?»

«Grady?» rispose una voce femminile affaticata.

«No, io...»

«Buonasera Grady, sono Sabrina Ellison» si affrettò a dire la donna dall'altra parte del telefono, parlando addosso alla correzione di Macey in tono forte e concitato.

«Lui non–»

Macey si interruppe. *Sabrina Ellison?* Quella era di sicuro la voce di Savina, ma Grady sapeva il suo vero nome... che diavolo stava succedendo?

«Senti, mi trovo in un pasticcio e so che sei l'unico che può aiutarmi.» La voce della donna vibrava di tensione e Macey si bloccò.

«Cosa posso fare per te?» chiese, col cuore a mille.

«Devi venire qui... a darmi una mano.» La voce era tesa ma ferma. Snocciolò un indirizzo e Macey dovette recuperare in fretta carta e penna per annotarlo. Fortuna che Grady, il giornalista d'assalto, ne aveva in abbondanza vicino al telefono. «Io... ecco è un po' imbarazzante ma... ho incontrato una vecchia amica di una certa Macey–»

Savina si interruppe e si udirono dei rumori come di un diverbio e voci smorzate. Quando ricominciò a parlare, la voce era meno ferma e più nervosa. Macey percepì che vibrava di rabbia.

«Tu vieni e basta. Da solo. Devi venire da solo o... ho bisogno di aiuto... ho tempo solo fino alle otto e mezza prima che... aiutami per favore–»

La chiamata fu interrotta prima che finisse la frase. Macey fissò per un attimo la cornetta muta prima di riporla sulla forcella.

Aveva poco più di un'ora.

Scattò in azione, sfrecciando al piano di sopra per cambiarsi e rifornirsi di armi e di altri oggetti utili.

Stava scendendo di corsa le scale, quando il portone si aprì. Macey si sentì sollevata che arrivassero i rinforzi, ma ebbe un tuffo al cuore quando per poco non andò a sbattere contro Grady.

«Che c'è? Che succede?» le chiese.

«Devo andare» rispose, correndo a recuperare la borsetta in soggiorno. «Si tratta di Savina. È nei guai. Devo raggiungerla entro le otto e mezza.»

«Che cosa?» lasciò cadere a terra la borsa che aveva con sé e le si parò davanti, impedendole di uscire dal soggiorno. «Non te ne andrai senza dirmi cosa sta succedendo, e senza avvertire gli altri. O Max e Woodmore lo sanno già?» Dal tono sembrava stizzito ma molto determinato.

Macey sapeva che avrebbe potuto superarlo senza problemi, ma questo l'avrebbe obbligata a mettergli le mani addosso e proprio non era il caso. E poi aveva ragione. Non poteva certo andarsene senza spiegare dove era diretta e perché. E ovviamente non le era passato neppure per l'anticamera del cervello di lasciare un biglietto.

Gli raccontò in due parole il contenuto della telefonata.

«Savina cercava me?» chiese, mentre recuperava e si nascondeva addosso una serie di oggetti, alcuni apparentemente innocui, altri dall'aspetto decisamente minaccioso. «Perché mai cercava proprio me?»

«Non lo so, ma era chiaro che sapeva di non stare parlando con te. *Credo* che le persone che sono con lei l'abbiano costretta a lasciare un messaggio a te, ma non potevano sapere che al telefono avrebbe risposto qualcun altro. Quindi forse il messaggio non era davvero per te bensì...»

«Vengo anche io» disse atono. «Così possiamo escogitare un piano insieme e approfittare del fatto che abbiamo più informazioni di quelli all'altro capo del telefono.»

Macey ebbe un attimo di esitazione ma poi annuì: doveva mettere da parte i suoi sentimenti personali, anche perché Grady aveva ragione. E aveva già dimostrato di essere un vero *intrepido*.

«Savina mi ha detto di andare da sola» lo avvisò.

Grady prese a riempire una grossa borsa di stoffa. «Ci sono vari modi di eludere il problema, bambolina. Dove hai detto che dobbiamo andare?»

Cercando di non pensare al battito irregolare del suo cuore quando l'aveva chiamata *bambolina*, gli riferì l'indirizzo. Chiamava così tutte, anche Savina.

«Conosco quel posto» disse con un sorriso duro e cupo, ma che tradiva una certa soddisfazione. «Dammi solo un attimo per controllare una cosa.» Andò verso l'enorme piantina di Chicago attaccata al muro e la guardò per qualche minuto, tracciando le strade con le dita, mentre Macey lasciava un biglietto a Max e Chas.

Quando ebbe finito, Grady aggiunse qualche riga in calce al messaggio. «Gli ho dato indicazioni più precise su dove trovarci.» E poi Macey fece una cosa che pensava non avrebbe fatto mai più: salì in macchina con Grady.

«Non è questo l'indirizzo che ci ha dato Savina» esclamò Macey mentre Grady parcheggiava.

In effetti, il punto dove si era fermato non era neppure vicino all'indirizzo che Savina aveva fornito loro. Erano in un deposito ferroviario abbandonato da molto tempo, ingombro di locomotive e vagoni arrugginiti, fermi lungo binari invasi dall'erba. C'erano anche alcuni edifici, ma il loro aspetto era ancora più cadente. Quando si guardò attorno, Macey scorse due figure che scappavano a rintanarsi nell'ombra... forse dei vagabondi?

Cominciò a preoccuparsi: erano le sette e mezza passate ed erano ancora lontani dalla destinazione. Le sarebbe servito del tempo per entrare e capire cosa stesse succedendo... e poi come facevano a essere sicuri che Flora avrebbe rispettato gli accordi? Non c'era tempo da perdere!

«Lo so. Ma di sicuro quell'indirizzo sarà sorvegliato, vorranno assicurarsi che arrivi da solo. Prima di farmi vedere, tu devi entrare di nascosto nell'edificio.»

«Giusto.»

Era quello il piano che avevano concordato o meglio, quello su cui Grady aveva insistito e a cui Macey non aveva osato ribattere perché, in effetti, era intelligente. Il giornalista si sarebbe presentato come se avesse ricevuto il messaggio personalmente e frattanto, lei si sarebbe intrufolata attraverso un altro accesso e poi... beh, sarebbero partiti da lì. Una volta capito cosa aveva in mente Flora, avrebbero dovuto trovare un modo per sistemarla.

«Ma siamo ad almeno sei isolati da lì e sul lato opposto della strada» protestò, guardandosi attorno sconsolata.

Lui sogghignò mentre tirava il freno a mano e di nuovo il cuore di Macey ebbe un sobbalzo. Per un attimo rivide il vecchio Grady, che la guardava con gli occhi che ridevano. Quello che la conosceva e amava.

Poi il ricordo si dissolse perché quel sorrisetto non era rivolto a lei, ma al pensiero dell'avventura che li aspettava.

«Quando vuoi entrare in un edificio senza farti notare» spiegò in tono gelido, «devi pensare diversamente dall'uomo comune. Neppure gli architetti che lo hanno progettato guardano all'edificio in questo modo.»

«Ok» rispose scendendo dall'auto e raggiungendolo sul lato opposto. «Quindi ci avviciniamo a piedi e ci intrufoliamo dentro, tipo attraverso una finestra sul retro?»

«No» rispose, indicando una vecchia galleria ferroviaria,

mentre si metteva in spalla il pesante zaino. «Passiamo da là sotto.»

«Ok» ripeté. Cominciava a capire. «Seguiamo la linea della metro... fino a dove? Non ci sono linee che passano sotto Delancey street.»

Grady stava già attraversando la strada, diretto verso la galleria e lei rimase indietro, non riuscendo a mantenere il ritmo della sua ampia falcata.

«È vero. Ma c'è un canale sotterraneo che passa sotto l'isolato accanto. La prima regola per fare irruzione in un edificio è: non passare mai da porte e finestre. Quello è da femminucce... un modo sicuro per farsi beccare.»

Il suo accento era improvvisamente ricomparso e aveva sul viso un'espressione scaltra e intensa che le risultava del tutto nuova. Come se fosse diventato una persona diversa o avesse cambiato personalità.

«Fare irruzione? Perché, lo hai già fatto?» chiese. Nonostante tutto era curiosa, mentre lo seguiva lungo la vecchia galleria puzzolente.

«Sono cresciuto garantendomi l'accesso a certe belle case che avrebbero dovuto tenerla fuori, la gente come me».

Aveva con sé una torcia per illuminare il percorso che permise a Macey di distinguere varie creature: ratti, topi e un uomo vestito di stracci che si nascondeva nel buio.

Macey fu sorpresa quando vide Grady fermarsi a parlare col vagabondo. Vide che gli dava qualcosa, sfiorandogli la mano e cercò di non sbuffare per quel ritardo.

«Savina è in pericolo» gli rammentò. «Non abbiamo tempo da perdere.»

«Non lo sto facendo» rispose, continuando lungo una rampa che portava al livello inferiore. «Gli ho chiesto delle informazioni. E poi mancano più di cinquantacinque minuti. Abbiamo tutto il tempo.»

Non sapendo come ribattere, Macey lo seguì di buon passo. Non aveva difficoltà a stargli dietro: aveva indossato scarpe basse e pantaloni e maglione neri. Grady, dal canto suo, non fece alcun gesto di prenderla per un braccio e aiutarla. Non le parlava, se non quando era strettamente necessario, né la guardava, se non con disinteresse, giusto quando aveva qualcosa da dirle.

Come aveva anticipato, percorsero il tunnel solo per alcuni metri prima che si facesse più basso e angusto.

«Non avrei mai saputo dell'esistenza di questo posto» commentò Macey, seguendolo, mentre si addentravano nel buio e il passaggio andava somigliando sempre di più a una galleria naturale, col soffitto e le pareti fatti di terra e non di mattoni.

«Non ne ero certissimo neppure io» confessò Grady, chinandosi. Gli oggetti nella sacca che aveva in spalla tintinnavano sommessamente a ogni passo. «Ma ne avevo notato i segni. Quando vedi un punto della strada in cui la nebbia permane più a lungo, specie quando non piove, puoi star sicura che sotto c'è un fiume sotterraneo. E se conosci i fiumi sotterranei e le tubature che scorrono sotto la città, sei già a metà strada per entrare dove vuoi.»

Interessante. Macey registrò quelle informazioni: i Cacciatori tendevano a fare affidamento sulla forza bruta, sulla velocità e su affinate arti marziali... nonché su cose estremamente banali come le porte e le finestre, per farsi strada in un covo di nonmorti.

Costeggiarono rapidamente il canale e senza grossi problemi, anche se entrambi dovevano spesso chinarsi e scansare di tanto in tanto delle radici penzolanti. A differenza delle fogne e anche delle gallerie della metro, quel posto aveva un odore gradevole, di terra umida e vegetazione. A causa di ostruzioni create dall'uomo, come muri di mattoni e fondamenta di edifici, il percorso del fiumiciattolo, e quindi il loro, si faceva tortuoso.

Dopo un po', Grady si soffermò, controllò la bussola, che aveva tirato fuori dalla sacca che aveva in spalla, e bofonchiò qualcosa che suonò tipo «Qui».

Si fermò di fronte a una parete sporca e coperta di muschio, si sfilò lo zaino e tirò fuori quello che sembrava un *candelotto di dinamite.*

«È quello che penso?» balbettò Macey.

«Se pensi che sia dell'esplosivo, sì. E ora vatti a nascondere dietro quell'angolo se vuoi che le tue belle gambe restino attaccate al resto del corpo.» Lo disse in un modo che non suonava affatto come un complimento, bensì in un tono piatto e freddo, che trasudava ancora rabbia e odio.

Macey obbedì e dopo un paio di minuti, anche lui la raggiunse, facendola arretrare ancora di più verso il tunnel da cui erano venuti. Lo sentì che contava a mezza voce e quando arrivò a dieci la spinse contro la parete e si mise sopra di lei, ma Macey non ebbe il tempo di godersi o rimpiangere la dolce e dolorosa sensazione del corpo tonico di Grady contro il suo, perché di lì a poco—

Boom!

Il boato fu meno forte di quello che temeva ma sollevò una nuvola di polvere e detriti.

«Andiamo!» La lasciò andare e si diresse verso il luogo dell'esplosione, coprendosi la bocca e il naso con una manica.

Macey lo seguì e vide il buco che aveva fatto nel muro.

«È questo l'edificio in cui si trovano? Non temi che l'esplosione possa averli messi in allarme?»

Nella penombra lo vide scuotere il capo con nonchalance. «Siamo due porte più giù. E poi chi vuoi che si impressioni a Chicago, per una sommessa esplosione, quando ci sono spari e scontri a fuoco da una macchina all'altra a ogni piè sospinto?»

«Bene. E ora che si fa?» Macey stava cominciando ad agitarsi perché il tempo scorreva, ma quando controllò il proprio orologio, si rese conto che non era passata neppure un'ora da quando avevano lasciato casa di Grady.

«Ora viene la parte più facile» disse accennando al buco e illuminandolo con la torcia, Macey si intrufolò nell'apertura e Grady la seguì, quindi si soffermò a consultare la bussola, mentre Macey controllava ancora l'orologio.

Trenta minuti. Il cuore le batteva all'impazzata. Stava per esortarlo a muoversi quando lo sentì borbottare «Fantastico!» e imboccare una direzione nota solo a lui.

Macey lo seguì su per una rampa di scale di metallo, in quello che sembrava il retro di un negozio e si spaventò nell'udire delle voci vicine, provenienti forse dal negozio stesso. Ma Grady non si fermò e proseguirono. Chissà come faceva a sapere dove andare... ma aveva detto di conoscere il posto. E lei si fidava.

Alla fine si fermò di fronte a un muro dell'edificio successivo che, probabilmente, confinava con quello in cui Flora teneva Savina. «Ci siamo» sentenziò Grady, quindi si mise a dare dei colpetti al muro, poggiandovi l'orecchio come per ascoltare qualcosa.

«In un caso del genere, normalmente, opterei per entrare dal soffitto, ma per la tua gioia faremo così.»

Stava per ribattere a quell'insinuazione ma tacque: fino a quel momento Grady aveva dimostrato di sapere cosa faceva e a lei interessava solo arrivare da Savina in tempo.

Non voleva pensare al fatto che Flora avesse costretto la fotografa a chiamare Grady. Perché mai? Solo un caso? Forse Savina aveva chiamato casa di Grady sapendo che qualcuno di loro avrebbe risposto? O era stata Flora a costringerla?

«Tienimi questa» disse Grady porgendole la torcia che, si rese conto, puntava verso il muro su cui aveva tracciato un rettangolo perpendicolare rispetto al pavimento. «Ecco il tuo punto d'accesso. Adesso ti aiuto a entrare e poi ci vediamo dall'altra parte.»

Mentre lei reggeva la torcia, Grady, servendosi di una sega, tagliò il muro. Si offrì di aiutarlo, memore del fatto che aveva riportato una grave ferita alla spalla neanche due giorni prima, ma lui rifiutò sostenendo di avere preso *un buon ritmo.*

Era incredibile, sorprendente, quanto fosse facile passare da un palazzo all'altro. Aveva ragione Grady: non molti pensano all'opzione di attraversare pareti, soffitti e pavimenti per entrare.

Eppure era semplicissimo. E quando, con un calcio ben calibrato, il giornalista fece cadere il pezzo di muro che aveva tagliato, Macey si ritrovò a guardare un locale caldaia. Il collo intanto le si era come congelato, annunciando la presenza di un gran numero di vampiri nelle vicinanze.

«Ore?» chiese Grady mentre si asciugava con una manica la fronte sudata e un ciuffo di capelli scuri, ora sporco di polvere bianca di cartongesso, gli ricadeva sugli occhi.

«Otto e *venti*» rispose, col cuore in gola.

Ma lui annuì. «Bene, ci abbiamo messo meno di quel che pensavo.» Le restituì la torcia. «Io vado. Ora sei da sola.»

Non fece a tempo a dirgli niente, né un incoraggiamento, né un saluto... lo vide voltarsi e tornare da dove erano venuti, lasciando lì a terra la sua borsa degli attrezzi e il cuore spezzato di Macey.

Non un *ciao*, non un *in bocca al lupo*, neppure uno sguardo appena appena accorato.

Dunque è così che ci si sente quando si distrugge un uomo.

Spinse indietro le lacrime, rovistò nelle tasche ed estrasse un paletto: era pronta per la battaglia.

DI RICORDI, SPERANZE E BIASIMI

Quando Max fece ritorno a casa di Grady con Woodmore e la trovò vuota e silenziosa, in un primo momento, non ci dette molto peso.

Sì, erano rientrati molto più tardi del previsto, dopo due tentativi andati falliti di ricostruire il percorso del furgone bianco della *Beedle* e un bel po' di tempo speso a controllare insieme gli appunti al pub. Avevano tacitamente concordato di procedere con calma lasciando così più tempo possibile a Macey per riposare.

Erano ormai quasi le otto e dalla casa non veniva alcun rumore. Savina era di sicuro rientrata ed era molto probabile che lei e Macey fossero su in camera a spettegolare. E quel pensiero gli faceva drizzare i capelli.

Ma c'era decisamente *troppo* silenzio.

«Denton.» Woodmore era vicino al telefono e fissava un pezzetto di carta. Il tono con cui l'aveva chiamato mise subito in allarme Max.

«Cos'è?»

«Un messaggio lasciato da Macey... e Grady.» Passò il bigliettino a Max, che cominciò subito a controllare di avere con sé tutte le armi.

Quando lesse l'appunto sentì il cuore precipitargli fino alle ginocchia. Fu come un'esplosione di terrore quando realizzò che...

Savina.

No, non di nuovo.

Non di nuovo.

Rilesse il biglietto una seconda volta, riuscendo a non pensare alla frase *Flora ha preso Savina* e concentrandosi sulle altre parole. Gli occorse qualche istante in più per decifrare l'appunto di Grady sul fondo che li indirizzava, in maniera piuttosto precisa, verso l'edificio dove si trovava Flora.

A quel punto mise da parte ogni emozione e nella sua mente entrò in modalità fredda e letale.

Stavolta le cose sarebbero finite diversamente.

ORA CHE SI TROVAVA ALL'INTERNO, Macey realizzò che l'edificio in cui lei e Grady erano penetrati non era che una palazzina di tre piani che in passato aveva subito un incendio. Due sezioni erano attaccate come case a schiera, il che spiegava come Grady avesse potuto praticare quel buco nel muro. Inoltre, poiché le case a schiera di solito hanno una struttura simile, Macey si era fatta un'idea di come potesse essere l'edificio in cui si trovava Savina.

L'ala dove Flora la teneva in ostaggio era quella andata in fiamme, le finestre erano rotte e sbarrate con delle tavole di legno: forse era proprio quello il motivo per cui lo stabile era stato abbandonato e i vampiri avevano potuto impossessarsene. L'aria puzzava ancora di fumo e muffa e c'erano ragnatele e polvere ovunque.

Macey udì delle voci, per cui si diresse verso di esse, furtiva, col paletto pronto in mano e la torcia spenta. C'erano vari non-morti appostati vicino alle porte e altri che osservavano attraverso le fessure fra le assi inchiodate sulle finestre: penetrare nell'edificio in quel modo, era stata una mossa giusta.

Macey fece fuori due vampiri, rapida e silenziosa. Mentre si ripuliva il braccio e le spalle dalla cenere, infine, si avvicinò abbastanza da riuscire a discernere le voci.

Venivano da una stanza al primo piano. Macey sapeva che, sul retro, c'erano delle scale che portavano al secondo, da lì si accedeva poi a una balconata che sovrastava un ampio salone. A giudicare dalle voci, pareva che Flora si trovasse proprio lì.

Avvicinandosi udì una porta che si apriva e chiudeva, quindi sentì una voce familiare provenire dall'altra parte del muro ricoperto da pannelli di quercia.

«Hai fatto appena in tempo, eh, Grady?» La voce squillante di Flora aveva un tono di trionfo e a giudicare dal riverbero, dovevano trovarsi proprio nell'ampia sala da pranzo dal soffitto altissimo. «Manca solo un minuto alla scadenza.»

«Che diavolo succede?» Grady parlava forte e chiaro, come se volesse assicurarsi che Macey sentisse.

«Benvenuto, carissimo, benvenuto.»

Intanto Macey, passando dal corridoio sul retro, aveva raggiunto la cucina, di cui non restava che un mucchio di mobili bruciacchiati e un lavandino arrugginito. Si appostò vicino alla porta che dava sulla sala da pranzo e sbirciò.

Flora era in piedi accanto a un'enorme sedia che, chiaramente, era stata portata lì da poco perché era nuova e pulita e l'imbottitura era ricoperta da una stoffa a fiori: sembrava che la vampiressa stesse per accomodarsi su un trono, per come se ne stava lì, alta, sottile e regale, con la luce di una lampada che le illuminava da dietro i capelli rosso fiamma.

Solo che al posto dello scettro, impugnava una pistola. Macey trasalì in silenzio.

«Già, a molti non-morti non viene in mente di usare armi da fuoco» attaccò, rivolta a Grady. «Tendono a confidare solo nella forza bruta e nei loro poteri incantatori... ma, dico io, perché non usare un modo sicuro per fermare un mortale? Neppure i Cacciatori sono immuni alle pallottole e a differenza delle zanne, funzionano anche da lontano.

Macey raggelò, pensando che la sua ex amica aveva ragione. La situazione si stava rivelando più complicata del previsto.

«Che succede?» chiese ancora Grady. «Sabrina! Stai bene?»

Astuto da parte sua usare il nome d'arte, finché non capivano quali fossero le intenzioni di Flora.

«Cosa le hai fatto?» la tensione nella voce del giornalista preoccupò Macey. Non riusciva a vedere abbastanza per capire cosa fosse successo, né aveva scorto traccia di Savina.

Ma nell'aria, assieme all'odore di polvere e legno marcio, c'era anche quello del sangue.

«Sta' lontano, per favore.»

«Che c'è?» chiese ancora Grady e la sua voce era calmissima, forse fin troppo. «I tuoi amichetti possono lasciarmi andare quando vogliono e non c'è bisogno di pistole.»

Flora non parve notare quanto fosse calmo. «Questo è solo il preludio al momento in cui qualcuno, ovvero io, assumerà il controllo di un oggetto potentissimo. Si tratta di quello lì sul tavolo. Sembra una cosuccia da niente, vero? Si nota appena e non è neppure tanto carina. Ma da quello che so, la Piramide di Rekk dà al suo padrone, o in questo caso alla sua *padrona*» ridacchiò soddisfatta, «enormi e vasti poteri sui suoi... come li hai chiamati? Amichetti? Già, su tutti i miei amichetti.»

Macey si accucciò ma, sbirciando da dietro l'angolo, riusciva a vedere solo una parte della stanza. Tuttavia udiva i passi di Flora, segno che mentre parlava, camminava.

«Ma cominciamo dal principio. La povera signorina Ellison... a proposito, come si sta lì mia cara? Tsk, tsk, sembra proprio tu stia soffrendo. Ma non ti dovrai preoccupare ancora per molto, tra poco il dolore sparirà.»

«Posso almeno tamponare un po' il sangue?» domandò Grady.

Flora sospirò teatralmente. «E sia. Avrò bisogno di lei, dopo. Aiutala, ma fa' in fretta. Come stavo dicendo, tutto è iniziato quando la mia migliore amica mi ha tradita, dopo che eravamo state intime per anni... abbiamo avuto anche la stessa insegnante di pianoforte, di cui entrambe avevamo una paura matta, e siamo cresciute nella stessa cittadina. Poi ci siamo trasferite a Chicago, nella grande città, e tutto è cambiato… all'inizio pensavo sarebbe cambiato per il meglio: avevamo ognuna il proprio appartamento, c'erano un sacco di locali di cabaret e jazz club, e mio fratello conosceva alcuni gestori di bar clandestini e diceva che, qualche volta, poteva farci entrare… anche se non lo ha mai fatto.» Il tono si fece duro e aspro. «Un'altra persona che mi ha tradito… E in tutto questo io e Macey eravamo migliori amiche. Ne avevamo anche altre, di amiche, ma io e lei condividevamo segreti, parlavamo di uomini, di quello che volevamo fare nella vita… di tutto, insomma. Le volevo bene. Lei non mi prendeva in giro per i miei capelli rossi, le lentiggini e le braccia e le gambe dinoccolate… Neppure da piccole, quando gli altri bambini in giro mi ci prendevano eccome. Mi presentava a tutti i ragazzi che ronzavano attorno a lei come mosconi. E a qualcuno piacevo persino io… ero la seconda scelta, sì, ma almeno mi apprezzavano. Ha provato anche ad aiutarmi a trovare un buon lavoro come il suo, sai, lei lavorava presso la biblioteca universitaria, era molto professionale e tirava su dei bei soldi.

Fu allora che mi resi conto che probabilmente, non ero alla sua altezza. Provai a cercare lavoro come segretaria o dattilografa ma non ci riuscii. Lei rise e finse di capirmi e incoraggiarmi, quando le raccontai di aver rovesciato l'inchiostro sulla signora che mi stava facendo il colloquio per lavorare in un ufficio… ma cominciai a capire che forse non rideva con me, ma *di* me. E quando le dissi che volevo provare a cercare lavoro come cucitrice in una fabbrica di vestiti, mi guardò dall'alto in basso, come a dire che, se avessi fatto quel lavoro, non sarei più stata degna della sua amicizia.

E poi conobbe quella negra di nome Temple: Macey divenne amica di quella stronza e non ebbe più tempo per me. Ha persino lasciato il lavoro alla biblioteca e, quando provavo a chiamarla o andavo a trovarla, non c'era mai.»

Dopo quel discorso, Macey aveva le lacrime agli occhi e un

disperato bisogno di soffiarsi il naso. *Oh, Flora!* Sapere che la sua migliore amica pensava tutte quelle brutte cose era terribile e la faceva stare malissimo.

Eppure... su certe cose aveva ragione: da quando era diventata una Cacciatrice, non aveva avuto più molto tempo da passare con Flora, Chelle e Dottie, come invece avrebbe voluto.

E a rendere ancora peggiore la cosa, c'era il fatto che non poteva parlare loro della sua nuova vita, né spiegare il perché della sua latitanza...

«Ma è stato proprio allora che la mia vita è cambiata davvero. Ho incontrato un uomo molto affascinante, il conte Alvisi, proprietario di un locale di cabaret, il *Blood Club*. Lui mi introdusse in una società segreta chiamata *Tutela* e mi disse che, se giocavo bene le mie carte, potevo diventare *immortale*. Sarei stata forte, dotata di poteri sovrumani, per una volta, meglio di Macey Denton e forse sarei stata io a dover aiutare lei.

Per cui fui molto brava e accorta: per la prima volta, riuscivo in qualcosa. Ero *in gamba*. Lavoravo al *Blood Club* e conobbi molti... com'è che li chiami, Grady? *I miei amichetti?*» Flora ridacchiò di nuovo ma s'interruppe di colpo. «Ehi, sei stato lì anche troppo, allontanati.»

«Cosa successe al *Blood Club*?» chiese Grady, allontanandosi da Savina.

«Ah, sì... *quello.*» La voce di Flora si fece durissima. «Successe una cosa piuttosto strana, una cosa che lì per lì mi fece incazzare ma che, alla fine, si è rivelata una grande opportunità. Sai, quando Alvisi scoprì che ero la migliore amica di Macey Denton, all'improvviso cominciò a interessarsi particolarmente al mio... a me. Mi trasformò quasi subito in un vampiro perché voleva servirsi di me per arrivare a Macey. Insomma, eravamo alle solite: chiunque volesse avere a che fare con me, lo faceva per *lei.*»

Macey poteva ora scorgere la sua amica e si schiacciò contro il muro per non essere vista a sua volta. Avrebbe potuto uscire allo scoperto in qualsiasi momento, ma prima voleva scoprire qualcosa di più sui piani di Flora e se c'erano sorprese, seppure fosse ben conscia che ogni attimo di ritardo poteva essere fatale per la povera Savina.

Poi chi glielo spiegava a Max?

Sentì una stretta al petto. Sperava che Grady le avesse dato una mano ma lei non poteva tardare oltre.

Strinse forte il paletto e, accucciata a terra per evitare di essere vista, oltrepassò la porta.

«Fu allora che realizzai quanto fossi importante per quelli che chiami i miei amichetti» proseguì Flora in tono tronfio. «Ma diamo alle cose il loro nome, che ne dici, Grady caro? Loro sono *vampiri* e lo sono anche io… ma adesso arrivo al punto, porta pazienza. Quando realizzai quanto fossi utile ai vampiri come migliore amica e confidente della famosa Macey Gardella Denton» c'era una profonda amarezza nelle sue parole, «cominciai a usare la cosa a mio vantaggio. Specie quando mi resi conto che non avrebbe mai avuto il coraggio di ammazzarmi. Ha avuto svariate occasioni, ma non c'è mai riuscita: la prima volta ha *mancato il bersaglio*, come un battitore che subisce tre strike. Che razza di Cacciatrice è?»

Flora si era messa a ridere. «E poi ci sono state altre occasioni. Anche se entrasse qui in questo momento e le offrissi il mio cuore, non sarebbe in grado di piantarci un paletto, perché è ancora convinta di potermi salvare e che le cose possano tornare come erano un tempo. Mi ha creduto persino quando, sabato sera alla mostra, ho finto che la tua presenza mi indebolisse, Grady caro. Si è sempre bevuta tutto quello che le dicevo… tipo che volevo tornare mortale, come se fosse possibile, e che mi mancava.

Ma le cose non potranno mai tornare come erano un tempo e sarà lei ad aver bisogno di essere salvata. Le rovinerò completamente la vita, non appena riceverà il messaggio e verrà a sapere che sei qui e cosa sto per farti. Grady caro. Che spreco, mamma mia, un così bel folletto irlandese…»

«Non ti disturbare a mandarmi messaggi. Sono qui» dichiarò

Macey, rivelandosi e facendo voltare di scatto la vampiressa, che la guardò spalancando gli occhi, la pistola ancora stretta in pugno.

Fu allora che Macey poté valutare l'intera scena: Grady trattenuto da due vampiri che lo tenevano per le braccia e la nuca; Savina riversa a terra, immobile, i capelli scuri sparsi e i vestiti sporchi di sangue. Su un tavolino vicino alla poltrona-trono, c'era la piccola piramide nera. C'era poi un altro tavolo su cui erano posati due coltelli lucenti, un piatto di bronzo e una serie di libri e strumenti. Almeno altri sei non-morti controllavano l'entrata principale della sala, da dove, probabilmente, Flora credeva sarebbe arrivata Macey, una volta ricevuto il messaggio.

«Beh» disse la vampiressa con gli occhi accesi come tizzoni ardenti, «eccoti qui. Vorrà dire che non ci sarà bisogno di ripetere tutta la storia. Ti racconterò solo il finale, Macey cara.»

«E quale sarebbe il finale della tua bella favoletta?» Macey cercò lo sguardo di Grady, che però era rivolto altrove, verso Savina. Fu lieta di notare che il corpo inerte dava segni di vita. Flora continuava con la sua filippica, mentre la guardava con occhi accesi di rossa follia e le zanne snudate. «Hai distrutto la mia vita, eppure sono ancora qui, come quell'uccello che risorge dalle proprie ceneri... come si chiama? Non importa, ma è quello che sono io... migliore e più potente di quanto non fossi quando eravamo amiche. E ora sarà il mio turno di distruggerti la vita, per farti sentire cosa si prova. No, amica mia, non ho alcuna intenzione di uccidere *te*. Assolutamente... lo vedi? Neanche io sono capace di ucciderti, perché non saprei vivere in un mondo senza di te.» Flora si avvicinò al tavolino e con la mano libera dalla pistola, sollevò la Piramide di Rekk. «E su questo non ti ho mentito, sai. Che fortunata coincidenza, che l'abbia trovata prima io di Iscariot!»

Teneva il piccolo prisma d'onice sul palmo, guardandolo come fosse un diamante, e alla luce delle lampade riverberava di riflessi blu e verdi.

«Come puoi vedere è pronta per un nuovo padrone e io sono pronta a comandarla. Devo solo svegliarla.»

Macey aspettava il momento giusto per colpire, quello in cui avrebbe potuto scagliare il paletto e mandarlo a conficcarsi nel cuore di Flora. Glielo avrebbe fatto vedere lei, chi era capace di uccidere chi. «E come intendi farlo?» proseguì la Cacciatrice, avvicinandosi al centro della stanza. Uno dei vampiri fece per raggiungerla ma lei le lanciò uno sguardo di sfida che lo fece tornare verso i suoi compagni e l'ingresso principale.

Flora vide il siparietto e il suo sorriso si fece di pietra, ma rispose: «C'è una sola cosa al mondo che per te vale più di ogni altra… ed eccolo lì, Grady. Hai fatto di tutto per non arrivare a questo ma, ahimè, al pari di tuo padre, non sei riuscita a impedirlo.»

«Perché fai tutto questo?» incalzò Macey, sempre alla ricerca della giusta angolazione.

«Tu mi hai portato via tutto e ora voglio solo ricambiare la cortesia» rispose con un sorriso a zanne snudate che, ancora una volta, rammentò a Macey che le cose non sarebbero mai potute tornare come prima. Mai più.

«Capisco» continuò Macey, che aveva bisogno di più tempo, per avvicinarsi e sperare in un lancio migliore. All'improvviso ebbe un'idea: «Ma c'è una cosa che non mi torna… cose c'entra lei?» chiese, indicando Savina.

«Beh, lei era solo il modo più facile per far accorrere il signor Grady, che a sua volta doveva fungere da esca per te. Purtroppo le cose non sono andate esattamente come previsto ma…» Un sorriso gelido le incurvò le labbra, «tu sei qui e io ho una pistola. E neppure un Cacciatore può niente contro una pallottola. Quindi non vedo motivo di modificare i miei piani: fra pochi istanti il signor Grady mi aiuterà a risvegliare la Piramide di Rekk e tu potrai vedere quanto sarà lento e doloroso tale processo.»

«Quando hai deciso di rubare la piramide?» Macey fece un altro passetto in avanti. Teneva il paletto seminascosto, sperando che Flora, presa dall'enfasi del delirio sui suoi piani e le sue conquiste, non lo notasse.

«Iscariot ignorava che fosse a Chicago, finché io non gliel'ho detto. Aveva già pianificato il piacevole interludio in quella scuola ma, in origine, voleva chiedere come riscatto gli Anelli di Jubai. Quando però gli ho raccontato che non gli servivano più, portò comunque avanti il piano cambiando le sue richieste. Ma io ne avevo altri, di piani. Mentre tutti voi eravate impegnati con quelle ragazzine, io sono andata a prendermi la piramide. Non avevo la minima intenzione di darla a Iscariot ed ero piuttosto sicura che lo stesso valesse per voi. Speravo anche che ci pensaste voi a sbarazzarmi di lui... Capisci? Io avrei vinto comunque.»

«Eppure Iscariot doveva tenere molto a te» continuò Macey, avanzando ancora, ma a quel punto Flora la fissò e sollevò l'arma.

«Non un altro passo. So cosa vuoi fare e non ho paura di usare questa.» Impugnava la pistola come fosse pronta a usarla e Macey sapeva bene che aveva un'ottima mira. Erano cresciute allenandosi a sparare alle lattine, facendo pratica per poi spaventare i corvi e farli allontanare dal campo di mais della famiglia di Flora.

«Oh, sì, Iscariot è vero. Ci teneva così tanto da fare per me qualcosa che non faceva da più di due secoli.» Il suo sorriso metteva i brividi.

«Cioè?» Macey continuava a tentare di catturare l'attenzione di Grady, ma non era facile perché non poteva perdere di vista né Flora né gli altri sei vampiri sulla porta. Se Max e Chas li avessero raggiunti, sperava ardentemente che avrebbero trovato un'altra via d'accesso.

«Una notte mi ha morso e ha succhiato via quasi tutto il mio sangue e poi ha lasciato che io bevessi il suo. Ero già una non-morta, ma il mio sangue immortale mescolato al suo, mi ha reso forte quasi quanto lo stesso Nicholas... e quando controllerò la piramide sarò ancora più potente di quanto fosse lui. Credo proprio di doverti ringraziare, per avermelo tolto dai piedi... o avremmo finito per batterci per la piramide.»

Flora si voltò allora verso Grady. Lo sguardo era acceso e deciso mentre riappoggiava la piramide sul tavolino. «Credo sia ora di finirla con le chiacchiere. Adesso sapete tutto quello che dovevate sapere e io sono pronta a divertirmi.»

Sempre stringendo la pistola, a scanso di equivoci, prese uno dei coltelli: l'enorme lama rimandò un riverbero malvagio alla luce della lampada e Macey trasalì.

Doveva agire subito, ma non era ancora abbastanza vicina e Flora era girata in un modo tale che era difficile colpirla. Senza contare che non era mai stata brava a scagliare i paletti... Temple glielo diceva sempre.

Temple.

Una fitta di dolore accompagnò il ricordo della sua amica e mentore, e avanzò, determinata. Quel coltello non avrebbe mai sfiorato Grady, e Temple sarebbe stata vendicata.

«Il tuo piano non è un gran che, non sei mai stata brava in questo genere di cose» la canzonò Macey. Per quanto fosse doloroso parlare così alla sua amica, anche se aveva intenzione di distruggerle la vita, proseguì. Conosceva Flora meglio di chiunque altro e sapeva che il suo temperamento da rossa si sarebbe infiammato subito.

«Cosa vorresti dire?» si voltò di scatto, la voce gelida, le mani tremanti che impugnavano il coltello e la pistola. Sollevò l'arma da fuoco e la puntò verso Grady, che non si era mosso ed era ancora trattenuto dai due vampiri. «Prova a ripeterlo.»

«Già, sarebbe proprio da te, sparare a un uomo inerme. Sei una codarda e una fallita. Se sei riuscita a impossessarti della piramide è solo perché io ho ucciso Iscariot, altrimenti non saresti stata altro che la sua umile serva, qualunque sia il sangue che ti scorre nelle vene.» Sollevò il mento, fissandola e stringendo in mano il paletto.

Gli occhi della vampiressa brillarono e Macey percepì il suo potere vibrare e trapassarla come un fulmine. Dovette metterci tutta se stessa per non lasciarsi possedere.

Flora non sarebbe riuscita a controllarla.

Eppure era forte e nelle sue vene scorreva il sangue di Iscariot. Un brivido la scosse nel profondo quando percepì il potere che tentava di prendere il controllo del suo respiro e del suo cuore.

«Come osi dire una cosa del genere!» sbraitò Flora tornando a puntare la pistola contro l'ex amica. La sua presa era salda, nonostante un lieve tremore.

«Non sei mai stata meglio di me, Macey, ma hai sempre pensato di esserlo. Solo perché sei piccolina e delicata, mentre io sono una cavallona sgraziata, non sei autorizzata a parlarmi con quel tono. E non sono affatto una codarda, sono stata più coraggiosa di quanto tu possa immaginare... ho dato la mia anima per questo, l'avresti mai fatto *tu*?»

Flora mosse qualche passo verso di lei, sempre puntandole contro la pistola, mentre quei suoi occhi che brillavano di rossa follia la attraevano, blandivano, rendendo confusi i confini del suo campo visivo. Macey si sentiva cedere: la vista le si stava offuscando e stava perdendo il controllo sul proprio cuore.

Sistemò le dita attorno al paletto e si concentrò sul centro del petto di Flora. Era ancora troppo lontana per poter sferrare un colpo preciso e la vampiressa pareva saperlo.

Macey doveva dunque calibrarlo alla perfezione, calcolare accuratamente il tempo, l'angolo e le parole giuste.

«Non è coraggioso per niente» la schernì, «non hai fatto niente di audace, e hai scoperto la piramide per puro caso. Tutto quello che hai fatto è frutto del caso. Persino sparare a Temple, che sì, era la mia *migliore* amica e me l'hai portata via. Di certo ce l'avevi di fronte ed era impossibile mancare il bersaglio: solo in questo modo hai potuto avere la meglio su di lei e straziarla, nonostante non fosse che una mortale. Sei una buona a nulla persino come *vampiro*.»

Si sforzò di pronunciare quelle parole, le tirò fuori ben sapendo quanto profondamente quelle cose orribili avrebbero ferito Flora.

Perché dentro quell'essere dannato e senz'anima, da qualche

parte c'era ancora la sua amica, quella che per anni aveva amato come una sorella, era ancora lì e soffriva.

Ma non c'era niente che Macey potesse fare: Flora aveva preso la propria decisione e la sua anima non le apparteneva più.

«Avremmo potuto essere amiche e restare insieme per sempre. Avremmo *dovuto*...» Parlava in modo sempre più concitato, teso, disperato. «Ma tu mi hai tradito.»

Mentre con la coda dell'occhio coglieva dei movimenti vicino alla porta, Macey scagliò con forza il paletto che fendette deciso l'aria volando verso Flora, la quale strillò quando le passò accanto senza toccarla. «Come hai osato! Hai tentato di uccidermi!» Lasciò cadere il coltello, afferrò la pistola con entrambe le mani e premette il grilletto.

Macey guardava la porta quando il proiettile la colpì con incredibile forza nel petto. Un dolore intenso la trapassò e lei ricadde all'indietro, precipitando a terra.

UN UOMO DAL CUORE PURO

*M*ax aveva appena raggiunto la porta, quando vide il proiettile colpire Macey in pieno petto, mandandola a terra, mentre il paletto le sfuggiva dalla mano inerte.

«*Nooo!*» gridò fiondandosi nella stanza, seguito a ruota da Woodmore.

Ma appena oltrepassarono la soglia, un manipolo di non-morti fu loro addosso. Max perse di vista la vampiressa dai capelli rossi, mentre piantava un paletto nel cuore del vampiro più vicino, quindi si girava e accucciava per colpire il successivo. Gli si facevano incontro uno a uno e lui scalciava, affondava, lottava e li sbatteva a terra, finendoli con colpi di paletto ben assestati.

Lui e Woodmore combatterono fianco a fianco, poi schiena contro schiena per diversi minuti, in un vortice di vampiri, prima di emergere da un nugolo di polvere e resti di non-morti e scorgere Flora a terra, china sul corpo di Macey.

«No» singhiozzava, dondolandosi avanti e indietro. «Io non volevo...»

Lasciò cadere a terra la pistola e Grady fu svelto a recuperarla, anche se non sarebbe servita a molto contro di lei. «Non volevo ucciderti Macey, davvero, devi credermi, non volevo!»

Pazzo di dolore, Max si scagliò verso di lei ma fu fermato e strattonato indietro, nientemeno che da Woodmore.

Max si voltò infuriato, i pugni pronti, ma Woodmore lo trattenne, afferrandolo per un braccio e disse: «Guarda.»

Vide allora che la mano inerte di Macey si era sollevata e teneva Flora per il bavero. «Non volevi uccidermi, eh» sibilò, sollevando la testa da terra. «E infatti non l'hai fatto. Ma ora, finalmente, sarò io a uccidere te. Mi dispiace Flora, pregherò perché tu possa in qualche modo trovare pace. Ma è finita.»

«Lo farai davvero, stavolta?» sussurrò la vampiressa e Max vide una lacrima rigarle la guancia e cadere sul viso di Macey. «Sì.» La sua voce era sottile ma dura.

«Ti volevo bene.»

«Te ne volevo anche io.»

«Fa' in fretta, Macey.»

L'altro braccio di Macey scattò e Max vide il corpo di Flora tendersi e poi esplodere in una nube di polvere argentata.

Poi calò il silenzio.

Max si guardò attorno. Grady stringeva in mano la pistola e un paletto che sarebbe stato pronto a usare, mentre aiutava Savina a rialzarsi. La donna aveva i vestiti imbrattati di sangue, ma si reggeva in piedi e aveva a sua volta un paletto in mano. Guardò Max e quando i loro sguardi si incrociarono, lui si sentì tanto sollevato da tremare. *Era viva.*

E l'avrebbe sposata, porca puttana.

Macey si alzò faticosamente in piedi, tremante e afflitta e sollevò una mano per fermare Woodmore che si era avvicinato per aiutarla. Una lacrima le rigò la guancia ma fu svelta a girarsi e asciugarla. Le tremavano le spalle e teneva la testa china.

Woodmore scambiò uno sguardo con Max, poi andò verso il tavolino su cui era poggiata la Piramide di Rekk, così placida e innocente nell'aspetto, eppure così malvagia.

Denton esitò un attimo, ma poi si avvicinò alla figlia e senza darle il tempo di scansarsi o protestare, la strinse tra le braccia.

Un abbraccio che rimandava da troppo, troppo tempo.

«Come hai fatto?» le chiese. «Non sanguini neanche! Eppure ho visto la pallottola colpirti!»

«La sola e unica cosa che ho tenuto dai tempi in cui lavoravo per Capone: un corsetto a prova di proiettile.»

Max chiuse gli occhi, ignorando quanto bruciassero, e la strinse ancora di più. Forse doveva ad Alphonse un'altra visita, stavolta per ringraziarlo.

Macey sospirò, poi si lasciò sprofondare tra quelle braccia, tremando mentre ricambiava l'abbraccio, stringendosi a lui come ne andasse della sua vita.

E per la prima volta da tredici anni, Max si sentì di nuovo un padre.

———

«Vuoi procedere subito, Woodmore?» chiese Max, alcuni istanti dopo. Era ancora abbracciato a Macey e la stringeva tanto forte che lei quasi non riusciva a respirare, ma non le importava. Era tanto tempo che il suo papà non l'abbracciava e si era resa conto di averne un gran bisogno.

«Non lo so... ci sono delle... considerazioni da fare.»

Macey si staccò per cercare di capire di cosa stessero parlando, ma non poté fare a meno di guardare Grady. Sembrava illeso ed era in piedi vicino a Chas che pareva pronto ad abbattere la lingua-lama ricurva sulla Piramide di Rekk.

Si rese conto in quell'istante che era finita: portando a termine la loro missione, terminava anche la collaborazione fra Max e Grady.

Era *davvero* finita. Sentiva gli occhi bruciare e la gola chiusa.

Macey si era appena staccata da Max che Savina accorse ad abbracciarlo a sua volta, con il suo bel completino rosa tutto macchiato di sangue. Il modo in cui Max prese lei tra le braccia era nettamente diverso da quello in cui aveva tenuto Macey, che si voltò, reprimendo tanto le lacrime quanto un sorrisetto.

«Quali considerazioni?» chiese Macey a Chas, cercando di mantenersi calma. Non doveva assolutamente guardare Grady.

Ovviamente il giornalista aveva udito tutto il pomposo discorso di Flora, inclusa la parte in cui l'aveva definito *la cosa più importante* per lei. Non era certa di come lui la pensasse in proposito, né che effetto gli facesse… sperava solo che l'avesse scordato. E che sarebbe tornato alla sua vita di tutti i giorni.

Quando Max non avrà più bisogno di me, le cose torneranno a essere come vuoi tu.

Macey inspirò a fondo e a fatica. Magari poteva andare a Roma con Max e Savina per visitare il Consilium. Non aveva alcuna ragione per rimanere a Chicago ormai, e Chas sarebbe rimasto a tenere d'occhio la situazione.

«Secondo gli appunti di Temple, la piramide deve essere trafitta con la lingua ricurva del teschio dagli occhi di rubino, da un uomo.»

«Un uomo?» domandò Macey.

Chas fece spallucce. «Mi attengo a quanto scritto da Temple, bellezza.»

«Va bene. Un uomo qualsiasi o-»

«Un uomo dal cuore puro.» Tacque e si guardò attorno con un sorrisetto sardonico, «quindi non io.»

Macey lo guardò e gli poggiò una mano sul braccio, stringendoglielo con affetto. «Non hai mai smesso di amare Narcise Moldavi, per più di un secolo. Direi che questo rende il tuo un cuore puro.»

Sbatté le palpebre e guardò il pugnale che aveva tra le mani. «Forse hai ragione ma…» Scrollò di nuovo le spalle. «Beh, tentar non nuoce, credo.»

«Non posso fare a meno di notare che non hai proposto a me di provarci» disse Max secco, e Macey si voltò di scatto preoccupata, ma si accorse che il padre stava ridacchiando. Teneva Savina per la vita e il suo bel viso era finalmente rilassato.

Così rise anche lei.

Si raccolsero attorno a Chas, Max era praticamente incollato a Savina, ma allungò l'altro braccio per cingere le spalle della figlia.

Chas inspirò e poggiò la punta del pugnale sul vertice della piramide. Afferrò saldamente l'elsa con due mani, pronto a spingere con tutte le sue forze ma, all'improvviso, la lama iniziò lentamente a penetrare da sola nella pietra.

Tutti trasalirono nel vedere il coltello raggiungere il centro della piramide come se fosse fatta di burro. Poi il prisma si divise in due parti, che si spezzarono ed esplosero in una nuvola di polvere, come era accaduto alla sua creatrice, Lilith l'Oscura, centinaia di anni prima.

Macey guardò Chas e vide che i suoi occhi brillavano, puliti e limpidi come mai prima di allora.

«Puro di cuore» gli sussurrò.

26

IN CUI LA FOTOGRAFA RIVELA IL SUO SEGRETO

Ora che la piramide era ridotta a un cumulo di schegge d'onice e che, almeno per il momento, i vampiri erano stati messi a tacere, i cinque decisero che non c'era ragione di trattenersi in quel vecchio edificio.

Ma Macey si trattenne. Si trattenne a fissare il punto in cui Flora era stata ridotta in cenere. Le veniva da piangere ripensando a quegli ultimi istanti... quando aveva riaperto gli occhi dopo il terribile impatto della pallottola e se l'era ritrovata a pochi centimetri da lei.

Gli occhi che l'avevano fissata non erano rossi, ma azzurri, piangenti e tristi.

Macey l'aveva guardata, la vista altrettanto offuscata dalle lacrime, e aveva estratto il paletto. E poi non aveva avuto nessuna esitazione, nessuna incertezza e l'aveva presa per il bavero.

«Lo farai davvero, stavolta?»

«Sì.»

«Ti volevo bene.»

«Te ne volevo anche io.»

«Fa' in fretta, Macey.»

Aveva mormorato una preghiera, chiedendo perdono per aver ferito Flora e sperando che, in qualche modo, la sua amica potesse trovare la redenzione. Poi le aveva affondato il paletto nel cuore.

La vampira aveva spalancato gli occhi per il forte impatto e si era bloccata, poi le aveva sorriso, come se l'avesse liberata da un peso… ed era scomparsa.

Ormai era il momento di lasciare quel posto e si asciugò gli occhi ancora una volta, tirando su col naso come una bambina. Le sarebbe servito un fazzoletto.

Che prontamente qualcuno le porse.

Riconobbe subito la mano di Grady. Tremò appena mentre lo prendeva, si puliva rapidamente gli occhi e il naso, nascondendo il viso ed evitando il suo sguardo arrabbiato.

«Grazie» mormorò. Dette un'ultima occhiata alla stanza, come ad assicurarsi che non stesse dimenticando niente e si diresse verso la porta. Fuggire. A quel punto aveva solo voglia di fuggire.

«Macey?» La voce di Max penetrò la confusa cortina delle sue emozioni. «Sei pronta?» chiese in un tono insolitamente gentile.

«Eccomi» rispose, stringendo fra le mani il fazzoletto e raggiungendo il padre. Fu sorpresa scoprendo di desiderare ardentemente un altro abbraccio da parte sua.

Grady raggiunse Chas in testa alla fila e gli altri li seguirono, ripercorrendo a ritroso il percorso creato dal giornalista, oltrepassando il buco nel muro, la parete abbattuta con la dinamite e il fiume sotterraneo.

Quando riemersero nella vecchia stazione abbandonata, si accorsero che era notte fonda. Nubi leggere velavano la luna e le stelle e in lontananza, tre fari illuminavano il cielo nero.

Si stiparono nella macchina di Grady, Chas davanti e Max e le ragazze sul sedile posteriore. Macey si sedette dietro a Grady, così da non essere tentata di spiarne il profilo. Prima fosse riuscita ad allontanarsi da lui, prima avrebbe potuto iniziare a raccogliere i pezzi della sua vita… e del suo cuore.

«L'hai fatto apposta, vero, bellezza?» chiese Chas dal sedile anteriore. «A spingerla a spararti?»

«Certo. Flora aveva un'ottima mira ed era brava a non offrirmi un buon angolo di tiro per scagliare il paletto. Solo che non mi aspettavo che la forza dell'impatto mi avrebbe spinta a terra.»

«L'hai fatto apposta? Ti sei fatta sparare *di proposito?*» ringhiò Max. «E se quella ti sparava alla testa? E se il corpetto non funzionava? Non hai pensato che-»

Macey lo fermò, carezzandogli la mano. «Sapevo che non avrebbe mirato alla testa, è un bersaglio più piccolo e poi non aveva sparato alla testa né a Temple né al dottor Sevin. Solo al petto. Le mie chance erano piuttosto buone.»

«*Piuttosto* buone? Mi sembra un po' poco» borbottò, ma si interruppe di colpo e Macey ebbe la netta impressione che Savina gli avesse allungato un calcio. Le piaceva proprio quella donna.

«Al Capone… Alphonsus… ne porta sempre uno uguale» proseguì. «Fece realizzare questo corpetto per me quando ero… insomma, quando lavoravamo insieme.» Fissò la nuca di Grady, illuminata da un improvviso bagliore di luce, ben sapendo quanto deplorasse gangster e gente del genere. Ma non si capiva se stesse ascoltando o meno. «Non è molto comodo, ma dato che Flora aveva già dimostrato la sua propensione a usare le armi da fuoco oltre alle zanne, ho pensato fosse il caso di indossarlo.»

Parcheggiarono davanti alla casa di Grady e Macey scese rapidamente dalla macchina, lo stomaco stretto in una morsa. Era quasi finita.

Devi solo recuperare la tua roba e andartene.

Chas si soffermò sul marciapiede di fronte al portico. «Io vi saluto qui» disse.

Macey lo abbracciò e lui le posò un fugace bacio sulle labbra. «Sii forte, bellezza.» le sussurrò all'orecchio, stringendola vigorosamente.

«Ci rivedremo presto?» chiese, afferrandolo per un braccio: all'improvviso non voleva lasciarlo andar via.

«Presto dovrò andare in Siberia, ma prima ho delle cosette da sbrigare qui.»

Andò quindi a stringere la mano a Grady, poi a Savina e Max. Si trattennero a parlare mentre il padrone di casa apriva la porta.

«Devo solo prendere le mie cose» disse Macey, scivolando dentro non appena Grady scostò la porta, e andò su, lasciando gli altri a salutare Chas. Voleva andarsene da lì e rifugiarsi in un posticino intimo, dove cominciare a scendere a patti con tutto quello che era successo negli ultimi giorni.

Stava ficcando le proprie cose nella borsa più in fretta possibile, quando sentì qualcuno entrare nella stanza.

«Ho un altro-» Sentì il cuore fermarsi: la figura in piedi sulla soglia, illuminata dalla luce del corridoio, non era Savina, bensì Grady.

Si riscosse subito e riprese a infilare biancheria, paletti e fiale di acqua santa nella borsa. «Ho quasi fatto.»

«Ho creduto fossi morta.» La sua voce, bassa e tesa, riempì la stanza.

Macey si fermò e sollevò il viso, guardandolo per la prima volta: la faccia era distorta in una maschera di rabbia e dolore, mentre le bloccava l'uscita.

«Ero lì e l'ho vista spararti. Ho creduto fossi *morta*.»

Macey deglutì, ma a fatica perché aveva la gola riarsa e stretta da un groppo. «Io-»

Appoggiato allo stipite della porta, chinò il capo, massaggiandosi nervosamente la fronte. «Ho creduto di averti persa, che te ne fossi andata per sempre. E allora ho capito che non potevo... che ero...»

Scuoteva la testa, torturato da un misto di tristezza, rabbia e rimpianto.

«Mi dispiace» riuscì infine a mormorare Macey. «Non volevo spaventare nessuno, beh, a parte Flora» soggiunse con una risatina forzata, perché aveva ancora male al cuore e il dolore aumentò fino a invaderle il petto, nel vedere una tale agonia sul quel volto che tanto amava. «Era l'unico modo per-»

«Macey, mio Dio, quello che hai chiesto a Wayren è così... sbagliato... sbagliatissimo.»

«Oddio, Grady, lo *so*. Io…» Le mancò la voce. Come avrebbe mai potuto scusarsi, spiegare… essere degna del suo perdono?

«Eppure, la verità, Macey… a dispetto dell'enormità di quello che mi hai fatto… la verità, Macey, è che non voglio vivere una vita senza di te. Maledizione.» Le parole gli uscivano a fatica tra i denti, come se le strappasse dalla carne viva.

Macey piangeva calde lacrime, avrebbe voluto andare da lui ma non osava. «Io ti amo, ti amo tantissimo. Ma so che quello che ti ho fatto è orribile e imperdonabile. È stato come distruggerti. Ho *sbagliato*.»

Sollevò il capo infine e il suo sguardo fu come un colpo allo stomaco. Quegli occhi blu, scuri e brillanti come il più bello e puro degli zaffiri, pieni di tormento e disperazione… tuttavia c'era, nel profondo, una scintilla di speranza.

«Eppure Macey… nonostante tutto… ti voglio al mio fianco e io voglio essere al tuo in tutto questo, qualunque sia l'orrore che andremo ad affrontare. Qualsiasi guerra, perdita e dolore dovremo sopportare… io voglio che lo facciamo insieme. Io e te. Io… non riesco a desiderare altro.»

Fece un passo verso l'interno della stanza, sempre fissandola con quel suo sguardo intenso. «Nonostante tutto, *a rún*, ti amo più di ogni altra cosa al mondo e ti amerò per sempre.»

Macey non si accorse di essersi mossa, eppure di lì a poco si ritrovò fra le braccia dell'uomo e si stavano baciando come se ne avessero bisogno per respirare. Il viso di Grady era umido e il sapore salato delle lacrime di Macey si fondeva col calore delle labbra di lui, mentre gliele divorava, traendolo a sé.

Tremava, ma non poteva farne a meno, mentre si crogiolava in quell'abbraccio che era come tornare a casa dopo essersi tolta un gran peso dalle spalle, come sfiorare il paradiso… tutto insieme.

Grady mormorò il suo nome mentre la stringeva, le affondava il viso tra i capelli, distribuendo una scia di baci leggeri dal mento fino alle orecchie. Macey vibrava di piacere, era come se il suo corpo fosse tornato a vivere, riemergendo dal baratro del dolore più cupo verso una improvvisa, dolcissima acme di passione.

«Macey ti serve- oh!»

Si staccò da Grady e scorse suo padre sulla porta. Dietro di lui c'era Savina che lo tirava per un braccio, ma ovviamente, non sortiva alcun effetto. «Te l'ho detto che andava tutto bene. Andiamo, lasciamoli fare. È da domenica che mi tengo dentro questo segreto e mi chiedevo quand'è che sarebbe venuto fuori.»

Savina sorrise a Macey e Grady: «So che avete molto di cui... ehm... parlare, quindi ora Max e io ce ne andiamo.» Lo strattonò di nuovo. «Non è vero, caro?»

Ma Max non sembrava molto propenso a smuoversi e i suoi occhi andavano dalla faccia di Macey a quella di Grady... alla posizione delle mani del giovane. Si fece scuro in volto.

«Credo che dovrò imparare a odiarti» borbottò. «Ed è un gran peccato, cazzo, perché mi stai simpatico, maledetto mangiapatate.»

Ciò detto, si voltò e se ne andò.

27

DOVE SI PARLA MOLTO MA SI FANNO ANCHE ALTRE COSE

*L*a porta si richiuse alle spalle di Savina, e rimasero di nuovo soli.

«Grady» attaccò Macey, dopo essere stata riportata brutalmente alla realtà. «Non so immaginare come-»

«No.» La zittì premendole un bacio leggero sulle labbra turgide, per poi rubargliele di nuovo con un altro, lungo e umido, che le fece girare la testa. Le lambiva la bocca con affondi lenti e sensuali, sfregandole la lingua con la sua, mordicchiandole le labbra e facendola fremere di desiderio.

La allontanò appena da sé e con voce roca le sussurrò: «Parliamone dopo, adesso voglio solo fare l'amore con te, Macey, mettere da parte tutto il resto per un po' e sentirti di nuovo...»

Respinse le lacrime date dal dolore e dal senso di colpa. «Oh, sì Grady ti prego,» sussurrò, sollevando il viso per cercare le sue labbra e proseguire poi ad assaporare la sua pelle calda e salata, percorrendo le guance ispide per la barba e i muscoli tesi del collo.

Grady sussultò appena e gemette mentre lei lo baciava e mordicchiava, e aveva cominciato a sollevarle il maglione, insinuandovi le mani sotto e carezzandole la pelle nuda delle spalle.

Non ci misero molto a raggiungere il letto, lasciandosi dietro una scia di scarpe, pantaloni e calze. Ma l'uomo si soffermò quando lei si tolse il maglione e prese a slacciarsi il corpetto antiproiettile.

«Questo coso» sussurrò Grady, sfiorando quell'indumento tanto rigido e scomodo, «mi ha salvato la vita, salvando la tua. Credo che in questo momento potrei baciargli i piedi a quello stronzo di Al Capone.»

Macey riuscì a ridere per non scoppiare a piangere. «Non credo sarebbe molto piacevole- *oh!*» esclamò sorpresa quando Grady, anziché sotto il corsetto, le insinuò le dita nelle mutandine, e mormorò qualcosa di molto osé sentendo quanto fosse già pronta e bagnata. Con lo sguardo, cercò quello infuocato di lei.

«Macey» sussurrò, rendendosi improvvisamente conto di aver temuto che lei non lo desiderasse più come prima e che qualcosa potesse essere cambiato tra loro.

Che cretino. Che cretini erano stati tutti e due.

«Aiutami a togliermelo» disse, ricambiando il suo sguardo avido e carico di promesse. «Voglio sentirti su di me, e dentro di me. Ti prego.»

Non dovette aggiungere altro: con le dita abili da escapologo la liberò in un secondo dell'aggeggio di Capone, e subito dopo si tolse la camicia strappandola e facendo saltare i bottoni.

Libera da quella costrizione, Macey poté finalmente toccargli il petto solido ricoperto da una sottile peluria, facendo attenzione alle ferite inferte dai vampiri.

Finalmente erano entrambi nudi, e i loro corpi si incontrarono, muscoli contro curve, peli ruvidi contro pelle di seta, le gambe intrecciate, le bocche avvinte, le mani ovunque. Grady le sussurrò qualcosa in gaelico sulle labbra, mentre lei lo guidava dentro di sé e si sollevava per accoglierlo meglio.

Oh sì. Macey chiuse gli occhi, stringendosi a lui, sollevando il bacino e muovendolo lentamente per assecondarne i movimenti e perdersi in quel ritmo ancestrale che parlava di amore e passione. E che la faceva piangere... lacrime che erano al contempo di gioia e di dolore, di piacere e beatitudine.

Quando poi quel ritmo divenne forsennato, quando i movimenti si fecero più profondi, rapidi e secchi, Macey dimenticò lacrime e dolore e si lasciò andare alla gioia e al piacere che le crescevano dentro. Urlò, inarcandosi contro di lui, stringendolo forte, mentre veniva. Grady mormorò il suo nome quando dette l'ultima spinta, la guardò negli occhi mentre il viso si distendeva in un'espressione di puro piacere, e lei gli affondava le mani fra i capelli folti e scarmigliati.

Mentre riaffiorava lentamente alla realtà, con il corpo sempre caldo e vibrante e le labbra premute contro la pelle salata della spalla di Grady, assaporandola, sentì finalmente di non essere sola e che non lo sarebbe stata mai più. Lui si distese sopra di lei, quindi scivolò di lato e la strinse a sé.

Un po' di tempo dopo, molto tempo dopo probabilmente, dopo un altro appassionato interludio e un pisolino, Macey si accorse che dalla finestra entravano i raggi del sole.

Era mattino e per la prima volta da settimane, si era fatta una bella dormita.

Come d'abitudine, s'infilò una vestaglia e si diresse quatta quatta verso il bagno per darsi una rinfrescata, quindi scese dabbasso a cercare qualcosa da mangiare: all'improvviso si era scoperta affamata come non era da tempo.

Era in cucina che cercava di tirar fuori qualcosa dalle magre scorte nel frigo di Grady... un uovo sodo, del buon Cheddar irlandese, delle mele e un mezzo filoncino di pane quasi secco... quando sentì le scale scricchiolare.

«Eccoti qua» disse Grady, raggiungendola. Quando lo guardò in faccia, si rese conto, con un tuffo al cuore, che aveva temuto che se ne fosse andata.

Non sarebbe stata la prima volta.

«Grady» mormorò posando il vassoio col cibo e buttandoglisi tra le braccia. Lui se la strinse forte contro il corpo nudo e Macey sospirò, strofinandogli il naso sul petto e inalando il suo profumo. «Non me ne vado, almeno che non lo voglia tu.»

La strinse ancora più forte e la baciò sulla testa. «Non finché non avrò finito con te» ridacchiò. «E credo ci vorrà ancora un bel po', *a rún*.»

«Cosa vuol dire *a rún*?» chiese, alzando lo sguardo verso di lui.

«Significa *il mio segreto*, o meglio, *il segreto del mio cuore*, il più vero e profondo segreto del mio cuore.»

«Ma tu… mi avevi chiamato così anche… prima.»

L'espressione che lesse sul suo viso le tolse il fiato, più di qualsiasi ardente bacio si fossero scambiati. «Sì. Ma ora è più vero ancora, no?»

«Non mi hai mai dimenticata, non è vero?» scosse il capo. «I tuoi ricordi non sono stati-» Non riusciva a trovare le parole per descrivere quello che aveva tentato di fare. Le sembrava di avere una palla di piombo nello stomaco e le era persino passata la fame.

«Wayren mi ha fatto scegliere.»

«Ah.»

Annuì serio, e si allontanò, mentre i suoi occhi non erano più color del cielo ma della stessa sfumatura del lago Michigan in inverno. «Mi ha concesso di scegliere se volessi vivere nell'oblio… e al sicuro, o meno. Quando mi disse che tu… beh, non fu una decisione difficile, non esitai neppure un momento. Ma ero terribilmente arrabbiato con te, Macey, non posso negarlo.»

«Mi sembra il minimo» esalò mentre il cuore faceva una capriola al pensiero che potesse essere ancora *terribilmente arrabbiato* con lei e che lo sarebbe stato per sempre. Che non si sarebbe più fidato di lei.

Nonostante poche ore prima avesse fatto il sesso più appassionato e appagante della sua vita, tra loro non sarebbe stato mai più come prima, né come avrebbe potuto essere. Quella poteva essere anche l'ultima volta che stavano insieme.

«Cercavo di capire… ma come potevo? Dopo quello che avevamo appena affrontato?» Il tono era duro, gli occhi rivolti altrove, le dita stringevano spasmodiche il bancone della cucina. «Dopo tutto quanto… ancora mi respingevi.»

Macey aveva la gola serrata e non riusciva a parlare. Gli occhi erano pieni di lacrime e le serviva di nuovo un cazzo di fazzoletto.

Grady sospirò, aprì un cassetto e le passò un canovaccio. «Non sei molto ben equipaggiata, per essere un Cacciatore.»

«Quello che ho fatto è imperdonabile, lo so. Ma l'ho fatto solo per proteggere-»

«Me?» sibilò.

«*No*. Me stessa. Volevo risparmiarmi quello che era toccato a mio padre. Evitare di potermi trovare nella posizione di dover decidere se salvare te o il mondo. Di dover vivere ogni istante nel terrore che qualcuno ti potesse portare via da me. Di fare quello che fece Victoria Gardella sposando Philip de Lacey.»

Grady non disse una parola, ma la sua mano scura e forte, andò a stringere quella di Macey. «Savina ha detto la stessa cosa.» Si voltò verso il vassoio e lo prese. «Ho fame. Sediamoci.»

Macey riprese a respirare: ora capiva come si era sentito lui scendendo in cucina, trovandola lì e scoprendo che il loro appassionato interludio non era un fuoco di paglia, non una breve bugia. Si sarebbero seduti a parlare e forse avrebbero potuto aggiustare le cose tra loro.

«Savina lo sapeva?» chiese sedendosi sul divano. Il vassoio era sul tavolino accanto.

«L'aveva capito. Abbiamo parlato tanto domenica, mentre veniva giù quell'acquazzone… quando sei venuta a bussare.» Lui la guardò e Macey arrossì e distolse lo sguardo.

«Savina non ti ha riconosciuta, ma io sì. Perché sei venuta? Mi hai… mi ha dato fastidio… andava tutto… bene, persino dopo averti vista alla mostra. Ma quello era… impossibile. Non mi sarei mai aspettato di vederti e invece… eri lì. E sembravi così…» Scosse il capo. «Credevo non mi sarei mai ripreso.»

Aveva di nuovo bisogno di un fazzoletto: era stata un'emerita cretina. Perché non poteva tornare indietro nel tempo e sistemare le cose?

«Quella sera ce l'ho fatta… certo, ero felice che te ne fossi andata via presto dalla mostra, altrimenti non sarei mai riuscito a... ma poi il giorno dopo ti sei presentata qui, sotto la pioggia, con un aria da cucciolo abbandonato, triste, sperduta sotto quel maledetto cappello. E poi te ne sei andata subito... Dopo ho fatto a Savina un sacco di domande su tuo padre e sulla loro relazione e alla fine ha capito che io e te avevamo... eravamo stati insieme.»

«È una tipa sveglia.»

«Tuo padre è pazzo di lei, sai. Temo che presto diventerà la tua matrigna.»

«L'idea non mi dispiace» sorrise, lasciandosi ricadere sui cuscini e mangiucchiando un pezzo di formaggio. La fame le stava tornando. «A proposito di te e di mio padre... è chiaro che vi conoscevate già ma... come? Dove?»

«Durante la guerra, ci siamo incontrati grazie a Houdini. Io e lui eravamo buoni amici e tuo padre prendeva parte ad alcune delle lezioni che teneva per i soldati inglesi. A quei tempi vivevo ancora a Londra. È così che ci siamo conosciuti.»

«Ed è lì che hai scoperto l'esistenza dei vampiri? Perché lo sapevi da prima di conoscermi...»

Annuì. «Sì. Per molti anni non ne ho avuto la certezza, ma iniziai a sospettarlo dopo aver visto Max impalarne una in un vicolo. Non ero sicuro di quello a cui avevo assistito e tuo padre naturalmente non voleva rispondere alle mie domande, ma avevo letto così tanti libri sui vampiri che il sospetto mi era venuto. Poi mi trasferii qui a Chicago e Linwood prese a parlarmi di cadaveri rinvenuti con strane ferite e... il dubbio divenne certezza. E quando lessi il libro *I Cacciatori* ne ebbi la conferma.»

«Max e Savina stavano qui, quindi non è un caso che tu sia stato coinvolto nel sequestro alla *Beedle*?»

«A dire il vero questa parte è stata davvero una coincidenza, per quanto, ovviamente sarei comunque corso a dare una mano, anche se non fossi già stato coinvolto. Max aveva bisogno di un posto dove stare a Chicago, ma senza correre il rischio di esser visto o riconosciuto da qualche non-morto. All'inizio non mi aveva detto niente, ma avevo capito che eri sua figlia... ne avevo avuto il sospetto fin da quando avevo visto la foto dei tuoi genitori nell'appartamento dove vivevi prima. Ma non ho mai avuto l'occasione di chiedetelo perché noi... beh, come dire... non abbiamo mai parlato molto, vero? Intendo... di queste cose.»

«No, ma sai, è così che dobbiamo fare con chi non è un Cacciatore.»

Sbuffò. «Ci saremmo risparmiati un bel po' di sofferenze se tu fossi stata più chiara, bambolina.»

«Eppure non hai mai detto a Max che ci conoscevamo.»

«Quando Max è arrivato qua e mi ha contattato, in teoria non dovevo conoscerti, non più, diciamo così... Tu avevi fatto la tua scelta e... beh, chi ero io per oppormi?» Di nuovo quel tono acido che le trasformava lo stomaco in piombo.

Sarebbero mai riusciti a lasciarsi quella storia alle spalle?

«E poi, pareva che tu stessi insieme a Woodmore» aggiunse con lo stesso tono.

Già. Era stata lei a dirglielo. «Io e Chas siamo solo... amici. Buoni amici che sono stati... beh, abbiamo molto in comune ma... non c'è altro.»

«Non c'è altro?» chiese sollevando un sopracciglio.

Scosse la testa. «Non lo *amo*, Grady. In vita mia non ho amato che te e spero tanto che un giorno tu mi possa perdonare per quello che ti ho fatto.» Si asciugò di nuovo le lacrime, maledicendosi mentalmente di essere una tale piagnona.

«Quando Flora ti ha sparato al petto, proprio lì e ho creduto che fossi morta, mi sono reso conto di averti perdonata, *a rún*. Ma ho temuto fosse troppo tardi.» La voce era incerta e arrochita. «Savina mi ha aiutato a vedere le cose in maniera diversa, non che cercasse di convincermi o cose del genere. Credo che, in realtà, cercasse di convincere se stessa del fatto che né io né lei possiamo capire *davvero* che sorta di vita e di sacrifici vengano richiesti a te e alla tua famiglia.»

Sospirò, la guardò e le prese le mani tra le proprie. «Quello che hai fatto è stato orribile, Macey, eppure ora capisco che non l'hai fatto per cattiveria o per egoismo, oddio quello forse un po' sì, per proteggerti» soggiunse con una risata amara, «ma soprattutto lo hai fatto per amore. E questa, cuore mio, è la più nobile delle cause.»

Gli sorrise tra le lacrime. «Grazie. Sono così contenta che Wayren non abbia fatto quello che le avevo chiesto. E che abbia fatto scegliere te.»

«Però c'è una cosa che devi fare per me, amore, per permettermi di superare tutta questa terribile angoscia.» Le labbra s'incurvarono appena: il primo segno di ironia e leggerezza che dava da giorni.

Macey si concesse a sua volta un sorrisetto sollevato. Credeva di sapere bene cosa le avrebbe chiesto: in fondo era un uomo e comunque ultimamente aveva avuto modo di scoprire che fare pace a letto poteva essere molto, molto piacevole.

E invece la spiazzò.

«St. Patrick» disse prendendosi uno spicchio di mela.

«Che cosa?»

«Ci sposeremo a St. Patrick, visto che ci hai passato un sacco di tempo. E anche Sebastian Vioget.»

«Ma io non sono cattolica» protestò, sebbene l'idea la solleticasse. Sposarsi… sì, sposarsi nella stessa chiesa dove aveva perso Sebastian, ma dove lui aveva trovato la salvezza e tenuto fede alla *lunga promessa* fatta alla sua amata Giulia. Non avrebbe saputo trovare un posto migliore.

«Conosco un prete» disse con un sorrisetto, poi la trasse a sé per baciarla: sapeva di mela ma Macey non ci fece caso. «Penso a tutto io. Basta che mi prometti di presentarti con un vestito di pizzo e un fiore tra i capelli, come quella prima sera al Gyro. Che dici, farai di me un uomo onesto?»

«Niente mi renderebbe più felice, *a rún.*»

EPILOGO

LA FINE E L'INIZIO

Un mese dopo.

San Quirino era una chiesetta anonima in una parte molto antica di Roma: i passanti la notavano appena, i turisti la ignoravano, eppure da lì si accedeva a un luogo molto speciale.

Attraversando il minuscolo santuario, semplice e spartano rispetto alle meraviglie architettoniche della Città Eterna, e spingendo una certa leva all'interno di un determinato confessionale, la grata tra il prete e il fedele si apriva a rivelare una scala segreta.

Scendendo giù per i gradini a chiocciola, evitandone alcuni, che avrebbero fatto scattare un allarme al piano di sotto, si raggiungeva una sala sotterranea, ben diversa dalle altre catacombe romane.

In mezzo alla sala troneggiava un'enorme fontana che gorgogliava placida attraverso una guglia centrale da cui fluiva costantemente acqua. Sul fondo, se si guardava attentamente, si potevano scorgere non le solite monetine, bensì diverse crocette d'argento legate a un anellino, che un tempo erano appartenute a valenti Cacciatori.

Su quella stanza centrale, che fungeva da atrio, si aprivano diversi archi attraverso i quali si accedeva a un dedalo di corridoi, stanze segrete e laboratori.

Quello era il Consilium, il cuore e il centro operativo dei Cacciatori discendenti dai Gardella e di tutti coloro che indossavano la *vis bulla*, o comunque combattevano al loro fianco la lunga guerra per eliminare dalla faccia della terra la stirpe di Giuda Iscariota e altre forze maligne.

Quel giorno però, nella chiesa di San Quirino, di solito deserta e silenziosa, si era riunito un gruppetto di persone. Ma quel giorno era un giorno speciale, visto che un *Summas Gardella* si sposava per la seconda volta e tutti si rallegravano che avesse finalmente ritrovato l'amore.

Macey era in piedi vicino a Savina e le reggeva il bouquet, mentre lei giurava di amare, onorare e rispettare suo marito (ma non necessariamente obbedirgli), il fiero e affascinante *Summas*.

Dal lato opposto rispetto a Macey c'era il suo bel maritino, un po' agitato mentre si rovistava le tasche alla ricerca degli anelli che Max gli aveva affidato.

Grady e Macey si erano sposati, come stabilito, nella chiesetta di St. Patrick appena due settimane prima, alla presenza di un simpatico prete, oltre a Max Denton, Savina Eleiasa, Jameson Linwood e altri. La sposa aveva una rosa bianca e argentata tra i capelli e un vestito rosa cangiante. La fede era un anello appartenuto a Camilla, la zia dello sposo.

Il neo sposo Grady, al momento nel ruolo di testimone del *Summas* Gardella, guardò costernato la coppia di sposi, per poi rendersi conto che Max stava ricambiando il suo sguardo con un sorrisetto furbo, mentre stringeva in mano i due anelli che gli aveva appena sfilato di tasca.

«Ho fatto pratica» mormorò lo sposo, prima di tornare a rivolgersi alla donna meravigliosa che stava per diventare sua moglie.

Scambiati i voti e terminata la cerimonia, gli ospiti scesero giù nel Consilium per festeggiare, ma prima celebrarono una breve commemorazione in onore di Temple Deveraux e Sebastian Vioget.

Macey, che conosceva i due meglio di tutti, pronunciò un breve discorso.

«Nell'anno in cui ci siamo conosciuti, Sebastian è stato per me un padre e un mentore e vederlo riunito con la sua Giulia è stata una delle scene più belle cui abbia mai assistito. È successo dopo un evento terribile ma, nonostante tutto, Sebastian è sempre rimasto saldo e consapevole, anche quando è stato portato al limite. Persino in quei momenti, la forza dei Cacciatori illuminava il suo sguardo. Sebbene fosse un non-morto, ha sempre avuto un posto riservato nel corridoio della biblioteca, al fianco di Max Pesaro, del famoso Brim e naturalmente di Kritanu.» Aveva fatto un bel ripasso di storia per prepararsi adeguatamente alla sua visita al Consilium!

«Temple Deveraux è stata la mia migliore amica in un anno per me molto difficile. Dalla prima volta che l'ho vista, quando mi ha tirata fuori da una discoteca attaccata dai vampiri, sono rimasta colpita dalla sua forza, non solo fisica ma anche mentale e dal suo grande cuore. Mi ha insegnato tutto quello che so fare col paletto, oltre a come usare braccia, gambe e persino la fronte per affrontare un vampiro o chiunque voglia metterti all'angolo. Sapeva dare consigli su tutto, da come indossare un cappellino alla moda a come pulire bene il bancone dalla birra appiccicata, a quali fossero i miei punti forti e deboli quando ci allenavamo nel *kalari*. Mi ha insegnato a leggere testi che parevano troppo scoloriti dal tempo e sapeva sempre cosa dire per farmi tornare coi piedi per terra.» Si voltò verso Grady, la vista annebbiata. «Mi mancherà molto e mi distrugge pensare che la sua vita sia stata spezzata proprio quando aveva trovato l'amore e, per la prima volta, mi era sembrata davvero felice. Spero, sorella, che tu e il tuo amato dottor Joseph siate felici insieme, là dove sono anche Sebastian e Giulia.»

Tutti applaudirono mentre tornava a sedersi e Grady le porse un fazzoletto... stavolta era ricamato con le iniziali di Macey,

MDG, e un piccolo trifoglio color avorio. Grady gliene aveva regalato un'intera scorta per il matrimonio e li aveva sparsi per tutta la casa, oltre a portarne sempre uno con sé.

Max si alzò e si avvicinò a due dipinti coperti da teli, che tolse per rivelare i ritratti di Sebastian e Temple che sarebbero stati appesi nel corridoio della biblioteca.

«In onore di due dei nostri» disse, ergendosi alto e imponente nel suo completo nero, «osserviamo ora un minuto di silenzio.»

L'atmosfera si fece poi più leggera, e iniziarono i festeggiamenti: in fondo, Nicholas Iscariot era stato ucciso, la Piramide di Rekk distrutta, l'amuleto di Rasputin era al sicuro e il *Summas* era tornato a Roma, accompagnato dalla figlia che molti non avevano mai conosciuto. E come erede della dinastia dei Gardella, la fresca signora Jameson Grady, era più acclamata della coppia di sposi.

Macey, che era arrivata a Roma da un paio di giorni e visitava il Consilium per la prima volta, era ubriaca per l'emozione mentre prendeva con Grady una coppa di spumante, che in Italia era legalissimo, e faceva la conoscenza di altri Cacciatori, Comitator, maestri d'armi e dottori che come lei, combattevano il male. Incontrò Bellitano, l'anziano Paolo e Liam Stoker, bello e intelligente, che voleva sapere tutto del corsetto antiproiettile che le aveva salvato la vita.

Ma fu solo quando Max, ancora pieno di felicità per le proprie nozze e di orgoglio per la propria figlia, la condusse lungo il corridoio centrale che si allontanava dalla stanza con la fontana, che fu veramente sopraffatta dal peso dell'eredità della sua famiglia.

«Chi sono tutte queste persone, papà?» chiese, prendendolo a braccetto. «Credevo i ritratti dei Cacciatori fossero tutti nel corridoio della biblioteca, ma questi sono molto più grandi e belli degli altri.»

Max guardò le dita della figlia stringergli il braccio e poi sollevò verso di lei gli occhi, stranamente velati. Sembrava ancora incredulo di averla lì con sé e che avesse smesso di chiamarlo Max.

«La tua famiglia, i tuoi antenati. In questa stanza ci sono solo i ritratti dei discendenti diretti dei Gardella, ognuno di loro a suo tempo, è stato un *Summas*. Un giorno, quando morirò, il mio ritratto sarà messo qui. E poi anche il tuo.»

«Spero fra molto tempo, perché temo che per qualche decina di anni sarò un po'… impegnata.»

Max la guardò stupita. E lei proseguì: «Grady vuole quattro figli. Sto cercando di convincerlo a scendere a due, ma è piuttosto insistente» rise, felice e spensierata come non mai, e profondamente lieta di non essere più sola. Adesso aveva un padre, una matrigna, un marito… e ora anche Bell, Paolo, Liam e gli altri… non avrebbe mai più dovuto affrontare incubi e sfide da sola.

«Ma non sei… non puoi… non ancora» balbettò Max e infine riuscì a chiedere: «Non sei mica incinta, vero?»

«Non ancora, ma ci stiamo impegnando parecchio» sfoderò un sorrisone e fu contenta quando il padre arrossì.

«Maledetto mangiapatate, lo sapevo che avrei dovuto imparare a odiarlo» ribatté con una risatina imbarazzata. «Comunque non credo di volere altri dettagli al momento, Macey. Avvertimi solo quando ci sarà qualcosa di nuovo.»

La figlia rise e gli dette un buffetto sul fianco: le ci era voluto un po' per arrivare a quel punto, ma ben presto aveva capito che, come Grady aveva perdonato e compreso quello che aveva fatto, lei avrebbe dovuto essere altrettanto accondiscendente verso suo padre.

«Sarai il primo a saperlo» lo rassicurò. Quindi si fermò di fronte al ritratto di una bellissima donna dai capelli neri e, sebbene non avesse mai visto prima i suoi antenati, non ebbe bisogno di leggere la placchetta per capire chi fosse. «Victoria.»

«Sì.» Il tono di Max si fece solenne e pieno di ammirazione. «Sapevi che indossava due *vis bullae*?»

«Due? Possibile?»

«La storia è piuttosto interessante, chiedila a Paolo.»

«C'è anche Max Pesaro nella storia? Perché ho sentito dire che è uno per cui sospirare...» proseguì, senza smettere di fissare il quadro.

«Devi aver parlato con Savina.» E stavolta fu Max a sospirare. «Non so perché cazzo sia così fissata col mio bisnonno!»

«Credo sia solo per quello che ti ha sposato» rispose Macey seria. «Per dire di avere impalmato un discendente di Max Pesaro.»

Il padre si bloccò e si voltò verso di lei.

Macey scoppiò a ridere. «Scherzo!»

Rise anche lui. «È un nome pesante da portare.»

«Beh, almeno in una cosa l'hai superato» ribatté Macey proseguendo lungo il corridoio fino a fermarsi di fronte al ritratto di una donna coi capelli rossi e gli occhi color whiskey vivaci e birichini. «Questa sembra una tipa interessante. Oh sì, Lady Catherine! Savina mi ha parlato anche di lei, ma Paolo ha promesso di raccontarmi i dettagli.»

Quando cercò gli occhi del padre, lo vide che la guardava incuriosito. «Che c'è, papà?»

«Cercavo di capire in cosa avrei superato Pesaro.»

Macey scoppiò a ridere, ma poi si rese conto che lui era serio. «Non lo sai? Cos'hai appena fatto oggi?» Di fronte al suo sguardo vacuo, proseguì: «Max si è sposato solo una volta, no? Tu invece l'hai battuto prendendoti una seconda moglie... e menomale» soggiunse sottovoce. «Da quel che mi hanno detto Paolo e Bellitano, ti ci voleva proprio.»

Max continuava a fissarla. «Davvero non ti dispiace che mi sia risposato? Di avere una matrigna? Non ho mai dimenticato tua madre, io l'amerò sempre e-»

«Ma certo che no, papà. Voglio bene a Savina e sono molto felice per voi due. Hai bisogno di qualcosa di bello nella tua vita, dopo tutto quello che hai passato.»

Macey notò che suo padre sbatteva le palpebre un po' troppo velocemente e capì che gli veniva da piangere, così tornò a guardare i quadri per concedergli qualche momento. Riflettendo ad alta voce disse: «Sembrano tutti dipinti dallo stesso pittore, eppure… non mi hai detto che vengono fatti poco dopo la morte di ogni *Summas*? Com'è possibile se alcuni hanno centinaia di anni?»

«Un bel mistero, vero, Max?» s'intromise una voce familiare.

Macey si voltò di scatto verso Wayren che li guardava con aria divertita. «Sei venuta» disse, quasi senza fiato. «Noi… io non ero certa che l'avresti fatto.»

«Non me lo sarei persa per niente al mondo.» Il suo sorriso parve illuminare la stanza. «Avevo un po' di cose da sbrigare, quindi mi sono infilata in fondo alla chiesa per non disturbare, ma ho sentito il tuo bel discorso per Sebastian e Temple… mi ha toccato moltissimo. Sarebbe piaciuto anche a loro.»

«Potrei… parlare da sola con te per un attimo?» chiese Macey. Chissà perché il cuore le batteva così all'impazzata? La donna che aveva davanti era un enigma e aveva poteri incredibili… eppure trasmetteva pace e sembrava non giudicarti mai.

Ma Macey aveva bisogno di liberarsi di un peso e di affrontare qualsiasi punizione o rimprovero ne potesse venire.

«Certo. Devo parlare con Chas, ma sarò lieta di farlo anche con te, Macey». Fece un cenno a Max che annuì e le lasciò sole, andando a raggiungere gli altri invitati.

Macey esitò un attimo ma poi vuotò il sacco: «Volevo dirti che mi sono pentita di quello che ti ho chiesto, di fare quella cosa a Grady. Era sbagliato. Io ho sbagliato. Ma devo sapere… perché mi hai offerto quella possibilità?»

Wayren le prese la mano e subito il cuore di Macey rallentò e la tempesta che le si agitava dentro parve calmarsi.

«Faceva parte della tua formazione come Cacciatrice. Coi grandi poteri che possedete, vengono anche tentazioni e scelte che i semplici mortali non si troveranno mai ad affrontare. Credo che tu abbia appreso una grande lezione e confido nel fatto che te ne ricorderai, se ti troverai davanti un'altra occasione simile. Immaginavo che, un giorno, ti saresti trovata dall'altra parte, a dover perdonare e mostrare compassione a tua volta.»

Macey rabbrividì. «Certo. Mio padre.»

Wayren fece semplicemente cenno di sì.

Macey proseguì: «Hai dato anche a Grady l'opportunità di scegliere e lui...»

«Ha scelto te. Non c'è altro che tu debba sapere di quella conversazione.»

Il sorriso gentile e lo sguardo pieno di calore che accompagnarono quelle parole, tolsero loro ogni traccia di durezza.

«È davvero lui l'intrepido?»

Wayren si limitò a sfoderare il suo solito sorriso enigmatico. «Chiunque sia ti ama moltissimo ed è perfettamente degno di avere una Cacciatrice come moglie.» Poi guardò oltre: «Chas sta venendo da me. Devo dirgli alcune cose.»

«Grazie, Wayren. Sono così contenta che Grady abbia fatto quella scelta e che papà sia tornato nella mia vita.»

«Presto sarai parecchio occupata» ribatté Wayren socchiudendo gli occhi. «Fra... otto mesi e due giorni, direi.»

Macey trasalì e spalancò gli occhi. «Davvero?»

«Certo e il tuo papà sarà il più dolce e amorevole dei nonni. Ora va' da tuo marito e dagli la bella notizia... con la mia benedizione.»

Stava per baciarla su una guancia ma si trattenne all'ultimo secondo: Wayren non sembrava tipo da baci.

«Chas» lo salutò, incrociandolo. Non aveva con sé un bicchiere di spumante né altro, notò. «Grazie per essere venuto. So che stai per partire per la Siberia. Spero di rivederti presto. Fa' buon viaggio.»

«Grazie, bellezza.» Il volto olivastro era rilassato e i suoi occhi accesi come mai prima d'ora. Macey non sapeva bene cosa l'avesse cambiato, ma doveva essere successo qualcosa quando era tornato a Parigi per recuperare il pugnale. Chas l'abbracciò e le appoggiò un rapido bacio sulle labbra, quindi la lasciò andare e le disse: «Va', torna da tuo marito. È di là che fa il gradasso rubando oggetti dalle tasche di tutti.»

«Deve dimostrare di essere bravo anche lui, dopo che papà lo ha borseggiato al matrimonio.» E corse da Grady, lasciando Chas e Wayren da soli.

———

«HAI NOTIZIE SU CEZAR MOLDAVI?» chiese Chas non appena Macey si fu allontanata.

«Sì» rispose Wayren, guardandolo con uno dei suoi sorrisetti enigmatici. «A quanto pare, non dovrai spingerti fino in Siberia.»

«Ah no?» Doveva ammettere che non gli dispiaceva affatto: non aveva una gran voglia di andare in quel posto freddo e dimenticato da Dio.

«No. È… ricomparso e sono riuscita a sapere dove. Ed è lì che vorrei mandarti, se per te va bene.»

«Certo. Il mio compito qui è finito, no?»

«Sì. Sei stato bravo e-»

Non sapeva se fosse permesso interrompere un angelo ma lo fece. «E sono cambiato. Molto. Specie da quando ho rivisto Narcise e ci ho parlato.»

«È vero.» Gli sorrise con un calore che gli fece venire voglia di piangere.

«Chas, se accetti, stavolta, ti prometto che questo sarà il tuo ultimo viaggio.»

«Non vedo l'ora» rispose e un'ondata di calore lo pervase: era pronto a fermarsi, a trovare un posto da chiamare casa, una sua dimensione. «E allora dove mi mandi? Dove se n'è andato Cezar Moldavi?»

«Hollywood, California. Nell'anno 2016.»

bellezza... finché lui e i suoi amici non sono rimasti sospesi nel tempo per cinquant'anni.

Ora Quent è solo, perso in quella rigogliosa giungla urbana che è il nuovo mondo.

Eppure la vera sfida non sono gli zombie, gli animali selvatici o le tecniche di sopravvivenza, ma domare Zoe Kapoor, sfuggente, sboccata e bellissima cacciatrice di zombie.

Il Cambiamento che ha devastato il mondo, non ha distrutto Theo Waxnicki, anzi, lo ha reso più che umano, eternamente giovane e bello... ma non immortale. E quando, nel corso di una missione contro gli Stranieri, rimane ucciso, si ritrova perso nell'oscurità finché una donna dai poteri straordinari non lo riporta indietro.

Nata mentre imperversavano le tempeste e i terremoti

apocalittici che lasciarono il mondo in rovina, Selena ha dedicato la sua vita a lenire le sofferenze dei moribondi. Ma Theo è il primo paziente, affidato alle sue cure, che sopravvive.

In risposta al tocco gentile di Selena, Theo ricomincia a vivere, a provare emozioni e desideri. Ma, in un mondo pieno di orrori, i segreti che i due custodiscono ne fanno dei bersagli e l'amore stesso rischia di sembrare un inganno.

COLLEEN GLEASON

Colleen Gleason ha scritto più di una dozzina di romanzi che hanno riscosso un grandissimo successo di vendite come riportato dal New York Times e dal USA Today. Le sue opere sono state tradotte in oltre sette lingue e appartengono a una grande varietà di generi. Colleen adora essere in contatto coi propri fan quindi non esitate a contattarla sul suo sito o sulla sua pagina Facebook. A volte la trovate anche su Twitter (@colleengleason) e Instagram (colleengleason).

Non perderti neanche uno dei nuovi libri di Colleen Gleason!
Iscriviti alla newsletter italiana!
http://cgbks.com/Italia
Facebook: http://cgbks.com/FB_Italia

www.ingramcontent.com/pod-product-compliance
Lightning Source LLC
Chambersburg PA
CBHW051637180726
48284CB00006B/1764